Là où naissent les étoiles

Stéphanie Blanchard

Edition originale parue en mai 2016 sous le titre
Là où naissent les étoiles par Stéphanie Blanchard.
Publié par
AmazonPublishing, Amazon Media EU SARL
5 rue Plaetis, L-2338, Luxembourg
Copyright © Edition originale mai 2016
par Stéphanie Blanchard
Tous droits réservés
Conception de la couverture : Anthony Godet
Photos : © Conrado / Shutterstock, © Anthony Godet
Imprimé par Createspace, Etats-Unis
ISBN : 9782955710104

Dépôt légal : mai 2016

À L, A et M,

À Rose, pour son soutien.

« La musique.
Probablement la langue véritable du subconscient,
La langue universelle au-delà du possible. »

Louis Geoffroy

Prologue

4,3,2... 1 ! Elle s'élança de l'ombre à la lumière. Avec toute sa grâce, elle déployait son énergie. Comme guidée par une force invisible, plus rien autour ne l'atteignait. Du silence des coulisses à l'éclairage aveuglant des projecteurs, elle se mit en scène. Son regard se plaqua au fond de la salle noire. Un point invisible, son repère, sa force.

Au son enivrant de Clint Mansell avec son célèbre lux aeterna, son corps se rendait disponible à l'interprétation. Combinée avec les sons organiques d'un quatuor à cordes et les sons électro-acoustiques, la musique gagnait en intensité. Amy se laissait progressivement envahir par le doux son du violoncelle pour quatre minutes de plénitude ! La musique et ses gestes se répondaient librement pour aboutir à une création unique volée dans la magie de l'instant présent.

Plus qu'une minute...

Port de bras arrondis, ronds de jambe. Entre équilibre et déséquilibre, elle transpirait de cette musique par chaque pore de sa peau.

Courbes, grand plié. Dans un rythme soutenu, son corps exécutait une parfaite maîtrise des mouvements.

Trois secondes...

Grands battements, arabesques. Elle frappait le sol avec une telle énergie. La force qu'elle y puisait la propulsait.

2...

Pirouettes, courses.

1...

Sauts piqués.

*

Une heure plus tard...

C'était une douce soirée d'hiver enneigée, quelques heures avant la nouvelle année 2010. Entre la 62e et la 65e s'élevait l'une des plus prestigieuses salles de spectacle. Le Lincoln Center accueillait de nombreux artistes différents qui enflammaient les multiples salles de spectacle. En ce soir de Saint-Sylvestre, un concert regroupant une dizaine de chanteurs, musiciens et danseurs portait des milliers de spectateurs vers l'apogée du réveillon. Entre petits fours et cocktails, quelques personnes allaient de leurs propres critiques. Parmi les centaines de photos de chanteurs célèbres accrochées sur le mur du salon privé, Amy écoutait une journaliste du célèbre *Dance Magazine*. Très attendue après sa dernière tournée internationale, elle devait expliquer le choix de cette nouvelle création.

Basé sur la folie amoureuse, ce spectacle composé de deux danseurs relatait une passion destructrice. La pièce se distinguait par sa recherche chorégraphique aiguisée. Pris dans un engrenage infernal, alternant paranoïa et provocation, les protagonistes maniaient à merveille le langage du corps. Une musique quasi insoutenable venait ajouter une intensité fracassante.

— Vous passez de la fascination à la destruction avec une telle finesse. Vous êtes-vous inspirée de votre histoire avec votre partenaire ?

Amy manqua de s'étouffer avec son toast. Reprenant une posture soignée, elle croisa un bras autour de sa taille. La fine robe de satin noir, qu'elle venait de troquer contre sa tenue de danse blanche, épousait son corps à merveille. Ses longs cheveux étaient noués dans un chignon bas qui dévoilait une nuque fine et délicate où s'enroulait une fine chaîne d'argent.

— Vos chorégraphies sont toujours d'une sensibilité exacerbée, vous êtes une passionnée réputée pour être parfois...

Mais la jeune danseuse ne l'écoutait plus. Il venait d'entrer dans la pièce. Son aura, son charisme l'attirait comme un aimant. Sa démarche souple et féline, son regard intense et expressif.

— Excusez-moi, coupa-t-elle d'une voix posée.

Sans un regard à son attention, elle s'éloigna avec désinvolture. Une émotion troublante l'envahissait et lui faisait oublier tout le reste. L'arrivée de son partenaire venait de relancer quelques applaudissements pour leur prestation précédemment exécutée.

— Tu es la reine ce soir, murmura-t-il à Amy, lorsqu'elle vint le rejoindre.

Chris ! Il insufflait une telle intensité dans ses mots qu'elle s'empressa de lui rendre son regard brûlant. Pendant qu'un homme venait les féliciter, il posa une main sur sa hanche dont il resserra l'étreinte pour la presser davantage contre lui. Lorsqu'ils furent seuls un instant, il inspira doucement au creux de son oreille avec un sourire ravageur.

— Et si on rentrait ? chuchota-t-il, en déposant un baiser dans son cou.

— Monsieur Faure ! ironisa-t-elle avec une lueur dans le regard. Vous venez juste d'arriver.

— C'est exact, Madame Faure ! Mais j'ai de nouveaux projets...

Son regard marron dévisagea alors celui d'Amy. Indéniablement, elle était attirée par lui avec une force incroyable. Son corps réagissait déjà à ses assauts, lorsque son téléphone sonna dans sa pochette.

— Amy ? C'est Connor, le frère d'Hailey... Hailey Collins.

Ce nom résonna un instant dans son esprit. Sous le choc, c'était comme si elle venait d'arrêter de respirer un instant. Hailey, l'amie d'enfance qui avait marqué sa vie.

Elle croisa le regard interrogateur de Chris face à sa mine défaite.

— Tu es toujours là ? Ça fait longtemps, je sais...

Quinze ans !

— Ma mère est mourante. C'est une question de jours, peut-être moins... Elle ne cesse de t'appeler, de parler de toi et Hailey. Je ne comprends pas tout ce qu'elle dit, mais ça semble être très important pour elle.

Le souvenir des Collins s'immisça inopportunément dans son esprit. Une douleur naquit doucement au creux de son ventre.

— Je sais que tu as ta vie, reprit-il. J'ai entendu dire que tu étais en Californie, alors j'ai pensé que peut-être...

Tant d'années à essayer d'oublier pour remonter si vite à la surface.

— Dis-moi dans quel hôpital elle est, je passerai demain matin avant mon vol pour Paris.

Elle savait qu'elle allait le regretter, mais après ce qu'elle leur avait fait, elle leur devait bien ça !

— Tu ne vas tout de même pas aller là-bas ?

Chris s'agitait sur le siège arrière du taxi. Il secoua la tête avec un air exaspéré.

— Des fois, je ne te comprends vraiment pas Amy !

Son expression s'était refermée, il avait dit ces mots, les dents serrées. Résignée, elle entrouvrit les lèvres pour inspirer. Elle n'aimait pas la tournure que prenait cette soirée.

— Après tout ce que tu m'as expliqué sur cette fille !

— Hailey ! Elle s'appelait Hailey ! cria-t-elle.

La colère de sa femme lui semblait injustifiée et il ne chercha pas à comprendre les raisons pour lesquelles elle devenait si nerveuse.

— Notre vol est à quinze heures, tu ne seras jamais rentrée à temps.

Malgré le ton radouci de son mari, elle repoussa la main qu'il tendait vers elle. Il pouvait se montrer dur et son expression pleine de suffisance l'exaspérait.

— Elle va mourir, Chris !

— Mais tout ça ne te regarde plus depuis longtemps !

— Ce que tu peux être obtus ! s'indigna-t-elle, après avoir retenu sa respiration un court instant alors qu'elle encaissait ses réflexions.

Son ton était blessant. Était-il à ce point insensible ? Elle se redressa de son siège pour s'adresser au conducteur.

— Chauffeur, arrêtez-vous !

— Amy, ne sois pas aussi excessive. Ne l'écoutez pas ! dit-il au vieil homme avec un sourire de manière à paraître décontracté.

De petits yeux gris la dévisagèrent dans le rétroviseur pour savoir quoi faire, lorsqu'une étincelle happa son attention sur sa droite. Une demi-seconde de réaction pour comprendre ce qu'était cette lumière qui les aveuglait soudainement. Une demi-seconde avant l'impact, où seul le bruit saisissant de tôles l'assourdit. Une demi-seconde où elle s'entendit hurler. Elle ferma les yeux et perçut des images s'immiscer dans son esprit. Des époques les plus glorieuses de sa vie aux instants de remords, de déception. Enfin, elle le vit, avec sa guitare et ses yeux d'un bleu saisissant. Puis un bruit ahurissant, un choc violent. Comme si sa tête venait d'exploser emportant avec elle tous ses souvenirs avant le trou noir.

*

— Accident de la route ! On a un pneumothorax ! Jeune femme avec de nombreuses contusions et multiples blessures, s'écria un homme d'une quarantaine d'années en franchissant les doubles portes automatiques.

Plusieurs personnes couraient pour l'aider à pousser le brancard où était allongée Amy.

— Sa jambe est ouverte, elle fait une hémorragie !

Ils poussèrent le lit sur roulettes à toute vitesse dans la salle d'urgence.

— On draine ! s'écria un homme habillé de blanc, qui finissait d'enfiler ses gants.

Une grande pièce éclairée regorgeait d'une multitude d'appareils. Au centre, un lit était recouvert d'un drap blanc.

— Contusions cérébrales, fracture ouverte de la jambe et hémorragie interne apparemment, ajouta-t-il, en voyant du sang couler par le nez de la jeune femme.

— Il me faut deux unités de sang, faites une recherche de son groupe sanguin. Il faut étancher tout ce qui peut être à l'origine de l'hémorragie.

Amy entendait des voix de plus en plus floues dans son esprit. Elle ne sentait plus son corps. C'était comme si elle était spectatrice de sa propre vie. Aucune réaction ne lui venait. Sa conscience semblait la quitter doucement, sans qu'elle ne puisse rien y faire... Que se passait-il ? Pourquoi tant d'agitation ? Que venait-il de se passer ? Et une question lancinante : Chris ! Où était-il ?

Une femme projeta un rayon lumineux dans ses yeux.

— Aucune réaction ! s'écria-t-elle. Son Glasgow est à 6 !

— On ventile ! s'exclama l'homme, en introduisant un tube dans sa bouche. Il faut la monter en chirurgie !

Après avoir relié le tube à un ballon, une infirmière appuya de manière constante. L'homme blanc poussa le brancard. Ses traits paraissaient tirés.

— Il vient ce sang ?

S'accrocher à cette faible lumière qui semblait revenir à intervalle régulier, mais déjà sa conscience l'abandonnait de nouveau.

— On la perd ! Charriot de réa…

Partie 1

1

Angel - Massive Attack

Onze ans plus tôt.

Dimanche 12 juillet 1998

Sud de la France

3 – 0 ! La France était championne du monde !
Un footballeur venait de marquer un troisième but à la
quatre-vingt-dixième minute. Coup de sifflet. Au sein du bar où
l'on retransmettait le match en direct, une foule en ébullition.
Les pintes de bière défilaient, les cris de joie retentissaient aux
quatre coins de la rue. Jesse fut bousculé par un quadragénaire
éméché qui s'excusa en le prenant dans ses bras. Tout le monde
était debout, bientôt il la perdit de vue.

Amy en était à sa troisième bière, ce qui lui suffit à ne plus
avoir les idées claires. Elle allait avoir vingt ans dans deux
mois et voulait s'amuser. Cet homme ne cessait de la dévisager.
Ce jeu de séduction l'enivrait. Il avait des yeux d'un bleu
saisissant et un charisme fou. Lorsque le match s'arrêta, elle fut
happée par la folie grandissante des nombreux supporters. Ses
amis dansaient autour d'elle. Sa tête lui tournait. Elle le
chercha du regard, en vain.

Elle sortit quelques instants pour s'aérer. L'air était lourd,
elle était emplie d'une joie incroyable. Tous ces inconnus
réunis dans un instant unique où seule la joie régnait. Demain
aura lieu sa première représentation. Elle baignait dans le
bonheur.

*

Lundi 13 juillet

Son corps gracile s'élança sur la scène. Elle se laissa aller au son envoûtant de « Angel » de Massive Attack. Sorti quelques mois plus tôt, leur album « Mezzanine » connaissait un succès fulgurant. Entre boîte à rythmes et percussions, une oppression palpable rendait ce titre addictif et donnait à la chorégraphie une sensualité à fleur de peau, où deux couples de danseurs se désiraient autant qu'ils se repoussaient.

Attendant son tour, Jesse s'était assis au dernier rang aux côtés des membres de son groupe de musique. C'était les dernières répétitions avant le début du festival. Lui, le jeune guitariste tout droit sorti de son Amérique profonde, débarquant en France, des rêves plein la tête, regardait une chorégraphie composée de quatre danseurs. Lorsque soudain il la reconnut, cette fille du bar qui l'avait attiré au premier regard. Elle était devant lui, encore plus fascinante que la veille. Vêtue d'une robe fluide, laissant deviner ses formes, elle semblait investie de toute son âme par ce qu'elle faisait. Son corps exprimait la sensualité, le désir. Son charisme le troublait profondément. Les traits de son visage parlaient pour elle, la bouche entrouverte, les sourcils plissés lui donnaient une expression grave. Pourquoi avait-il cette impression étrange de l'avoir déjà vue quelque part ?

Elle sentit un regard braqué sur elle. Il perçut son souffle court lorsque la dernière note de « Angel » retentit.

Mardi 14 juillet

C'était lui ! L'homme enivrant du bar, son charisme inondait la scène. Lui, guitariste dans un groupe de rock ? Ça lui allait bien, ça lui collait même à la peau. Il ne pouvait être qu'ici, sur cette estrade. Leur son était puissant, sombre, mais captivant. La foule les acclamait déjà. Ils le leur rendaient bien. Le chanteur provoqua l'hystérie lorsqu'il retira le tee-shirt de son corps parfait. Un sourire calculé au coin de sa bouche le rendait presque arrogant, mais c'était exactement ce que les femmes aimaient. Le type du bar se déchaînait sur sa guitare, les traits de son visage, légèrement défigurés par l'émotion, transcendaient Amy. Il semblait ailleurs totalement habité par

14

ce qu'il faisait. À ses côtés, quelqu'un lui ressemblait trait pour trait, si ce n'est que leurs coiffures étaient différentes. Il secouait énergiquement la tête et ses cheveux mouillés par la transpiration ne le rendaient que plus sexy. La chaleur était écrasante, son tee-shirt lui collait à la peau. Une peau mate sur un corps musclé.

— Atterris, Amy !

Sarah la regardait avec un air amusé.

— Ce mec n'est pas pour toi ! Viens, allons fêter notre première scène !

À la fin des premières représentations, la plupart des artistes réunis pour ce festival se réunirent dans un bar, donnant sur la plage, en attendant le feu d'artifice tiré pour la fête nationale. À l'intérieur, le noir régnait au son électrisant de « Dream on » d'Aerosmith. Les deux amies déchargèrent tout le stress ressenti pour leur première scène en dansant et hurlant sur cet air. Cet été était celui d'une nouvelle liberté pour Amy. Pour quelques semaines, elle avait voulu oublier la rigidité de ses cours à l'opéra de Paris pour se laisser aller. Les minutes passaient délicieusement, l'alcool s'infiltrait dans les moindres parties de son corps. Une cigarette à la main et une bière dans l'autre, elle se déhanchait langoureusement, les yeux fermés sur « Glory box » de Portishead lorsqu'elle ressentit sa présence. Dans la pénombre, elle le découvrit face à elle, le regard terriblement sensuel. Il s'approcha lentement et tendit sa main pour lui prendre sa cigarette et la porter à sa bouche. Il ressortit lentement la fumée par ses lèvres entrouvertes, avant de la poser sur les siennes. Elle tira longuement dessus, consciente du moindre de ses gestes. Ses doigts effleuraient ses lèvres. Un désir violent parcourut tout son corps. Ces sensations étaient nouvelles, elle ne pouvait pas résister. Il plaqua une main autour de sa taille pour l'attirer contre lui et ils se mirent à effectuer un langoureux mouvement de va-et-vient. Elle se découvrit audacieuse, entreprenante, provocatrice. Malgré ses airs de jeune fille sage, il l'avait deviné dès l'instant où il l'avait vue. Au bout de quelques instants, la tension monta d'un cran, il releva un regard empli de désir et lui fit signe de le suivre. En passant la porte du bar, il fut interpellé par le chanteur de son groupe qui lui dit dans un anglais parfait.

— Ce monsieur est intéressé par notre musique, déclara-t-il en désignant un homme à ses côtés. Il aimerait connaître nos disponibilités pour l'été. Retrouve Mike et Owen maintenant !

L'inconnu regarda Amy, l'atmosphère venait soudain de chuter. Gênée par la situation et réalisant ce qu'elle venait de faire, elle s'éclipsa. Pourquoi se sentait-elle si bouleversée ? Il l'avait totalement envoûtée.

— Attends…

Courant derrière elle, ce troublant inconnu saisit brusquement son bras, l'obligeant à se retourner.

— Excuse-moi, je serai à Saint-Raphaël le 15 août prochain. On donne un concert juste avant le feu d'artifice, tu viendras ?

Elle acquiesça timidement en répondant à son sourire. Une soudaine excitation débordante s'empara d'elle. Il voulait la revoir !

*

Ce 15 août, elle l'avait attendu des heures. Ses sentiments semblaient confus, les jours avaient été si longs depuis cette nuit-là. Elle, qui ne s'accordait pas le moindre écart de conduite et dont la vie était si bien rangée. L'audace dont elle avait fait preuve l'avait surprise, mais elle se rappela aussi avoir aimé ça. Cet été, qui s'était annoncé si excitant, devenait sans saveur. Elle se languissait de le revoir. Les traits du visage de cet inconnu s'effaçaient un peu plus chaque jour de son esprit. Ce soir-là, elle avait regardé le feu d'artifice au loin, seule. Leur groupe n'avait pas joué et il lui avait été impossible de savoir pourquoi. Elle s'était fait avoir en beauté. Quelle naïveté ! Il avait dû bien rire d'elle !

Ce fut aux alentours de deux heures du matin qu'elle partit, le cœur lourd à l'idée de ne jamais le revoir.

Ce fut cinq minutes plus tard qu'il arriva essoufflé d'avoir tant couru, mais personne ne l'attendait…

2

Lying in the sun - Stereophonics

Un an plus tard.

31 décembre 1999 – Los Angeles

Amy avait entamé une saison exceptionnelle à l'Opéra de Paris. Elle venait de remporter un prix de l'Association pour le rayonnement de l'Opéra de Paris que le jury remettait à chaque début de saison pour élire un danseur et une danseuse parmi les sujets, coryphées et quadrilles de l'opéra. Prix auquel elle venait d'ajouter le tout nouveau titre de sujet du corps de ballet de l'Opéra. Pressentie pour sa qualité de travail au deuxième échelon avant le titre suprême de danseuse étoile, à tout juste vingt et un ans, on lui devinait une carrière prometteuse.

Il en était à son troisième café. Malgré le décalage horaire, il avait répété tout l'après-midi et la fatigue commençait à se faire ressentir. Le groupe était arrivé très tard la veille après un concert à Londres et les nombreuses heures de vol n'avaient pas été reposantes. Ce soir, il allait se produire avec la bande pour la deuxième année consécutive dans un théâtre branché d'Hollywood boulevard. Cette année avait été importante pour eux. Le public était là et les propulsait vers ce qu'ils avaient toujours voulu, la gloire ! Les concerts s'étaient enchaînés durant tout l'été à travers différents états des États-Unis. Et c'est cette proximité avec leur fan qui avait payé. Larvé dans un canapé, Simon, le chanteur du groupe buvait une énième bière.

— C'est qui ce groupe ? demanda Mike. Ils ont un bon son.

Machinalement, Jesse regarda le petit écran qui retransmettait en direct les artistes sur scène. Un groupe de rock jouait un son électrique sur lequel dansaient deux jeunes femmes.

— Connais pas, ajouta Simon en allumant une cigarette.

Il tendit le paquet à Mike qui en saisit une avec ses dents avant de le tendre à Jesse qui restait les yeux fixés sur la télévision.

— Jesse ?

Il ne pouvait détacher son regard. Son allure gracile, ses fines formes, son visage...

Comment cela pouvait-il être possible ? Ils étaient si loin de Paris.

— Ça y est les gars, c'est à nous ! s'exclama Owen en ouvrant la porte avec fracas.

Le regard rivé sur l'écran, Jesse finit par s'éjecter de sa chaise et sortit en courant.

— Jesse ! Merde, tu vas où ?

— On se retrouve là-bas !

Le couloir lui semblait interminable, l'excitation et l'anxiété le tétanisaient. Il arriva à l'arrière de la scène et vit le groupe descendre les quelques marches qui menaient à la scène. En bousculant le guitariste sans même s'excuser, il redressa la tête et plongea instantanément son regard dans le sien.

Elle s'arrêta net en le voyant. Ils restèrent ainsi quelques secondes, comme happés par le temps puis Jesse annonça d'une voix essoufflée.

— J'ai loupé mon vol !

Repoussés par les hommes de la sécurité, ils furent forcés de s'éloigner de la scène. Les jambes d'Amy se dérobaient sous ses pas, elle ne comprenait pas le moindre mot. Voyant son air abasourdi, il expliqua.

— Le soir de la finale de football, le bar... on a...

— Je me souviens très bien de toi, coupa-t-elle vexée en s'éloignant de lui.

Il courut derrière elle en s'écriant.

— Le jour où l'on devait se revoir... j'ai raté mon vol !

Amy s'arrêta net. Son cœur battait à tout rompre.

— Je suis vraiment désolé...

1er janvier 2000

18

Le concert était terminé depuis plusieurs minutes. Dans une effervescence incroyable, des milliers de spectateurs s'étaient regroupés pour fêter le passage à l'an 2000 tandis que certains artistes s'étaient retrouvés dans les rues animées de Los Angeles. Jesse et Amy ne s'étaient pas quittés de la soirée. Éprouvant le besoin de s'éloigner de toute cette effervescence pour se découvrir plus au calme, leur échappée s'était transformée en balade bucolique.

Après avoir parlé des heures de tout et de rien, Amy n'en revenait toujours pas d'être assise à côté de lui. Elle ne l'avait jamais oublié. Cette année avait été si studieuse qu'elle avait parfois l'impression d'oublier de vivre, aussi lorsqu'un ami de Sarah leur avait proposé de passer les vacances de Noël aux États-Unis pour danser dans leur groupe, elle avait sauté sur l'occasion. Le monde était parfois si petit.

Ils avaient marché toute la nuit. Sous un soleil levant, le Golden Gate Bridge émergeait d'une brume grisâtre. Assise au bord de l'eau, Amy regardait discrètement Jesse qu'elle trouvait d'une beauté saisissante. Jean noir et pull bleu marine, il oscillait entre décontraction et naturel. Des cheveux noirs lui tombant aux épaules, une mâchoire carrée, une bouche bien marquée, il était sexy.

Croisant son regard, il lui décrocha un sourire à tomber par terre. À en juger par son ambition démesurée, Jesse voulait la gloire, marquer les esprits à travers des textes qu'il jouerait devant des foules d'individus. À l'aube de l'âge adulte qui s'offrait à eux, il débordait de confiance en lui. Non pas qu'il soit prétentieux, il s'agissait d'autre chose... peut-être une sorte de désinvolture maladroite qui le rendait néanmoins touchant. Il voulait tout, sans même se soucier des autres et des compromis qu'il devrait faire.

— Qu'est-ce qui te fait si peur ? demanda-t-il en la rejoignant.

Elle lui avait parlé de son amour dévorant pour la danse, une dévotion qui pouvait lui coûter de nombreux sacrifices. Devant sa mine interdite, elle demanda :

— Est-il possible de désirer quelque chose aussi fort que d'en avoir peur ?

— Tu peux devenir qui tu veux Amy !

Les yeux de la jeune femme s'écarquillèrent.

— Si l'on veut faire des choses qui nous immortalisent, il faut y croire. Le culot et la persévérance paient toujours.

Cette phrase fit son chemin dans son esprit, il avait sans doute raison. Son sourire l'inondait. Comment un homme, qu'elle connaissait depuis quelques heures seulement, pouvait lui insuffler autant d'énergie ? Elle, la fille timide, férue de travail et quelque peu pincée. Son manque d'assurance faussait parfois son jugement, alors intimidée elle cachait son visage rougi dans sa longue chevelure. Ce qu'elle faisait en le regardant discrètement par-dessus son épaule. Ils s'observèrent un instant avant de se laisser tomber sur les galets. À la recherche d'un semblant de crédibilité, elle redressa son corps et fixa un point imaginaire au loin.

— D'où t'est venue l'envie de danser ? demanda Jesse.

— Je ne sais pas. Je crois que je l'ai toujours eue en moi.

Elle cala les paumes de ses mains au sol, le visage relevé vers le ciel. Déjà, son esprit semblait s'évader dans les méandres d'une passion qui la dévorait.

— J'ai toujours voulu retranscrire les émotions, parfois l'éclair d'une lueur d'espoir chez une personne souffrante, parfois la colère face à l'afflux d'un sentiment mal contrôlé. J'ai toujours été maladroite avec les mots, pour moi, danser c'est parler en silence.

Face à son engouement pour cet art, il était difficile de croire qu'elle manquait d'assurance. Visiblement, elle était comme lui : l'art était le moyen d'expression qui prédominait leur vie. Était-ce cette énergie qui l'avait attiré la première fois ?

Il regardait ses lèvres bouger lorsqu'elle parlait. C'était si charmant, elle ne s'en rendait pas compte. Ses longs cheveux se répandaient en cascade sur sa veste noire. De légères boucles brunes terminaient cette descente vertigineuse jusqu'au bas de son dos.

Grâce au groupe, il avait eu beaucoup de relations d'un soir. Il était ce genre de gars à ne pas vouloir s'engager, il aimait bien trop sa liberté. Les nouvelles découvertes, c'est ça qui semblait le rendre vivant. Mais il y avait quelque chose en elle qui l'intriguait profondément, quelque chose qui l'envoûtait et le touchait en plein cœur. Il n'avait jamais été retenu par une femme, mais aussi dingue que cela puisse paraître cette fille l'obsédait, une lumière attirante, il avait cette sensation étrange de l'avoir déjà vue... peut-être même de l'avoir rêvée...

— Ado, j'étais très renfermée sur moi, je ne parlais pas beaucoup. En fait, je n'ai jamais eu beaucoup d'amis, avoua-t-elle en souriant, le visage de moitié enfoui dans ses cheveux.

Elle surprit le regard persistant qu'il avait posé sur elle.

— Qu'est-ce qu'il y a ? demanda-t-elle.

— L'autre soir... je ne voulais pas que ça se passe comme ça. Je ne voulais pas être ce genre de gars.

— Je t'ai laissé croire que j'étais ce genre de fille.

Un silence gênant s'installa entre eux.

— Ma mère vit ici, reprit-elle embarrassée. Enfin en Arizona...

— Donc tu ne restes pas à Los Angeles ?

— Non, enfin je n'en sais rien, je n'ai presque plus de contact avec elle. Il y a un bus pour Phoenix dans quelques heures, je devrais le prendre.

Cet aveu le déstabilisa. Elle le regarda.

« Reste avec moi. » Pensa-t-il.

Il savait que s'il prononçait cette phrase, elle pouvait changer le cours de sa vie. Amy était la fille pour qui il pouvait changer, mais était-il prêt ? Il avait vingt-trois ans et voulait vivre les interdits, les excès. Mais s'il partait maintenant, ils ne se reverraient sûrement jamais.

Ils marchèrent le reste de la nuit main dans la main. Il lui demandait de lui parler d'elle, il semblait s'intéresser à sa vie. Elle s'exécuta naturellement et lui raconta sa vie à l'opéra, du manque de son père décédé trop tôt.

— La danse a été ma bouée, mon moyen d'expression. Un langage universel où enfin on entendait ce que je voulais dire. Puis tout s'est enchaîné naturellement, je suis entrée au corps de ballet de l'opéra de Paris à 18 ans. Je viens d'être promue sujet, si je continue comme ça je pourrai être étoile dans quelques années.

— Mademoiselle est ambitieuse !

— C'est un travail qui demande beaucoup de sacrifices, mais c'est toute ma vie.

Même s'il ne comprenait pas tout, il était subjugué par la passion qui l'éclairait. Elle passa maladroitement sa main dans ses longs cheveux bruns. Il eut l'envie irrésistible de faire ce geste à sa place. Sa vulnérabilité le troublait...

— Qu'est ce que tu fais ici à danser sur ce qui s'oppose à l'opéra ?

— On a monté un groupe avec des amis de l'opéra il y a deux ans maintenant. L'envie d'une parenthèse dans un monde parfois austère et strict. Ça fait du bien de sortir des sentiers battus.

Une étincelle parcourut son regard. Il reconnut cette fougue qu'elle cachait si bien, mais qui ne demandait qu'à jaillir. Devant son air amusé, elle baissa les yeux.

— Et toi, tu ne m'as rien dit sur toi ? dit-elle en se dirigeant vers un banc pour s'asseoir.

Jesse prit une profonde inspiration.

— Ma vie est bien plus banale que la tienne. Je suis né dans une famille de musiciens. Enfant, j'ai commencé à apprendre le piano, mais j'ai vite trouvé ça... ennuyeux. Je me suis mis à la guitare à 15 ans et avec mon jumeau Owen on a créé un duo. J'ai eu mon bac pour rassurer mes parents puis je me suis inscrit en fac de droit un peu au hasard. Je n'ai pas souvent été en cours, avec Owen on a voulu créer un groupe de rock, Mike et Simon nous ont rejoints et la fac a vite été très loin derrière nous. On a fait notre premier concert à l'été 1997, un petit pub de L. A. C'était la révélation ! Mon langage universel à moi.

Il la regarda et lui sourit.

— J'ai alors tout quitté pour le groupe et depuis on essaye de remplir les salles.

— J'aime beaucoup ce que vous faites.

— Ah oui ? C'est tellement loin de ton univers.

— Tu plaisantes ! s'engoua-t-elle. Les Rolling Stones, les Pink Floyd, Led Zeppelin, ACDC sont intemporels. Guns N'Roses, Deep Purle, Metallica. Dans le style punk new wave les Sex Pistols sont déments. Radiohead m'enivre, Aerosmith et Pearl Jam me fascinent. Tu veux que je continue ?

Son rire le toucha en plein cœur. Comme réveillé par la naissance d'une passion commune par la musique, il se sentit pousser des ailes.

— ZZ Top, les Foo Fighters ! ajouta-t-il.

— Blur, The Doors, U2 !

— With or without you !!! cria Jesse enivré par la magie de l'instant.

Amy ria aux éclats, il s'arrêta et la contempla.

— Tu as la voix de Kelly Jones, ajouta-t-elle.

— Le chanteur des Stereophonics ? Comment peux-tu le savoir ? Je ne suis que guitariste.

— Tu n'aimes pas ce que tu fais ?

— Disons que j'ai d'autres ambitions.

— Tu as fait un solo pendant lequel j'ai eu les frissons.

— Tu t'en souviens ?

— Je me souviens de chaque instant...

Ils se regardèrent.

— Ta voix éraillée donne un caractère particulier au groupe. C'est toi qui devrais chanter.

Jesse sourit à la fois heureux et touché.

— Non je t'assure, tu as un charisme fou.

L'air frais de décembre arracha un frisson à Amy. Un regard à sa montre et Jesse se releva en frottant vigoureusement ses mains l'une contre l'autre avant de lui tendre son bras pour l'aider à se lever.

— Je connais un endroit très sympa pour prendre un bon petit déjeuner, ça te dit ?

Elle prit sa main et frissonna instantanément. Avec force, il l'attira contre lui et murmura.

— J'ai passé le plus beau réveillon de ma vie.

Le soleil brillait au milieu d'un ciel bleu, de la fenêtre du café ils regardaient la ville s'éveiller doucement après une veillée bien arrosée. Quelle était cette emprise qu'elle avait sur lui ? Toute notion du temps s'était évanouie. À ses côtés, les choses les plus simples prenaient toutes leurs valeurs. La lumière dégagée par sa beauté naturelle le rassurait autant qu'elle l'effrayait. Il y avait tant de bienveillance dans son regard. Sa vision de la vie était idéaliste et conformiste, mais semblait la rassurer. Elle avait besoin de croire en elle, car au fond de cette image lisse et propre se cachait quelqu'un de passionné. Il suffisait de croiser son regard lorsque, perdue dans ses pensées, ses yeux s'allumaient d'un feu incroyable. Paradoxalement, la fougue de sa jeunesse contrastait indéniablement avec sa douceur. Lui, l'être insensible et égocentrique, était assoiffé de gloire et de reconnaissance. À leur côté, un homme et une femme d'une quarantaine d'années se susurraient des mots doux.

— Un chocolat chaud et un double expresso...

— Quoi ?

Jesse la regarda surpris en revenant à lui. Amy fit un signe de tête à l'intention du couple. L'instant d'après le serveur prenait leur commande, un chocolat chaud et un double expresso.

— Quelle intuition !

— Je te parie que sa femme va l'appeler pour lui demander quand il va rentrer.

Il tourna sa tête en direction des quadragénaires et attendit. Au bout de quelques secondes, il demanda.

— Quand repars-tu ?

— Ce soir.

Une pointe de déception l'accapara. Ces instants avec elle ne devaient-ils pas avoir une fin ?

— Alors il ne faut pas perdre une minute ! s'exclama-t-il en s'opposant à ses pensées. Tu as des impératifs aujourd'hui ?

— Je dois retrouver le groupe dans l'après-midi.

— Ouais moi aussi. Passe la journée avec moi ! S'engoua-t-il soudain.

Son regard la suppliait presque. À cet instant, elle se sentit être le centre du monde. Il la voulait et c'est tout ce qui comptait.

— Donne-moi une minute et je suis à toi.

Elle se leva et sortit pour téléphoner. Au même instant, un autre portable sonna à la table d'à côté, l'homme décrocha « Oui chérie ! J'ai été retenu par le travail, une urgence ! J'arrive ! »

*

Des quartiers chics de Westside, ils traversèrent les terrains de golf et les nombreuses villas luxueuses. Au volant de sa vieille Chevrolet noire, il lui expliquait qu'on pouvait voir la colline d'où surplombent les lettres d'Hollywood. Ils s'arrêtèrent dans cette grande avenue à la recherche de quoi manger lorsqu'elle aperçut la promenade de la célébrité, ce trottoir très célèbre où figuraient des noms de stars, elle saisit sa main et se mit à courir pour voir ces étoiles de plus près.

— Regarde Fred Astaire, désigna-t-elle du doigt. Charlie Chaplin là-bas !

Sous un regard amusé, Jesse tentait de la suivre.

— Ray Charles !

Essoufflée, elle s'arrêta un instant pour le contempler. La vision qu'elle lui offrit lui souleva le cœur. Elle était si naturelle, si touchante.

— Un jour, c'est mon nom que tu verras sur ces étoiles ! s'engoua-t-il. Au côté de Bob Dylan ou Jimi Hendrix !

Cette prétention démesurée l'amusait néanmoins. Il la saisit par la taille pour la faire tournoyer en l'air, riant à gorge déployée.

Plus tard, ils achetèrent deux sandwichs qu'ils mangèrent près des lettres d'Hollywood qui surplombaient la ville. En fin d'après-midi, ils descendirent jusqu'à la marina del Rey pour longer la plage non loin de l'aéroport. Leurs minutes étaient comptées. Tout en contemplant ce quartier balnéaire, ils marchèrent les doigts enlacés.

— Quand reviens-tu ? demanda-t-il devant l'entrée de l'aéroport.

— Pas avant cet été.

Cette rencontre n'était que le fruit d'un instant hors du temps. Il devait se rendre à l'évidence. Malgré le bonheur que cette fille lui avait procuré, semblable à nulle autre personne jusqu'à maintenant, il referma la porte qu'il s'était autorisé à ouvrir. Leurs vies, où plus justement la vie d'Amy était ailleurs, en l'occurrence à Paris.

— Appelle-moi quand tu seras arrivée, se contenta-t-il de dire.

Sa phrase sonna comme une formule de politesse. Brusquement, son cœur devenait lourd. Leurs vies étaient à des milliers de kilomètres, elle allait retrouver la rigidité du conservatoire, les journées interminables de travail. Un univers si différent du sien.

Les jours passèrent. La routine reprit son cours. Quelques textos échangés sans trop savoir quoi se dire, comme s'ils tentaient de garder un contact, un fil invisible. Elle brûlait d'envie de lui dire ce qu'elle avait sur le cœur, mais effaçait les mots qu'elle désirait lui envoyer.

Les semaines passaient. Les messages se faisaient de plus en plus courts. Elle désirait l'appeler pour entendre sa voix puis se ravisait. La timidité qui l'habitait avait repris le dessus, la fougue qu'il lui inspirait s'était envolée.

Les mois passaient. Le printemps arrivait et apportait l'air nouveau qui insufflait l'envie de se réveiller d'un long sommeil. Amy reprit le courage de le relancer. Il répondit immédiatement présent. Après de premières minutes timides, il lui parla de ses projets, des concerts prévus cet été. Il la fit rire. Elle lui parla de ses cours, de son concours qu'elle préparait pour juin. Le son de sa voix résonnait en elle comme la douceur d'une promesse.

— Tu me manques, murmura-t-il. On se voit à la rentrée ?

Il ne s'agissait que de suppositions. Leur histoire était bancale, comme liée à un fil. D'ailleurs de quel genre d'histoire s'agissait-il exactement ?

Juillet 2000

L'été battait son plein. Une chaleur écrasante secouait la France. Le soir du 14 juillet révélait un superbe feu d'artifice sur Paris. Amy semblait perdue dans ses songes, lorsqu'il y a deux ans elle l'avait vu pour la première fois.

Les jours qui suivirent se ressemblaient pour Jesse. Après Philadelphia, ce fut Washington d'où il lui envoya une carte de la maison blanche puis New York pour trois concerts. Il était injoignable ! Les concerts semblaient les révéler au public, les shows se terminaient par de longues nuits arrosées. Amy se découvrait jalouse à l'idée qu'il puisse susciter l'admiration de plus en plus de fans. Par désespoir, elle augmentait ses appels alors que les déboires de Jesse ne faisaient que croître. Le doute poussait la jeune femme dans ses retranchements et l'incitait à oser des comportements dont elle ne se croyait pas capable. Les reproches résumaient leurs conversations pour laisser place à des messages impersonnels et agressifs.

« Tu es avec d'autres femmes ? »

« Je ne te dois rien Amy ! On n'est pas un couple ! »

La froideur dont il pouvait faire preuve était douloureuse. Une souffrance indescriptible envahissait ses sentiments dévorants. Sans réfléchir, elle réserva une place dans une Concorde pour New York et lui envoya un texto pour l'avertir.

3

Hallelujah – Jeff Buckley

25 juillet 2000

Jesse attendait depuis maintenant plus de deux heures à l'aéroport de New York. S'impatientant, il envoya un puis deux textos à Amy.

« Je suis dans le hall central, je t'attends » « Tu es arrivée ? »

Autour de lui, des personnes s'agitaient lorsque l'affichage de l'arrivée du vol disparut.

« Où es-tu ? »

Une heure s'écoula. Les gens, de plus en plus inquiets, cherchaient des renseignements. L'impuissance le tétanisait. Un énième message sur sa messagerie lorsqu'il apprit que le Concorde s'était écrasé. Son cœur se mit à cogner sourdement. Malgré la chaleur, il se mit à trembler. Mortifié, il traversa le hall en courant aussi vite qu'il le put pour sortir de l'aéroport. Pourquoi avait-il été si dur avec elle ? Ses tempes tambourinaient violemment, une soudaine envie de vomir le gagnait. Un café au coin de la rue, il y avait une télévision qui diffusait continuellement des informations. À travers la vitrine, ses yeux se braquèrent sur le petit écran. Les images d'un accident aérien ornaient l'écran avec un texte qui disait « Crash du Concorde n°4590 à Paris – 113 personnes tuées – aucun survivant. » Jesse dut s'accrocher au comptoir tant la tête lui tournait. De sa vie, il n'avait jamais ressenti pareille souffrance. Quelques secondes de trou noir le paralysèrent. Toute notion du temps avait disparu lorsque son téléphone sonna. Sursautant, il le saisit rapidement de sa poche et trembla à la vue du nom d'Amy affiché sur l'écran.

Un changement de dernière minute avait obligé la jeune femme à prendre un autre avion. C'est avec une expression terrifiante qu'il courut vers elle lorsqu'elle passa les portes de l'aéroport. Il l'attira brutalement contre lui en tremblant de tout son corps. Leurs regards se croisèrent un instant avant qu'il l'embrasse désespérément. Une délicieuse onde de chaleur se déploya en elle. Son baiser était passionné et à la fois déroutant. Les jambes d'Amy flageolèrent. Malgré les regards braqués sur eux, elle ne se souciait plus de rien. Elle n'entendait plus le bruit de la circulation ni les allées et venues des passants. Aussi tortueuse qu'enivrante, cette passion débordante l'effrayait autant qu'elle l'attirait.

D'une voix essoufflée, il murmura à son oreille.

— Reste avec moi...

Son comportement la troublait.

— C'est la seule chose que j'ai envie de faire, souffla-t-il vulnérable.

Son front contre le sien, ses mots la retournèrent. Elle glissa les bras sous sa veste pour l'enlacer.

— Je reste avec toi.

Lorsque les portes de l'ascenseur s'ouvrirent, il posa sa main sur sa taille pour l'inciter à sortir. Il déverrouilla la porte de sa chambre d'hôtel. Enlaçant ses doigts aux siens, il l'incita à entrer. Le cœur d'Amy battait à tout rompre. Aussi terrifiée qu'enflammée, elle fit quelques pas et se retourna pour le contempler. Sa beauté était presque insolente. La porte claqua, il s'approcha d'un pas lent avec cette démarche sensuelle et provocatrice. Le regard empli par ce désir foudroyant qu'il avait ressenti dès qu'il l'avait vue dans ce bar. Malgré sa candeur, elle dégageait une sensualité débordante et inspirait l'enivrement le plus fou. La soulevant de terre, elle agrippa ses jambes autour de ses hanches. Il chancela légèrement pour se rattraper contre un mur. Frénétiquement, il ôta les vêtements d'Amy avant d'en faire autant. Ses lèvres sur les siennes, son baiser était long et sensuel. Quand il la resserra contre lui, son corps se cambra pour épouser le sien. Il devenait brusque, ses gestes manquaient de délicatesse. Son corps n'était que désir, il ne contrôlait plus rien.

Amy le regardait dormir depuis bientôt une heure. Ses cheveux noirs mi-longs tombaient sur ses épaules mates et sa poitrine légèrement recouverte par un fin drap blanc accentuait les traits de sa musculature. Amy fut soudain interrompue dans ses pensées par une caresse sur son bras. Jesse la regardait, le visage illuminé d'un sourire.

— Je ne comprends pas l'emprise que tu as sur moi, mais j'adore ça.

Il plaqua son visage contre le sien et murmura.

— Je t'aime Amy.

C'était la première fois de sa vie qu'il prononçait ses mots.

Le lendemain, il lui présenta son frère. Malgré une ressemblance saisissante, Owen avait un visage plus rond et semblait légèrement plus petit. Ils ne cherchaient pas à cultiver leur gémellité. Jesse portait les cheveux longs, Owen les coupait très court. Leurs styles vestimentaires étaient différents, mais malgré tous leurs efforts pour se différencier, une similitude dans leurs caractères semblait évidente. L'un finissait les phrases de l'autre pendant que le deuxième anticipait involontairement le geste du premier. Une complicité qui les caractérisait et ne les rendait que plus attachants.

Les restes de la pizza qu'ils avaient commandée gisaient dans le carton ouvert sur la table basse. Amy rassemblait les parts restantes après un rapide nettoyage lorsque Owen lui tendit une tasse de café avant de se glisser sur le sofa à côté d'elle.

— Alors c'est toi la fille qui fait perdre la tête à mon frère ?

Face à ses propos déroutants, elle ne put réprimer un rire nerveux.

— Je ne sais pas ce que tu lui as fait, mais c'est la première fois que je le vois comme ça.

Il lui adressa un sourire bienveillant qui la mit rapidement en confiance. Son charme était évident, tout comme son frère il possédait cette assurance qui les caractérisait et faisait aussi leur charisme. C'est à ce moment-là que Jesse apparut à l'angle de la porte, le regard posé sur la jeune femme. Son sourire ravageur inondait son visage.

— J'ai l'impression de t'avoir déjà vue quelque part Amy, ajouta Owen en plissant les yeux.

— Tu fais erreur, elle vit à Paris.

Jesse les rejoignit pour s'asseoir tout contre la jeune femme en passant une main autour de son cou, ce qui la fit rougir. La chambre d'hôtel n'était pas très grande, mais bénéficiait d'une jolie vue. Owen se leva pour augmenter le volume d'une musique en bruit de fond. Une longue exclamation avant de taper dans ses mains et sauter les pieds joints, il défia son frère tout en le fixant du regard le doigt pointé dans sa direction. La voix acérée d'Eminen avec son titre « The real slim shady » jouait avec un rythme entraînant et l'enchaînement de rimes complexes. Jesse se leva et imita son frère qui faisait des vagues avec son corps tout en criant des paroles. Amusée, Amy les regardait, la musique tenait une place prépondérante dans leur vie et occupait la majorité de leurs conversations, mais cela importait peu. Ils étaient passionnés et ils savaient le rendre communicatif. Elle découvrait Jesse sous un nouveau jour. Taquin et rieur, un véritable amour unissait les deux frères. Owen s'approcha d'Amy pour l'inciter à danser avec eux. Leurs rires résonnaient aux quatre coins de la chambre. Le frère de Jesse était doux, peut-être quelque peu moins excessif que son double. Il avait tout de suite adopté la jeune femme et repéré qu'elle avait comme eux cet engouement pour la musique.

— Qui aurait cru que je danserais sur Eminem ! s'exclama-t-elle rieuse.

— Pourquoi, c'est quoi ton style ?

— Ce n'est pas une question de style, mais de sincérité. Mozart disait « La musique n'est pas seulement des notes, mais aussi le silence qu'il y a entre. »

Owen héla agréablement surpris avant de lancer un clin d'œil à son frère.

— Faut pas la lâcher celle-là, ironisa-t-il en chambrant son jumeau.

Après leur avoir demandé de jouer quelque chose à la guitare, Amy se lova dans le canapé pour les écouter. Ce morceau improvisé était un moment coupé hors du temps. Comme elle l'avait imaginé, la voix de Jesse se mariait divinement bien avec leurs guitares. La musique était un prolongement d'eux-mêmes. Elle rendait libre, tout comme sa passion pour la danse. En cette soirée spéciale et parfaite, tous les trois semblaient être sur la même longueur d'onde.

Teinté de magie et regorgeant d'émotions nouvelles, leur été fut idyllique. Amy et Jesse passèrent quelques jours le long de la côte ouest à se baigner sur les plages de Long Beach et à découvrir les parcs nationaux qui bordaient le littoral. De Santa Monica à Santa Barbara, ils s'adonnaient au Volley Ball et se prélassaient sur un transat à siroter un cocktail. Se prenant en photo au pied des célèbres postes de surveillance des sauveteurs de Malibu, ou slalomant à travers les nombreuses personnes en maillot de bain chaussées de rollers, ils se laissaient vivre au gré de cet été californien.

Une nuit, Jesse fut réveillé par des coups qu'Amy lui portait dans un sommeil agité. De plus en plus violente, elle pleurait et criait des mots incompréhensibles. Un instant choqué devant la panique qu'elle semblait vivre, il saisit fermement son épaule pour l'inciter à se réveiller. Devant son calme retrouvé, ses yeux s'ouvrirent difficilement.

— Ca va ? demanda-t-il inquiet.

Le temps de reprendre ses esprits, elle le regarda un instant, désorientée.

— Tu as fait un cauchemar.

Elle se rallongea sans dire un mot visiblement encore à moitié endormie.

Le temps défilait et bientôt c'était l'heure de rentrer en France pour commencer une nouvelle année au conservatoire.

— Tu crois que ça va marcher entre nous ? demanda-t-elle avant d'embarquer.

— Pourquoi ça ne marcherait pas ?

— Tu sais… moi à Paris… toi ici…

— Chut, murmura-t-il en la prenant dans ses bras. Je suis complètement fou de toi Amy et je ne suis pas prêt à te laisser tomber.

*

Trois semaines plus tard – Paris – 24 septembre 2000

Elle venait d'apprendre qu'il viendrait la chercher à la sortie de l'opéra pour passer le week-end ensemble. Ils ne s'étaient pas vus depuis trois semaines. Malgré le peu de temps passé ensemble, elle l'avait dans la peau. Aussi fou que cela puisse paraître, ses pensées n'étaient que pour lui. Elle n'avait jamais connu de sentiment aussi fort. Sa journée fut interminable, encore une heure et elle serait dans ses bras. Ce moment, elle l'avait rêvé chaque soir depuis qu'elle était rentrée à Paris. Il était si loin, mais semblait si proche à la fois. Sa dernière heure était consacrée à la répétition d'une variation apprise en début de semaine. La distribution des rôles en vue du prochain ballet allait bientôt être évaluée.

À travers l'imposante baie vitrée, il l'aperçut s'élancer tel un cygne. C'était la première fois qu'il la voyait danser ainsi. Sa technique était parfaite, son corps ondulait merveilleusement sur la musique. Elle n'était que grâce et volupté. Il pouvait la regarder danser des heures, ses mouvements aériens, ses gestes précis, son regard transcendé. La danse l'inspirait. Jamais personne ne l'avait marqué à ce point et ses sentiments lui faisaient parfois peur. C'était la première fois de sa vie qu'il vivait quelque chose de plus fort que sa musique. Elle était si différente de son univers.

Les portes s'ouvrirent. Lorsqu'elle l'aperçut, elle courut dans sa direction et sauta dans ses bras. Ils poussèrent chacun un profond soupir de plénitude comme si tout se résumait à cet instant. Leurs regards se croisèrent, ils se dévisagèrent un instant avant de savourer leur premier baiser. Le goût de ses lèvres était comme dans ses souvenirs, l'odeur de sa peau, la douceur de ses cheveux, rien n'avait changé.

Ils passèrent la porte de la chambre de bonne où vivait Amy, emplis de l'envie puissante de se consumer. Il ôta ses vêtements d'un geste vif et maladroit, elle en fit de même. Son cœur battait à tout rompre, elle caressa du bout de ses doigts son torse et il fut parcouru de frissons. La violence de son désir la bouleversait. Son pouls s'accélérait. Ses traits commençaient à se crisper sous l'emprise du désir. Ce qu'elle découvrait avec lui l'enivrait. La tête en arrière, elle s'abandonna à cette délicieuse vague de désir.

Étendu sur le dos, son regard s'orienta vers des morceaux de papier collé au mur. Sur certaines des citations d'Oscar Wilde, il pouvait lire : « *La beauté est dans les yeux de celui qui regarde* », « *On devrait toujours être légèrement improbable* », « *Les folies sont les seules choses que l'on ne regrette pas.* » Alors qu'il voyait souvent de la pudeur en elle, ses phrases semblaient être là pour l'accompagner dans sa quête d'assurance. Ce n'était qu'une question de temps, il le savait.

Elle se leva totalement nue, ses lignes droites et légèrement musclées témoignaient des efforts quotidiens de son travail. Il ne se lassait pas de la regarder.

— On n'a plus rien à manger, il va falloir qu'on sorte ! s'exclama-t-elle.

— Danse pour moi... susurra-t-il.

Elle se retourna et le regarda surprise.

— S'il te plaît, danse pour moi.

Se rapprochant doucement du lit, elle s'exécuta et commença à onduler son corps. Un doux va-et-vient des reins qui provoqua instantanément une accélération du pouls de Jesse. Telle une ensorceleuse, elle diffusait son pouvoir d'attraction sur lui. Son regard n'était que désir, ses gestes que sensualité.

— Tu es si belle.

Elle n'était pas habituée à entendre ses mots et se mit à rougir en réalisant ce qu'elle faisait, mais avec Jesse elle était une autre personne, plus folle, plus vivante. Ses bras remontaient langoureusement ses longs cheveux. Ses doigts parcouraient les courbes de sa taille avant de se retourner et se cambrer voluptueusement. N'y tenant plus, il bondit hors du lit et plaqua ses mains le long de ses reins. Impudente, elle lui fit face et attira son corps davantage contre le sien pour l'initier au mouvement.

— Je savais que tu étais audacieuse Amy Guérin, tu le portes en toi.

Ils ondulèrent en rythme alors qu'il posa une main vers son cœur et murmura.

— C'est juste là prêt à jaillir.

Elle avait ce côté double qui l'intriguait tant. Mi-ange, mi-démon. Mi-sage, mi-provocante. Dans une simplicité des plus sincères, c'est ce qui rendait toute son intensité. La rigidité de son cursus artistique se révélait souvent dans son chignon académique et un regard impassible. La timidité parfois. La fougue l'instant d'après. Une passion vivait en elle prête à exploser à tout moment.

L'automne fut doux et plein de promesses pour Jesse et Amy. Ils parvenaient à se voir une fois par mois et leurs retrouvailles semblaient chaque fois plus fortes. L'un l'autre s'inspirait. Le mariage de la musique et de la danse les faisait s'envoler vers un langage universel qui décuplait leur imagination. Elle lui inspirait des airs de guitare enivrants. Il lui révélait toute la sensualité qu'elle exprimait dans son art. Elle était sa muse. Il était son Pygmalion.

Ils passèrent le réveillon de Nouvel An ensemble à Paris. Ancrés dans la magie hivernale de la capitale, ils arpentaient les plus grandes rues main dans la main. Du quartier de Montmartre à l'avenue des Champs-Elysées, pour repartir glisser sur les plaques de verglas de l'esplanade du Trocadéro. Le temps d'une pause pour se réchauffer, ils se remémoraient joyeusement les délicieuses odeurs de leurs enfances, une tasse de chocolat chaud au creux de leurs mains. Oubliant parfois le monde qui les entourait, ils vivaient leur amour sans limites.

4

Crazy - Aerosmith

14 février 2001 – Los Angeles

Etendus nus sur le lit, ils se regardèrent essoufflés avec un sentiment de plénitude retrouvé. Comme une dose de drogue circulant voluptueusement dans son sang, Jesse savourait ces quelques minutes où son corps s'apaisait tout contre celui d'Amy. Il aimait ce qu'elle était, sa douceur, mais aussi toutes les notes de couleur qui façonnaient sa personnalité, en l'occurrence assez complexe. Chaque nouvelle journée passée à ses côtés renforçait l'amour qu'il portait pour elle tout en accentuant ses excès à lui. C'était plus fort que lui, il voulait toujours tout maîtriser. Ses nerfs lui dictaient sa conduite et pourtant au côté d'Amy, il se sentait exister différemment.

— Ça m'avait tellement manqué, murmura-t-il.

Au son du groupe Radiohead diffusé en fond, il resserra son étreinte. Les yeux clos, il s'imprégnait de la voix de Thom Yorke qui avait toujours eu un effet apaisant sur lui, puis murmura d'une voix cassée par l'émotion.

— Il y a des jours où je serais prêt à tout quitter pour toi.

Amy repoussa sa main et s'assit face à lui. L'air sérieux, elle répondit.

— La musique est ton avenir, tu es fait pour ça.

— Je ne suis plus sûr de rien quand je risque de te perdre.

Il pencha la tête pour regarder le ciel à travers la fenêtre et chasser ses idées noires.

— Tu vois ça ? demanda-t-il en désignant une étoile brillant plus que les autres. Certains disent qu'on a chacun la nôtre. J'aime penser qu'il s'agit de personnes qui nous étaient chères.

Sa voix devenait triste. Amy se demandait à qui il faisait allusion. Durant toutes ses années, il ne s'était guère confié sur son enfance, pas plus que sa famille. Profitant de cet instant favorable à la confession, elle se redressa pour tenter de capter son regard.

— Tu ne m'as jamais parlé de tes parents.

— Il n'y a pas grand-chose à dire. Ils étaient cool, ma mère était d'un éternel optimisme qui nous agaçait parfois, mon père respirait l'insouciance. Il était amateur dans un groupe de rock, je crois que c'est lui qui nous a transmis sa passion pour la musique. Un accident de voiture les a emportés tous les deux, il y a cinq ans maintenant.

Touchée par ses premiers aveux, Amy en avait le cœur retourné. Il s'était lancé dans ce discours sans la moindre retenue. Une peine grandissante lui donna la nausée. Plus que tout au monde, elle voulait être avec Jesse. Ses doigts s'accrochèrent à son tee-shirt pour exercer une légère pression et l'inciter à le regarder. Cette expression était saisissante, authentique et fragile. Il l'attira contre sa poitrine pour calmer cette peur qui l'assaillait. Joue contre joue, ils contemplaient le ciel.

— Mon rêve dévore ma vie au point de me déconnecter de la réalité, murmura-t-il. Tu es mon point d'ancrage quand je ne sais plus où je suis. Je vais me perdre dans la musique.

— Tu dois trouver ton équilibre, répondit-elle en ravalant les larmes.

Elle comprenait parfaitement ce qu'il voulait dire, elle-même ressentait parfois cette aspiration l'envahir, mais à la différence de Jesse la peur la tenaillait et le contrôle la freinait.

— Je ne peux pas t'imaginer faire autre chose dans la vie. Avec la musique, tu es toi-même. C'est sans elle que tu pourrais te perdre.

*

23 avril 2001 – Los Angeles

Jesse n'était pas venu à Paris en mars comme prévu. Son groupe avait accepté de faire la première partie d'un groupe de rock alternatif à travers l'Ouest américain.

Amy préparait une variation imposée tirée du ballet de Don Quichotte pour le rôle de Kitri. L'ultime représentation donnée par l'opéra de Paris. L'annonce de sa période studieuse à venir alourdit l'ambiance. Ils avaient passé cinq jours de vacances ensemble et venaient de clôturer cette semaine chez Owen. La soirée avait été détendue malgré la tension qui régnait toujours durant les quelques heures qui précédaient leur séparation. Alors qu'il roulait le long de l'artère principale remontant Brooklyn, Jesse encaissait silencieusement cette nouvelle contrariante quand une voiture les doubla à vive allure.

— S'il continue à conduire comme un débile celui-là, il va avoir un accident, commenta-t-elle pour détendre l'atmosphère.

Brusquement, cette voiture perdit le contrôle à l'amorce d'un virage, plusieurs mètres au loin. Jesse écrasa la pédale de frein tout en serrant la mâchoire. Cramponnée à son siège, Amy rentrait la tête dans ses épaules tout en plissant les yeux.

— Comment tu fais ça ? cria-t-il une fois la voiture immobilisée.

— Fais quoi ?

— Laisse tomber.

Une fois garé, il se pressa de sortir du véhicule en regardant l'autre voiture au loin reprendre doucement sa route après avoir quitté la trajectoire sans conséquence. Amy repartait le lendemain matin. Après deux mois de séparation, les retrouvailles avaient été explosives. Leurs sentiments devenaient chaque jour plus incontrôlables, l'éloignement de plus en plus difficile à gérer.

Elle enfouit son visage au creux de son cou, une pointe de tristesse l'assaillait. Elle s'accrochait à cette histoire comme à une bouée, mais devinait que cela ne pourrait pas durer ainsi éternellement.

*

16 juin 2001 - Paris

Le groupe de Jesse avait préparé une tournée pour cet été. Toutes les dates étaient bouclées pour un mois entier à travers les États-Unis. Après avoir attendu à la porte de la chambre de bonne d'Amy pendant une heure et essayé de l'appeler plusieurs fois sur son portable, il décida de se rendre à l'opéra. À vingt-trois heures, il arriva devant la salle de répétition où la jeune danseuse enchaînait des mouvements avec un partenaire. Elle avait les traits tirés, des cernes sous les yeux et semblait quelque peu amaigrie. De la transpiration ruisselait de son visage. La proximité des deux danseurs l'irrita très vite. Jesse ne supportait pas de le voir poser ses mains sur elle, les voir si proches l'un de l'autre. Une fois l'entraînement terminé, elle l'aperçut enfin et s'élança vers lui en sautant dans ses bras. À ce contact, il prit une profonde inspiration. Que c'était bon de la sentir contre lui ! Ses absences le faisaient de plus en plus souffrir.

— Vous avez l'air très proche.

Tout en libérant ses cheveux de son chignon, elle s'arrêta pour le contempler.

— De qui tu parles ?

— Ton danseur ! Qui d'autre ?

— On danse c'est tout, conclut-elle irritée en ramassant son sac.

— Arrête Amy, c'est bien plus que de la danse !

Elle s'arrêta et le dévisagea.

— Quoi ? Tu plaisantes ?

Cherchant une réponse dans ses yeux qu'elle n'obtint pas, elle reprit son chemin lorsqu'il la rattrapa durement par le poignet.

— Si j'apprends que…

— Il n'y a rien entre lui et moi ! Coupa-t-elle.

Ils se défièrent quelques instants, les traits durcis. L'épuisement des derniers jours la rendait agressive et elle s'en voulait. Elle manquait tellement de sommeil ! Pour toute réponse, elle enfouit son visage au creux de son cou. Le parfum naturel de sa peau l'apaisa instantanément. Cette nuit-là, elle s'était endormie sur le canapé alors qu'il réglait les derniers détails de leur future tournée au téléphone. Il se contenta de la porter jusqu'à son lit et de la regarder dormir le cœur prêt à exploser en réalisant une nouvelle fois que leur relation ne pouvait pas durer comme ça.

Le sommeil d'Amy était agité. Le front plissé, elle répétait un non plaintif.

« Sauve-toi ! » s'écria-t-elle les joues empourprées. Elle semblait vouloir chasser quelque chose avec ses mains. Son regard se crispait. *« Hailey NON ! »*

Réveillé en sursaut, Jesse pouvait lire de la souffrance sur son visage. C'en était assez ! Sans ménagement, il secoua ses épaules.

— Amy, réveille-toi !

Elle le regarda un instant perdue.

— Qu'est-ce qui te ronge comme ça ?

Le week-end fut long pour Jesse. La journée, il arpentait les rues de Paris, le soir elle ne semblait pas totalement avec lui, comme ailleurs. Il repartit le dimanche soir. Ils s'embrassèrent passionnément presque désespérément puis il s'éloigna sans se retourner. Une profonde tristesse l'envahit. Amy le regarda s'éloigner, un nœud au creux de la poitrine.

5

Ordinary life – Kristen Barry

L'été battait son plein. Sous la chaleur écrasante de Paris, Amy avait participé à quelques festivals. L'ambiance des bords de mer lui rappelait ce jour où elle avait rencontré Jesse. Chaque détail lui semblait si fort et intact. Aujourd'hui, plus rien n'était pareil. Pour la première fois, quelque chose ou plutôt quelqu'un passait avant la danse. Totalement empreint de lui, elle s'était laissé envahir par un flot d'émotions en pleine audition. Depuis la venue de cet homme dans sa vie, elle perdait le contrôle. Envahie par une peur sournoise et destructrice, sa force s'amenuisait chaque jour au profit de cet amour maladif. Son esprit à des milliers de kilomètres de Paris, son audition avait été un échec. C'était tellement douloureux de l'aimer. Pour la première fois, elle comprenait qu'elle ne pouvait rien maîtriser alors qu'elle avait été toute sa vie dans le contrôle le plus parfait. Paradoxalement, elle ne s'était jamais sentie aussi vivante. C'est ce sentiment qu'elle aimait, cette liberté, ce désir violent qui irradiait son corps dès qu'elle pensait à lui. Aujourd'hui plus que jamais, elle voulait tout quitter pour le retrouver. Elle sentait que quelque chose s'éteignait doucement, et cette idée la paralysait. Malgré l'échange incertain de quelques textos pendant qu'il était en pleine tournée, elle se renfermait chaque jour davantage et devenait impatiente.

Jesse terminait sa tournée d'été. Elle ne l'avait pas vu depuis deux mois, aussi elle eut envie de lui faire la surprise de sa venue. Quand elle l'aperçut sur scène, elle crut son cœur prêt à exploser. Il paraissait si rayonnant, si investi et passionné. Leur groupe marchait bien et leur tournée était un triomphe. Lorsqu'il pénétra dans la loge où elle l'attendait, Jesse se figea instantanément. Il la contempla un instant et soupira de soulagement. Un léger sourire ravageur se dessina au coin de sa bouche. Un flot de bonheur intense submergea Amy qui courut vers lui pour sauter dans ses bras. Leurs bouches s'entrechoquèrent. Leurs respirations s'intensifièrent. Il la posa à terre pour enfouir ses mains dans ses longs cheveux soyeux et respira à plein poumon son odeur.

— T'as pas idée à quel point c'était dur sans toi, souffla-t-il.

Ils étaient comme seuls au monde et n'entendaient plus les commentaires déplacés des membres du groupe sur le seuil de la porte. Ses émotions la submergeaient. Face à cet étourdissement, elle sentit perdre son équilibre.

— Je vais tomber, haleta-t-elle entièrement ivre de plaisirs.

— Je suis là. Je serai toujours là.

Ce qu'elle aimait se sentir aussi vivante dans ses bras ! Rapidement, elle perdait tout contrôle et ce sentiment l'affolait autant qu'il l'enivrait.

Rentrés à Los Angeles dès le lendemain, les quelques jours qu'ils passèrent ensemble furent déroutants. Jesse redoublait de passion, Amy le surprenait parfois le regard vide puis l'instant d'après il débordait de folie. Ils s'étaient enfermés dans une bulle emplie de fièvre. Mais à l'approche du départ de la jeune femme pour une nouvelle rentrée au conservatoire, il semblait tendu.

— Je ne vais pas prendre cet avion.

Il se redressa brusquement pour la dévisager.

— Qu'est ce que tu racontes ?

— Je reste avec toi à Los Angeles. J'arrête le conservatoire.

Son expression ne laissait pas la place à un quelconque doute, elle était très sérieuse.

— Ne fais pas ça…

— J'ai réfléchi tout l'été, c'est ce que je veux Jesse. Je ne reviendrai pas sur ma décision.

Cette nuit-là, elle cria de nouveau le prénom d'Hailey dans son sommeil. L'état dans lequel il la découvrit lui fendit le cœur. La sueur coulait le long de son visage, ses dents se serraient devant l'effroi qu'elle vivait, ses poings fermés tapaient le matelas. N'y tenant plus, il la secoua fermement pour la voir enfin s'apaiser.

— Qui est Hailey ? demanda-t-il.

Comme à son habitude, elle choisissait le silence.

— Amy parle-moi ! ordonna-t-il. Je répète : Qui Est Hailey ?

— Mon amie d'enfance, murmura-t-elle. Elle est morte…

Elle se redressa sur le lit et attrapa nerveusement ses doigts.

— On s'est connues à l'âge de sept ans et on est vite devenues inséparables.

Ces mots semblaient hésitants, mais d'un regard bienveillant il l'incita à poursuivre. Après toutes ces années, elle allait enfin se livrer alors qu'il n'y croyait plus.

— Comme moi, elle aimait danser et rapidement on se mettait à pousser les meubles du salon pour reproduire la chorégraphie du dernier tube à la mode. On a commencé les cours dans une école de danse à l'âge de neuf ans. À ses côtés, j'ai passé mes plus belles années puis Faith est arrivée. Elles sont vite devenues très complices jusqu'à cette fête où tout a dérapé…

Les yeux rivés sur les draps, elle tentait de cacher son malaise.

— Continue…

— Autour d'un feu de camp, on avait tous beaucoup trop bu. Une fille disparut et tout le monde entreprit de la retrouver. Hailey se mit en tête d'appeler les esprits autour d'un feu de camp pour la retrouver… c'était son truc, la magie, les incantations… toutes ces choses un peu tordues. J'avais encore un peu de lucidité quand j'ai vu des ombres danser dans le brasier, des éclairs se mirent à craquer partout autour de nous, le vent se leva et encercla Hailey dans les flammes. Perdue dans ses invocations, elle semblait comme possédée. Elle me faisait peur… puis je l'ai entendue crier. Le feu avait gagné en puissance, je ne pouvais rien faire. Je devinais son ombre à travers les flammes… ses cris étaient insupportables… je me sentais tellement impuissante…

Son récit l'avait soudain rendue si vulnérable. Son corps tremblait fortement lorsqu'elle tenta un regard vers Jesse qui la contemplait d'un air grave.

— J'ai couru à la recherche de quelqu'un, mais j'ai fait une chute. Je me souviens de la froideur de cette eau qui s'infiltrait partout dans mon corps. Je n'arrivais plus à respirer, j'ai senti des bras autour de moi puis ce fut le trou noir. Je n'ai pas pu la sauver...

— Tu étais en train de te noyer ! Tu aurais pu mourir..., murmura-t-il comme pour lui-même. Tu ne pouvais rien faire, consola-t-il d'une voix douce.

Il cala son visage en pleurs contre lui et exerça un léger mouvement de bascule pour la bercer.

— J'ai besoin de toi Jesse. Laisse-moi rester auprès de toi...

Ces quelques jours sonnaient comme les plus beaux de leurs vies, les plus bohèmes, les plus fous, les plus passionnés. Amy avait appelé Sarah pour lui dire qu'elle ne rentrerait pas.

— Mais ta carrière Amy ! Tu y as pensé ? s'insurgea son amie.

Sa décision avait été impulsive, mais la liberté qui l'avait envahie depuis son choix ne l'avait pas quittée, elle se sentait invincible, totalement désinvolte. Amoureux, ils se permettaient tout. Il la changeait doucement pour la rendre plus sûre d'elle. Elle l'écoutait composer des airs aussi fragiles qu'intenses. Il lui soufflait des mots qu'elle couchait sur le papier. À deux, ils assemblaient leurs idées pour créer des textes sensibles et passionnés. Sa musique lui insufflait des chorégraphies romantiques et aériennes. Ensemble, ils excellaient dans leurs arts. De temps à autre, la réalité tentait de percer la forteresse qu'ils s'étaient construite. Sarah renouvelait ses appels sans succès pour la forcer à rentrer. La représentation d'un spectacle de danse où Jesse l'invita semblait la rendre malheureuse et fragile. Une soirée arrosée avec le groupe la plongeait corps et âme dans une danse enflammée où, accablée par un manque, elle revenait s'asseoir désespérée, malgré le souhait de le cacher sous un sourire contrôlé.

Jesse comprenait ce qu'il se passait progressivement sous ses yeux et lorsqu'il abordait le sujet c'est le déni qui l'accablait. La perceptive de la voir malheureuse le tétanisait. C'est pourquoi fin août, il prit la plus douloureuse décision de sa vie.

— Je ne veux pas être celui qui t'a arrachée à ce qui fait ta force. Repars à Paris et reprends le conservatoire.

Sa mâchoire était crispée, son regard comme éteint. Il tentait de se concentrer sur ce qu'il avait répété toute la nuit dans sa tête.

— La danse ne signifie plus rien quand tu es loin de moi, répondit-elle mécaniquement.

— Au contraire Amy, c'est là que tu excelles ! Tu te caches à travers moi, mais il est temps que tu affrontes tes peurs.

Il parlait sans la regarder de peur de faire marche arrière.

— Je ne partirai pas ! trancha-t-elle frémissante de colère. Regarde-moi Jesse !

Il s'exécuta. Les dents serrées, il soutenait son regard et ajouta d'une voix ferme.

— Je ne te laisse pas le choix. C'est fini Amy, je te quitte.

Elle resta un instant bouche bée et recula comme si elle avait été frappée, le regard fixé sur cet homme. Puis comme un automate, elle s'approcha avec une colère non dissimulée pour frapper son torse de ses poings.

— Tu n'as pas le droit ! gémit-elle entre deux sanglots.

Il ne bougea pas d'un pouce et encaissa les coups sans broncher.

6

Wait - M83

Après avoir cru devenir fou à la suite du départ d'Amy, Jesse se plongea à corps perdu dans l'écriture. Son désespoir lui inspirait des paroles des plus mélancoliques. Il se découvrait romantique et son frère commençait à s'inquiéter de le voir toujours enfermé. Les quelques jours après son départ avaient été passés à dormir. Bourré de somnifères, le sommeil était son seul répit. Parfois, un rêve d'Amy le réveillait en proie à un mal être encore plus grand. Le plus étonnant dans leur histoire, c'est qu'il tenait à elle plus qu'à sa propre vie.

Lorsqu'il ralluma son portable éteint depuis ces derniers jours, il découvrit plusieurs textos. Le premier était de Simon qui lui rappelait que tout le groupe devait se rendre à New York le 11 septembre, date à laquelle il devait signer avec une importante maison de disque au cœur du quartier de Manhattan. Il regarda sa montre qui indiquait le 9 et soupira à l'idée de devoir rapidement réserver un vol.

Le deuxième texto était de Sarah, l'amie d'Amy. À vrai dire, elle lui en avait envoyé trois. Elle lui expliquait le mal-être de son amie.

« Am ne va pas bien. Ce serait bien si tu pouvais l'appeler »
« S'il te plaît ! Je ne la reconnais plus ! »
« Tu es si insensible que ça ? »

Ses mots lui faisaient mal. Il se sentait si nul. Comment pouvait-il réagir ? Son cœur se mit à cogner sourdement. Un peu plus bas sur son écran figurait le nom d'Amy. D'un doigt hésitant, il cliqua dessus.

« Crois-tu qu'on peut survivre à ça ? »

Il appuya sur répondre et tapa d'une main hésitante à travers les larmes qui brouillaient progressivement sa vue.

« *Tu me manques tellement que ça me rend malade. J'ai peur de devenir fou.* »

Qu'était-il en train de faire ? Il n'avait pas le droit, il appuya nerveusement sur la touche effacée. Un deuxième message d'Amy attira son attention.

« *Je vais venir te voir.* »

L'idée de peut-être bientôt la voir l'emplit d'une euphorie soudaine. Mais très vite, il réalisa que cela ne changerait rien. Elle avait toute une vie à construire dans la danse et une grande porte s'était ouverte pour elle à Paris. Et lui…

Il était à peine midi quand il saisit son portable pour l'appeler, chez elle il devait être vingt et une heures. Une nervosité grandissante l'envahit, il racla sa gorge à deux reprises et essuya sa main moite contre son jean. Elle décrocha à la troisième sonnerie.

— Bonjour Amy, je t'appelle pour te dire qu'il ne faut pas que…

— Il faut que je te voie Jesse, coupa-t-elle d'une voix nerveuse.

Malgré les événements, entendre sa voix après dix jours de silence le submergea d'un bonheur indescriptible.

— Je pars à New York demain, reprit-il. À partir du 13 ça te convient ?

Elle prit une brève inspiration avant de demander.

— Tu es obligé d'y aller ?

— Bien sûr ! On va enfin signer un premier album, annonça-t-il en se frottant le front.

Un silence les éloigna quelques secondes.

— Am ?

— Je dois te voir Jesse ! Je t'en prie…

— Que se passe-t-il ? S'inquiéta-t-il.

— J'ai l'impression que quelque chose d'horrible va se passer…

— De quoi parles-tu ?

— Je ne sais pas…

Après un silence qui lui parut insupportable, il murmura.

— C'est très dur pour moi aussi…

— J'aimerais que tu me dises que tout va bien, souffla-t-elle en pleurant.

— Ne pleure pas, gémit-il, la main le brûlant de ne pas pouvoir la toucher. Retrouve-moi à New York, d'accord ?

La vulnérabilité dans sa voix était palpable.

— Le 11 au Wild Blue, un bar au 107e étage de la tour nord du World Trade Center.

— Je t'attendrai.

*

11 septembre 2001- 8h15

Downtown, la pointe sud de Manhattan, plusieurs immeubles d'affaires. Jesse sortit du taxi avec Owen. Arrivé au pied des tours jumelles, il mit sa main en visière sur son front pour contempler leurs hauteurs incroyables. Arrivés la veille, Mike et Simon les rejoignirent euphoriques. Ils traversèrent le hall vitré pour monter les escaliers d'où partaient les ascenseurs. Jesse jeta un coup d'œil sur son portable. Il ne savait pas si Amy était déjà là. L'angoisse montait à l'idée de la revoir.

Ils arrivèrent à l'heure du rendez-vous dans les bureaux d'une petite maison de disques qui venait juste de révéler un nouveau groupe de rock. Une hôtesse d'accueil leur demanda de patienter quelques instants, le directeur était en ligne et les recevrait d'ici quelques instants.

8h30

Du haut de la deuxième tour, la vue offrait un spectacle magnifique sur l'île de Manhattan. C'était la première fois qu'Amy venait à New York, cette ville dégageait une énergie communicative et un sentiment de grande puissance. Malgré ces sensations plaisantes, quelque chose la perturbait depuis plusieurs heures. Une impression de perte d'équilibre s'était emparée d'elle depuis sa sortie de l'avion. Au sol, tout lui sembla soudain flou et une poussière grise recouvrait le sol. Elle secoua énergiquement la tête comme pour se réveiller et la poussière disparut. Elle écrivit un rapide message à Jesse pour lui dire qu'elle était arrivée et repartit en direction des escalateurs. Une pointe d'excitation mêlée d'une grande nervosité la gagnait doucement à l'idée de le voir. Une fois franchie la porte de l'ascenseur, elle pensa à leurs retrouvailles.

8h45

— Le directeur va vous recevoir, annonça l'hôtesse en se levant de sa chaise. Si vous voulez bien me suivre.

Au moment où ils se levèrent, une vive secousse les déstabilisa tous un instant.

— C'est quoi ça ? hurla Simon.

La porte du bureau s'ouvrit vivement et un homme d'une quarantaine d'années apparut.

— Tout va bien Jessica ? demanda-t-il à l'hôtesse.

Cette dernière acquiesça nerveusement.

— On dirait que la tour a bougé de quelques mètres, ajouta-t-il. Appelez l'autorité portuaire s'il vous plaît, qu'il nous dise ce qu'il s'est passé.

La porte du bureau du directeur laissée grande ouverte, Owen cria.

— Merde y a le feu !

Simon s'engouffra dans le bureau pour regarder par la fenêtre. Une épaisse fumée noire recouvrait progressivement la vitre. Quelques flammes s'échappaient du dessus. Après être resté interdit quelques secondes, Jesse s'approcha de Simon pour voir ce qu'il se passait à l'étage du dessus. Un bruit incessant d'alarme retentissait au-dessus de leurs têtes lorsqu'une voix venant d'un haut-parleur annonça.

« Nous vous demandons de bien vouloir rester à vos postes. »

— Ils m'ont dit qu'il fallait évacuer par les escaliers, intervient Jessica.

— Il faudrait savoir, rétorqua Simon.

— Qu'est ce qu'on fait ? demanda Owen à Jesse.

Celui-ci traversa les bureaux pour ouvrir la porte qui menait au couloir. Il n'avait jamais vu un noir aussi intense. Le front plissé, il réfléchit un instant tout en passant nerveusement la main dans ses cheveux. Au plafond, de la fumée commençait à rentrer.

— Il faut partir d'ici ! annonça-t-il.

49

— T'es dingue ! commenta Mike. On ne sait pas ce qu'il y a là-bas.

— Il a raison, ajouta le directeur. J'attends les secours.

Owen s'était déjà rapproché de son frère pour le suivre avant de demander.

— Simon, tu viens ?

— Je ne crois pas que ce soit une bonne idée. Les pompiers vont arriver.

— Ne faites pas les cons ! Faut bouger maintenant ! s'énerva Jesse.

— Sans moi Jesse, on vous retrouve en bas. Faites attention.

Hésitant, il laissa échapper un juron et partit avec son frère.

8h55

Amy sortit de l'ascenseur quand elle plongea dans une foule qui descendait les derniers escaliers de la deuxième tour. Surprise, elle comprit que quelque chose venait de se passer. Elle interpella une femme d'une cinquantaine d'années qui quittait les lieux suite à un problème dont elle ignorait tout.

— Vous feriez mieux d'en faire autant, dit-elle.

Ses pensées allèrent immédiatement pour Jesse. D'une main tremblante, elle saisit son téléphone pour composer son numéro quand une personne de la sécurité la stoppa gentiment.

— Remontez Madame, la tour ne craint rien. Retournez dans vos bureaux.

Comme d'autres hommes d'affaires, elle obtempéra avant d'entendre Jesse lui répondre.

— Amy ? Tu vas bien ?

— Mais qu'est-ce qui se passe ?

La voix étonnamment inquiétante de Jesse lui arracha un frisson.

— J'en sais rien... où es-tu ?

— Dans la tour une.

— Sors tout de suite ! T'entends ?

Elle perçut soudain la conversation entre deux hommes en costume où les mots « attentat » et « attaque aérienne » parvinrent à ses oreilles.

— C'est un avion ? leur demanda-t-elle.

— Oui, il a percuté la tour nord.

La panique la gagna soudain avant de questionner Jesse.

— Tu es où ?

— Encore dans la tour…

Contre les recommandations de la sécurité, elle passa les portes de la tour sud et leva les yeux pour apercevoir une épaisse fumée noire s'échapper de sa tour jumelle. L'instant d'après, elle fut comme transpercée par un bruit assourdissant, tel un éclair tombé à quelques mètres d'elle.

9h05

Ceux qui avaient choisi d'évacuer comprenaient vite la gravité de la situation. Owen et Jesse descendaient les escaliers de secours à vive allure. Malgré la difficulté grandissante de respirer, ils ne se décourageaient pas. Très étroits, les escaliers ne permettaient pas plus d'un passage de deux personnes à la fois. Une marée humaine provoquait un mouvement lent et difficile. Alors que Jesse essayait de joindre Simon en vain, un homme annonça que la tour sud venait d'être elle aussi attaquée. Son cœur cogna violemment dans sa poitrine.

La terre trembla sous ses pieds, Amy s'accroupit un instant en se protégeant le visage. De nombreuses personnes criaient autour d'elle. Fébrile, elle se releva et vit la tour sud en feu à son tour. Portant les mains à sa bouche, elle ne put réprimer un gémissement d'horreur lorsqu'elle vit des gens agiter des draps blancs des fenêtres à plusieurs centaines de mètres de haut. Soudain, elle vit un puis deux puis trois individus se jeter du haut des tours. Les mains accrochées à sa tête, elle laissa éclater ses sanglots. Ne supportant pas l'idée de ne plus revoir Jesse, elle s'aventura aux portes des grandes baies vitrées pour pénétrer dans la tour nord. Après de longues minutes, elle trouva les escaliers de secours. Toujours le bruit incessant des alarmes. Tout n'était que cauchemar. Des personnes sortaient, suffocantes, recouvertes de la tête aux pieds d'une épaisse poussière grise. À l'idée que Jesse soit enfermé là dedans, elle bouscula deux hommes sur son passage pour monter.

— Hé ! Où vas-tu ? Faut pas monter ! cria l'un d'eux.

9h45

Ils étaient descendus du 91e au 40e étage. La fatigue les gagnait doucement. Autour d'eux, la plupart des gens déambulaient comme des automates, totalement abasourdis par ce qu'il se passait. Au fil des conversations qu'il avait eues avec d'autres personnes, Jesse avait compris que les étages supérieurs au 93e étaient condamnés. Que plus d'un millier de personnes se retrouvaient prises au piège, sans aucune issue.

La fumée était parfois si épaisse qu'Amy n'y voyait plus rien. Désespérée elle ne cessait de crier le prénom de Jesse. Elle se concentrait sur les marches d'escaliers qu'elle montait deux par deux en s'accrochant fortement à la rambarde. Certaines personnes épuisées s'asseyaient au milieu des escaliers pour reprendre leur souffle. Elle ne voulait pas faiblir.

9h55

Encore trente étages ! La masse humaine continuait son lent déplacement. La chaleur était suffocante, ils étaient recouverts d'une cendre grisâtre des pieds à la tête. Une toux irritante n'épargnait personne. C'est alors qu'il entendit son prénom. Sur la pointe des pieds, il cherchait du regard lorsqu'il aperçut Amy quelques mètres plus bas.

Essayant chacun de se frayer un chemin, ils finirent par se retrouver l'un devant l'autre. Face à la fatigue, le soulagement, mais aussi la frayeur, il la serra de toutes ses forces dans ses bras. La tour trembla fortement lorsqu'une importante fumée épaisse traversa les portes pour pénétrer dans les couloirs. Amy eut juste le temps de s'agripper à Jesse qui couvrit son visage de ses bras. La lumière s'éteignit. Les cris retentirent.

Chacun s'empressa d'accélérer sa descente en réalisant que la tour sud venait de s'effondrer. Elle pouvait lire la panique dans le regard de l'homme qu'elle aimait. Comme souhaitant la protéger, elle était entre les deux frères qui la poussaient doucement dans le dos en guise de soutien. Jesse serrait sa main avec une force déconcertante.

10h20 – cinq étages !

Ses jambes ne la supportaient plus, mais sans comprendre comment, elle continuait de le suivre. Était-ce ça l'instinct de survie ? L'ultime dépassement de soi pour survivre ?

10h25 – dernier étage !

Un sentiment d'euphorie le submergea. Il se retourna pour regarder Amy et son frère. Les personnes devant eux poussèrent une porte… la dernière porte les séparant du monde extérieur. Tous couraient en traversant le hall. Les portes vitrées s'ouvrirent emportant l'air qu'ils respirèrent à plein poumon, comme après une longue apnée. Dehors tout n'était que chaos. On ne distinguait plus la route des trottoirs. Un énorme bruit sourd retentit lorsque la tour s'écroula. L'effondrement dura moins de vingt secondes.

Le bruit sourd de la chute de la tour céda la place à un silence morbide ponctué des sons de sirènes. Jesse cracha péniblement la poussière qui s'était infiltrée dans sa bouche. À ses côtés, Owen regardait autour de lui incrédule alors qu'Amy laissait échapper ses sanglots. Autour d'eux, une vision irréelle, cauchemardesque. Une cendre grisâtre avait voilé le quartier. Ils avançaient lentement sans savoir où, tout en songeant à Mike et Simon… De nombreux débris et morceaux de papier volaient. L'ensemble des meubles, ordinateurs, objets divers des bureaux avaient totalement disparu après la chute. Tout avait été pulvérisé. Partout, des corps étaient recouverts de cendres alors qu'une sirène ne cessait de retentir.

*

Les jours suivants les attentats plongèrent la ville, le pays, le monde dans la stupeur et la désolation. Les États-Unis comptaient plus de deux mille cinq cents morts, ainsi que plus de trois cents pompiers et les passagers des avions. C'était une catastrophe mondiale.

Comment avaient-ils pu s'en sortir ? Chaque jour qui suivait, Jesse se demandait pourquoi Mike et Simon étaient décédés là-bas et tous trois étaient toujours en vie. La mort était partout et leur survie relevait du miracle. Chaque nuit, d'effrayants cauchemars tétanisaient Jesse.

Après avoir passé tout le mois de septembre aux États-Unis, Amy, Jesse et Owen s'étaient murés dans un silence effroyable. Chacun vivait son deuil comme il le pouvait. Alors qu'Owen avait besoin de s'inonder d'informations télévisées qui retransmettaient les attaques, Jesse s'enfermait dans un mutisme tout en acceptant silencieusement la présence d'Amy à ses côtés. Tous les trois ne se quittaient pas, comme si la compagnie de chacun les rassurait. Ils partageaient leurs silences et leurs peurs qui les liaient à une étrange intimité. Unis par un lourd fardeau, un poids qui n'en finissait pas. Hantés par les visions incessantes de ce terrible jour comme si quelque chose en eux s'était brisé.

Amy avait décidé de rentrer en France au début du mois d'octobre. Malgré l'envie de tout arrêter, elle reprit la danse, poussée par le conservatoire qui s'était montré compréhensif.

Jesse et Owen n'avaient plus rien qui les retenait à New York. Avec la mort de Mike et Simon, il n'y avait plus de groupe, plus d'album.

— Je veux quitter les États-Unis quelque temps, avait annoncé Jesse à son frère.

— Pour aller où ?

— J'ai besoin d'Amy.

Owen hocha silencieusement la tête comme si cela était une évidence.

— Viens avec nous, intima Jesse.

— Je ne peux pas. Ma vie est ici, mais bientôt tu reviendras, car c'est toujours là, dit-il en posant la main sur son cœur en faisant allusion à la musique.

Pour son frère, ces mots sonnaient creux pour le moment.

7

With or without you – U2

Novembre 2001

Ils avaient emménagé dans un studio à quelques rues de l'opéra Garnier et Amy avait timidement repris les cours. Au début, le cœur n'y était pas. C'était comme si une partie d'elle-même était restée dans la tour. Chaque jour elle pensait à ses milliers de victimes, à ce qu'ils avaient éprouvé. De nombreux appels d'adieux à leurs proches avaient été diffusés dans les médias, d'innombrables hommages avaient été rendus.

Janvier 2002

Alors que la France passait à l'Euro, l'hiver recouvrait Paris de son voile grisâtre. Le frère de Jesse les avait rejoints pour la fin d'année. Ils avaient délaissé les fêtes de Noël pour un simple repas à trois dans leur appartement. Owen s'était chargé de répondre aux relances de leur agent pour annuler toutes les dates des prochains concerts. Leur groupe n'existait plus. Jesse passait la plupart de ses journées enfermé dans l'appartement et n'arrivait pas à encaisser la mort de ses amis. Amy venait de rater une représentation, son émotion palpable la rendait fragile. Sa concentration lui échappait, parfois des cauchemars la terrassaient. Elle se réveillait en nage comme si elle étouffait.

Mars 2002

Le printemps chassait doucement la tristesse de l'hiver. La nature se réveillait, les oiseaux chantaient, les fleurs parsemaient les pelouses de Paris. La vie continuait...

Amy tentait de se raccrocher à son année de danse grâce à l'appui extérieur de Sarah. Cette dernière redoublait d'efforts pour lui redonner sa joie de vivre. Ensemble, elles répétaient jusqu'à tard le soir pour rattraper son retard. Doucement, Amy reprenait sa vie en mains.

Jesse s'enfermait dans sa solitude. Une lente dépression le gagnait chaque jour un peu plus. Comme dans une bulle, il se repassait des chansons en boucle avec un casque sur ses oreilles. Puis doucement, il gribouillait des mots sur le papier.

Mai 2002

Un matin, Amy lui offrit une nouvelle guitare. Elle espérait que ce signe retiendrait son attention. Après avoir découvert par hasard plusieurs textes qu'il avait écrits, elle comprit qu'il avait besoin de retrouver ce qui le faisait vibrer, de se reconnecter avec son propre langage universel, sa musique. Bien qu'elle ait définitivement loupé son année scolaire, Amy reprenait le goût de s'exprimer par la danse. Ses chorégraphies improvisées semblaient les plus fortes. C'est dans cette matière qu'elle avait récolté le plus de points. Elle exorcisait son mal en faisant parler son corps.

Juillet 2002

L'été était là. Les cours étaient terminés, Amy savait qu'elle devait recommencer son année à la rentrée, mais aussi qu'elle était plus forte aujourd'hui.

Jesse avait repris la guitare. Timidement, il grattait pour finir par faire des chefs d'œuvre. L'inspiration le gagnait et le rendait progressivement plus sûr de lui.

Ils décidèrent ensemble de retourner aux États-Unis. Retrouver Owen leur avait fait du bien. Installé dans un petit meublé, il vivait d'un boulot de plongeur dans un restaurant. Tenant à se rendre sur les lieux de l'attentat, ils restèrent jusqu'à la tombée de la nuit où plus de quatre-vingts projecteurs s'allumaient pour créer deux faisceaux de lumières élevés vers le ciel. Mains dans les mains, tous les trois restèrent ainsi un instant. Owen les hébergea plusieurs jours, malgré le peu d'espace, cette proximité leur allait bien. Jour après jour,

Amy cernait de mieux en mieux Owen. Il avait cette habitude de toujours chaperonner son frère pour remplacer parfois ce rôle de parents dont ils avaient été privés. Leur attachement l'un à l'autre était touchant. Là où beaucoup de choses passaient par les regards, ils semblaient être la plupart du temps sur la même longueur d'onde. Leurs journées étaient toujours rythmées par la musique. Guidés par une humeur trouble, ils pouvaient écouter du hard rock teinté de blues des Aerosmith, au rock progressif du groupe engagé des System of a Down. Les sons de guitares électriques retentissaient aux quatre coins de l'appartement et une ambiance mélancolique pénétrait petit à petit dans leur esprit. Jour après jour, ils reprenaient confiance autour d'un bœuf musical et s'échangeaient timidement des morceaux de nouveaux accords. Malgré une ambiance parfois lourde et l'inspiration de certains groupes habités par la drogue, l'ébauche d'un projet prenait forme. Tous les trois passèrent leur été à Los Angeles, la plupart du temps enfermés dans l'appartement. Amy les regardait silencieusement, rassurée de voir qu'en dépit de cette énergie tourmentée les choses reprenaient naturellement leurs places.

— Et si on recommençait la musique ? demanda Owen à son frère la veille de son départ pour Paris. Juste toi et moi, ajouta-t-il.

Sans être vraiment surpris, Jesse grimaça.

— Je ne sais pas...

— Pour Mike et Simon.

Son regard fixa le sol un instant, il semblait perdu dans ses pensées lorsqu'il répondit d'une voix à peine audible.

— Je vais y réfléchir.

Septembre 2002

Amy avait repris les cours, plus déterminée que jamais à ne pas laisser passer cette nouvelle année scolaire. Malgré l'amertume qui la gagnait depuis quelques semaines, elle se força à rester assidue pour s'apercevoir rapidement que l'énergie des répétitions retrouvée lui faisait un bien fou. Comme après la sortie d'une longue agonie, elle s'ouvrait à nouveau. Le rythme reprenait, elle à l'opéra, lui à l'appartement, mais Jesse comprit rapidement que la solitude ne lui convenait plus. Ces longues journées à l'attendre lui devenaient insupportables. Pour elle, il ne disait rien et se raccrochait aux moments téléphoniques qu'il échangeait avec son frère pendant des heures à écouter de nouveaux morceaux ou améliorer les paroles d'une chanson. Toujours gagnés par cette souffrance, ils sombraient consciemment dans une léthargie inquiétante, mais créative. De nouveaux titres voyaient le jour, certains parlaient des attentats, des victimes, de Mike et Simon. Owen appela un soir pour lui annoncer que leur agent avait adoré la nouvelle maquette qu'il venait d'envoyer.

— T'as fait quoi ?

— M'en veux pas Jesse. Je sais qu'on tient de l'or entre nos doigts et il le pense aussi.

Jesse réfléchit un instant le front plissé.

— Ok, répondit-il mécaniquement.

— Super, alors prépare-toi il veut sortir un titre dans trois jours !

— Quoi ?

La tête lui tournait brusquement alors que des palpitations dans le cœur le bousculaient.

— Pour la première date anniversaire des attentats.

— Mais c'est trop court !

— Je lui ai dit que c'était quasiment fini. Pourrais-tu venir pour enregistrer en studio ?

Tout ça allait trop vite ! Une multitude de questions l'assaillaient. Était-ce le bon moment ? Comment feraient-ils sans Mike et Simon ? Qui chanterait ?

— Ce sera le moment parfait Jesse.

Face à son silence, il ajouta comme s'il avait lu dans sa tête.

— C'est un hommage… pour eux…

Les minutes passaient lentement. Perdu dans ses pensées, il n'entendit pas Amy ouvrir la porte d'entrée. Elle s'approcha lentement pour s'asseoir à califourchon sur ses genoux.

— Dure journée ? demanda-t-elle en passant ses mains dans ses cheveux noirs.

À ce contact, il soupira de plaisir. Repartir enregistrer à Los Angeles allait l'éloigner d'elle. Pourraient-ils gérer ça ?

Il lui parla calmement de sa conversation avec Owen.

— Jesse ! Ce serait génial ! S'enthousiasma-t-elle soudain.

Il savait qu'elle réagirait comme ça.

— Tu sais ce que ça signifie ? Il ne s'arrêtera pas à ce titre, il voudra enregistrer un album. Faudra tout revoir pendant des jours, puis enregistrer les autres titres, refaire les arrangements, assurer la promo…

Elle plaqua un doigt sur sa bouche pour le faire taire.

— Va à New York. Ta place est là-bas.

Il glissa les bras sous son pull pour l'attirer davantage contre lui et respirer son odeur. Bien qu'il ait du mal à l'admettre, elle avait raison.

8

Piece of my heart – Janis Joplin

Août 2003

Alors que la canicule battait son plein en France, Amy terminait sa dernière représentation dans un théâtre de Paris. À 20h, la capitale n'affichait pas moins de 32°C. Exténuée, elle retira ses chaussons d'entraînement et contempla l'inscription écrite à l'intérieur *« Pour une étoile née »*. Alors qu'elle les rangea précieusement dans son sac, ses pensées s'envolèrent en Arizona lorsqu'Hailey lui avait offert ce cadeau lourd de sens pour elles. Nourrie d'un rêve commun, cette époque avait fait de la danse leur refuge, un moment d'évasion qu'elles avaient partagé des années avant que les maux de l'adolescence commencent et qu'elles s'éloignent l'une de l'autre. Hailey et Amy avaient connu cette amitié démesurée que vivent parfois certaines adolescentes. Sœurs de cœur, elles s'adoraient autant qu'elles se jalousaient. A ce souvenir encore très présent, Amy rentra par le métro où l'air étouffant lui donna le vertige. Larvée sur le canapé, Sarah grignotait des pop-corn devant la télé. Cette année, elle n'avait pas voulu faire la tournée des festivals avec Amy et elle avait eu raison, car les manifestations des intermittents du spectacle concernant leur statut avaient annulé bon nombre de représentations. Se vautrant au côté de son amie, elle plongea sa main dans le pot de maïs soufflé que lui tendait Sarah et soupira d'aise.

Cette année scolaire avait été éprouvante physiquement. Se donnant à deux cents pour cent, ses efforts avaient fini par payer lorsqu'elle réussit à obtenir le titre de première danseuse avec une variation imposée tirée du ballet de Roméo et Juliette. Sarah la suivait de près en ayant également reçu le même titre. Malgré le fait que les deux amies dansaient côte à côte depuis maintenant cinq ans, ces derniers mois les avaient rapprochées. Ils leur restaient le titre d'étoile à décrocher avant de voir leur carrière exploser. Amy avait choisi de se produire dans de petites salles parisiennes avec son partenaire de danse. Ne pas décrocher lui était vital en ce moment, car Jesse s'éloignait immanquablement d'elle.

Son single « WTC » sorti le 11 septembre 2002 en l'hommage aux victimes du World Trade Center avait fait un carton. C'est naturellement qu'il endossa le statut de chanteur du groupe, un désir qui ne l'avait jamais quitté. Très vite, plusieurs producteurs les avaient contactés. Les frères avaient recruté un batteur du nom de Matthew et un bassiste appelé Gary. À eux quatre ils devenaient les Cold Ashes, ce qui signifiait cendres froides. Ils avaient signé très rapidement dans une grande maison de disques. Les interviews s'étaient enchaînées à travers les États-Unis. En décembre, ils étaient en tête des charts et le 23 février 2003 ils remportèrent leur premier Grammy Awards pour la meilleure chanson de l'année. Leur succès était fulgurant et déstabilisant. Le groupe avait accumulé les heures de travail pour enregistrer en seulement quelques semaines et sortir leur premier album au cours du printemps. L'esprit de groupe avait très vite fonctionné, Matt et Gary s'étaient rapidement intégrés et leur style était puissant et novateur. Actuellement en pleine promotion jusqu'à la fin de l'été à travers les États-Unis, ils savouraient le plaisir retrouvé de la médiatisation. Jesse et Amy ne s'étaient vus que trois fois durant l'année. Chacun accaparé par son travail, ils n'abordaient pas le sujet de leur couple et petit à petit l'éloignement se faisait inévitable. Comme ils devaient se voir à la fin de leur promotion, elle avait loué un appartement dans le sud de la France pour le dernier week-end d'août.

Alors qu'elle l'attendait à l'aéroport de Marseille, les battements de son cœur s'accélérèrent. Plus de quatre mois les avaient séparés et elle ne savait pas comment elle allait le retrouver. Quand il arriva alors face à elle, elle fut subjuguée. Il avait coupé ses longs cheveux noirs, ce qui le rendait peut-être un peu plus mature. Doté d'un jean bleu et d'un débardeur noir, son bronzage parfait le rendait sexy et accentuait la clarté de ses yeux. Avec un soupir d'apaisement, elle se laissa aller contre son corps puissant alors qu'il l'enveloppa de ses bras. Tandis qu'il enfouit son visage dans ses cheveux, il exhala profondément avant de la contempler. Vêtue d'une petite robe bleu nuit à fines bretelles, ses cheveux bruns volaient doucement dans un vent bienvenu. Un peu timidement, ils s'embrassèrent puis partirent en direction de la voiture, main dans la main. Elle l'emmena sur les hauteurs de Cassis pour contempler la beauté des calanques. Dos contre lui, elle ferma les yeux pour savourer cet instant qu'elle voulait rendre éternel. La lumière qui habitait Jesse avant les attentats de New York était à nouveau là. Son regard brillait d'une nouvelle hargne. Il lui parla des projets du groupe pendant des heures et Amy comprit qu'elle avait eu raison de l'encourager dans cette direction. Fatigué par son long voyage, il choisit de prendre un bain dans leur chambre d'hôtel à la décoration romantique.

— Viens là ! exigea-t-il en tapotant l'eau.

S'exécutant avec un sourire au coin de la bouche, elle se déshabilla à la hâte puis grimpa devant lui. Ses jambes le long des siennes, il resserra son étreinte.

— J'ai besoin de te sentir contre moi, murmura-t-il en enlaçant ses doigts aux siens.

Ces paroles la firent fondre. Il déposa un baiser dans ses cheveux.

— Je deviens fou quand tu n'es pas là.

Réalisant que quelque chose n'allait pas, Amy se retourna.

— Qu'est qu'il y a ?

Les larmes lui montaient aux yeux.

— J'ai tellement besoin de toi…

À ces mots, elle fut saisie par son comportement et l'embrassa. Il répondit instantanément avec une force qui la déstabilisa. La fougue s'empara rapidement de leurs corps. Il referma une main sur sa nuque et la fit ployer en arrière pour goûter la douceur de sa peau dont l'odeur lui avait tellement manqué. Ils s'étreignaient si forts qu'ils avaient du mal à respirer. Les soupçons d'Amy étaient fondés, quelque chose avait changé. Une frénésie trop longtemps refrénée jaillit spontanément. Le souffle court, il la souleva hors de l'eau alors que leur empressement les déstabilisa pour les entraîner à même le sol. Leur rapport devenu incontrôlable assouvit rapidement leur désir.

C'est aux premières lueurs qu'Amy se réveilla en sursaut et retint les larmes qui bordaient ses yeux. Le soleil inondait la chambre lorsque son regard se porta sur Jesse. Le plaisir de le regarder dormir fut de courte durée.

— Tu fais toujours ce cauchemar ? Questionna-t-il en relevant une paupière.

Son regard semblait triste.

— Tu n'y es pour rien Amy. Tu dois tourner la page.

— Je n'y arrive pas, je suis toujours liée à Hailey.

— Parle-moi d'elle.

— Comme beaucoup de jeunes filles, on s'accroche vite à la première personne qui semble nous ressembler. Se relier comme à un fil invisible pour mieux appréhender les affres de l'adolescence. À deux, on se sent plus fort. Hailey avait quelque chose d'à part qui pouvait attirer autant qu'effrayer, mais je n'ai jamais rien ressenti d'inquiétant chez elle. Elle me mettait en confiance, m'aidait à m'affirmer. On s'apportait ce qui manquait chez l'autre. Je n'ai pas tout de suite vu les changements lorsque Faith a fait irruption dans sa vie, pourtant le côté sombre d'Hailey s'est intensifié. Attirée depuis longtemps par l'occulte, elle s'initia au côté de sa nouvelle amie à la magie. Mais bientôt, les mauvaises intentions les gagnaient à l'égard de ceux qui critiquaient leur façon d'être. Par amitié pour Hailey, je restais jusqu'à accepter un rituel pour unir nos sangs et selon elles, pour nous lier à jamais.

— Attends, tu ne penses pas qu'elle t'a ensorcelée quand même ?

— Je pense qu'elle veut me dire quelque chose et je le saurai bientôt.

L'amour qu'il éprouvait pour Amy était insaisissable. Elle avait une beauté naturelle qui accrochait le regard, une élégance folle et un sourire unique. Elle était la seule personne capable de lui faire ressentir de tels sentiments. Jesse écrivait les mots qu'il craignait ne pas réussir à dire tout haut alors qu'Amy dormait à ses côtés.

« Amy, nous nous sommes trouvés trop tôt. Bientôt, tu seras danseuse étoile, tu vas vivre les prochaines années les plus magiques de ta vie, parcourir le monde de scène en scène et je ne veux pas te freiner. On doit vivre nos carrières qui ne sont

pas compatibles pour l'instant, mais n'oublie jamais, tu seras toujours celle qui compte. Toute ma vie... »

9

Noïse - Archive

Amy

Durant toute cette année scolaire, Amy se voua corps et âme à la danse. L'obstination dont elle faisait preuve pour obtenir un travail parfait donnait de beaux résultats. Au fil des mois, elle alternait son temps entre répétitions, galas et spectacles annuels de l'opéra. Sa carrière prenait une voie toute tracée. Reconnue pour sa technique hors pair, elle s'attirait des critiques des plus favorables en venant de s'illustrer dans le rôle d'Odette dans le lac des Cygnes. Certains voyaient déjà en elle la naissance d'une nouvelle étoile. Sans avoir le temps de voir passer l'hiver, elle entama le printemps en préparant le rôle de Kitri de Don Quichotte. Inspiré du roman de Cervantès, ce ballet redoublait d'intensité. Son célèbre « pas de deux » était devenu le sujet de prédilection de certains danseurs de par sa virtuosité. Ce rôle avait déjà vu le sacrement de nombreuses étoiles et Amy espérait décrocher ce titre à l'automne prochain.

Elle travaillait dur pour cette récompense et ne s'accordait que de rares pauses. Ses vacances étaient dédiées aux répétitions. Alors que Sarah commençait une idylle avec Joshua, un des danseurs de l'Opéra, Amy profitait de cette solitude pour revoir inlassablement ses variations. Après avoir essuyé un nouveau refus quant à une sortie entre filles, Sarah posa une main sur l'épaule de son amie avec une mine déçue. La peine qui caractérisait Amy depuis plusieurs mois était palpable. Sachant pertinemment qui en était la cause, Sarah n'osait le citer ni même la sermonner. Son unique histoire d'amour avec Jesse avait réduit sa vie sentimentale à néant. Aujourd'hui, elle semblait avoir trouvé une certaine stabilité malgré la douleur que son amie voyait parfois voiler son regard lorsqu'un souvenir la traversait ou lorsqu'elle s'autorisait à penser à lui. Elle n'était pas dupe non plus quand elle la voyait pianoter sur son portable avec une attente angoissante et prétendre qu'il s'agissait d'une amie. Son regard la trahissait et cette lueur d'espoir témoignait à Sarah que son amie était loin d'avoir tourné la page. Amy et Jesse s'envoyaient quelques rares textos de courtoisie, mais aucun ne s'autorisait à livrer à l'autre ses ressentis.

*

Jesse

Cette année avait également signé l'ascension de Jesse et son groupe, à commencer par la tournée qu'ils entamèrent dès le mois de septembre à travers les États-Unis et le Canada. Dès le début de l'année 2004, leur renommée, aussi déroutante qu'enivrante, avait passé l'Atlantique pour exploser dans le pays anglo-saxon reconnu pour son goût musical.

Leur retour aux États-Unis fut marqué en février 2004 par deux nouveaux Grammy Awards. Avec des titres tournant autour du terrorisme, du deuil ou encore de la colère, leur album dont la pochette représentait les deux faisceaux lumineux érigés dans le ciel de New York était résolument dédié aux attentats du World Trade Center. Dotés d'un son puissant, ils avaient su trouver leur marque dans un rock alternatif parfois un peu grunge proposant des textes engagés. Le début du printemps fut marqué par l'enregistrement de leur deuxième album lorsqu'Owen lui présenta quelques nouveaux accords. Les deux frères étaient l'âme du groupe, des belles gueules, des charismes envoûtants, des assurances exacerbées. Leur communication instinctive les rendait plus forts et plus fous. Des guitares parfois saturées, de nombreuses signatures de temps variables et des paroles angoissantes apportaient une puissance mêlée à une émotion palpable. Leur son avait été davantage travaillé, les critiques avaient salué de talentueux musiciens et d'incroyables performances scéniques. C'est en juin qu'ils entamèrent la promotion de leur deuxième album avec de nombreuses interviews ponctuées par la remise de deux nouveaux oscars. Ce rythme effréné correspondait parfaitement à Jesse. Ces derniers mois, il s'était volontairement submergé de travail et cette cadence lui permettait un peu d'oublier que son cœur était resté à Paris.

10

Breathe - Telepopmusik

Décembre 2004 – New York

Situé entre Broadway et Amsterdam Avenue, le Lincoln Center était un centre culturel de New York composé de plusieurs théâtres. Il hébergeait une douzaine de compagnies artistiques dont le New York City Ballet. Affichée au New York State Theater pendant deux semaines, la troupe de l'Opéra de Paris représentait Gisèle.

Après plusieurs semaines de tournée à travers Chicago, Washington et New York, Amy terminait sa chorégraphie sous un tonnerre d'applaudissements. Une pluie de roses se répandaient sur la scène pour saluer la performance de cette toute nouvelle danseuse étoile au prodigieux talent. Sacrée au titre d'étoile il y a tout juste un mois, son emploi du temps avait décollé avec un enchaînement impressionnant de représentations. Devant un rythme aussi soutenu, elle s'imposait une ligne de conduite irréprochable grâce à une alimentation recommandée par un nutritionniste, des séances de kinésithérapie pour prévenir les blessures et un sommeil aussi régulier que possible. De retour dans sa loge, elle entreprit de retirer les pinces qui retenaient son chignon. Elle referma la porte du pied pour s'asseoir devant un long miroir et exhala un profond soupir de soulagement. Ses traits tirés témoignaient de sa fatigue, elle détacha ses cheveux et se repoudra le visage pour faire face au cocktail proposé à l'issue de la représentation. Elle se redressa vers le portant où se trouvaient plusieurs robes de soirée afin d'opter pour une longue robe noire, sombre et élégante, lorsque son regard se porta sur un énorme bouquet de roses rouges. Intriguée, elle s'approcha pour sentir son parfum délicat et saisit la carte qui se trouvait à l'intérieur. Ces mots l'enflammèrent soudain.

« À la plus belle des étoiles ! Tu as été merveilleuse ce soir. Jesse »

La tête lui tourna brusquement, elle fut saisie d'une grande montée d'adrénaline. Tandis qu'elle reprenait ses esprits, elle s'avança d'un pas rapide pour appuyer sur la poignée. Elle éprouvait le besoin de s'aérer, mais une fois franchie la porte de sa loge, elle se raidit pour plonger dans ses yeux bleus.

Adossé au mur du couloir face à elle, le regard de Jesse s'alluma en la dévorant des yeux. Amy en eut le souffle coupé. Il était fascinant. Les mains dans ses poches, il arborait un air désinvolte et totalement calculé. D'un calme presque insolent, il semblait en parfaite maîtrise de lui-même. Sur un costume noir et blanc, un bronzage parfait ne faisant qu'accentuer sa beauté contrastait littéralement avec ses cheveux rasés de chaque côté et regroupés en une fine crête rose fluo. Cette audace correspondait bien à son image effrontée et fascinante.

— Tu es magnifique, commenta-t-il d'une voix posée sans la quitter des yeux.

Tous ses sens étaient en éveil, elle était fascinée par sa force attractive. Ce timbre si particulier qu'elle n'avait pas entendu depuis plus d'un an l'enivra. Son corps tout entier s'embrasait sous son regard. Elle fulminait contre elle-même. Pourquoi se montrait-elle aussi faible ? Mais ne voulant rien montrer, elle demanda d'un ton aussi neutre que possible.

— Qu'est ce que tu fais ici ?

— Il est difficile de passer à côté de ta réussite, ton visage est placardé partout.

— Je pourrais en dire autant pour toi…

Un instant de silence passa où une gêne s'installa doucement. Trois personnes traversèrent l'étroit couloir pour les devancer. Lorsqu'un homme d'une trentaine d'années à l'allure aérienne s'approcha pour poser la main sur l'épaule d'Amy.

— On n'avait pas dit qu'on s'attendait en bas ? demanda-t-il.

Sans lâcher le regard de Jesse, elle déclara.

— J'arrive tout de suite, Nicolas.

Une expression plus dure, plus froide teint le visage de Jesse.

— Eh ! Vous ne seriez pas Jesse Stone, le chanteur de Cold Ashes ?

Il acquiesça en le gratifiant d'un sourire.

— Ça alors ! Tu le connais Amy ?

— On est de vieux amis, trancha-t-elle en soutenant le regard du chanteur sans ciller.

— Ça vous dirait de vous joindre à nous pour le cocktail ? Un ami à moi est fan, il sera fou de vous voir là.

— Nico, je ne crois pas que…

— Avec plaisir ! Coupa Jesse avant de sourire au regard incendiaire d'Amy.

La troupe de l'Opéra de Paris fut ovationnée à leur arrivée dans la salle de réception. Rapidement accaparée par des journalistes du monde de la danse, Amy tentait discrètement de repérer Jesse. Lorsqu'elle l'aperçut en train de la dévorer des yeux à plusieurs mètres d'elle, elle sentit une onde de choc la parcourir et en perdit tout intérêt pour la femme qui lui posait des questions. Avec un sourire ravageur au coin de la bouche, il tendit sa coupe de champagne à son attention pour la saluer. Elle lui rendit timidement son geste. Leur attraction grandissante était palpable.

— On dit que votre premier album a été inspiré de ce que vous avez vous-même vécu dans les tours du World Trade Center, vous y étiez ? demanda l'ami de Nicolas.

Jesse se racla la gorge et porta son regard sur celle qui retenait toute son attention. Elle était d'une beauté saisissante. Les cheveux légèrement coupés et un peu plus foncés qu'avant, elle avait une assurance plus affirmée que par le passé. Son charisme attirait. Sa ligne parfaite ne faisait qu'accroître le désir qu'elle insufflait.

Au bout de longues minutes, Amy sentit poindre l'envie irrésistible de partir loin de tout ça. Ne parvenant pas à le quitter des yeux, elle finit par arrêter poliment sa deuxième interview et sortit pour reprendre l'air qui lui manquait. Dehors une légère brise était la bienvenue. En un instant, elle fut recouverte par une large veste noire au parfum enivrant. Sans se retourner, elle exhala profondément.

— Tu n'aurais pas dû revenir, ça fait plus d'un an...

Sa voix la trahissait. Il posa sa main sur son épaule. À ce contact, elle ne put réprimer un frisson. Ses doigts glissèrent sous sa nuque. Dans un soupir, Amy pencha doucement la tête en arrière. Elle ferma les yeux pour savourer ce plaisir retrouvé lorsqu'elle le sentit se poser face à elle. Sa main encercla doucement son visage. Elle percevait son souffle s'accélérer à quelques millimètres d'elle. Sa bouche se posa délicatement sur la sienne. Le goût de ses lèvres, son odeur, ses caresses la firent vaciller. Immédiatement retenue par ses bras, elle plongea son regard dans ses yeux bleus. Ils se dévisagèrent un instant avant qu'elle prenne à son tour possession de sa bouche avec une fougue indécente. Face à cet accès de folie, il répondit instantanément en la plaquant davantage contre lui. Enflammés, ils retrouvaient la passion qui les avait tant de fois consumés. Leurs bouches se cherchaient comme si leurs vies en dépendaient. Elle avait besoin de lui, de le sentir contre son corps, percevoir l'exquise emprise qu'il exerçait sur elle.

— Comment fais-tu pour me rendre aussi fou ? Suffoqua-t-il, une larme le long de sa joue.

Oubliant tout ce qu'elle avait enduré pour l'oublier, elle se laissait emporter par ce désir incontrôlable, lorsque la porte s'ouvrit énergiquement.

— Reste avec moi, supplia-t-il en soulevant son menton pour l'inciter à le regarder.

Consciente de ce qu'elle était en train de faire, elle le repoussa de toutes ses forces. Le souffle court, elle ignora ses appels et retourna à l'intérieur aussi vite qu'elle put.

11

Bliss - Muse

« *Amy Guérin, toute nouvelle étoile de l'Opéra de Paris, s'est illustrée hier soir dans le rôle de Cendrillon au English National Ballet. Reconnue pour sa technique hors pair, cette danseuse nous promet de magnifiques interprétations.* »
Linedancer Magazine, Londres le 17 janvier 2005

« *Qualité sculpturale indéniable et grande maîtrise de soi pour la jeune étoile de l'Opéra de Paris. Mademoiselle Amy Guérin va faire parler d'elle !* »
Danse Art Magazine, Allemagne le 3 févier 2005

« *Interprétation très juste d'Amy Guérin dans le rôle de Gamzatti dans la Bayadère* »
Dansermag, Lausanne le 25 février 2005

« *Raffinement et noblesse dans le rôle de Giselle, Amy Guérin s'installe au Tokyo Ballet pour deux semaines pour la tournée de l'Opéra de Paris.* »
Le Figaro, Paris le 12 mars 2005

Avec une tournée de plusieurs mois à travers les plus grandes villes du monde, Amy vivait son rêve. Elle ne touchait pas terre et donnait chaque minute de son temps à son art. Ses amis lui manquaient, Sarah plus particulièrement. Restée à Paris, elle s'entraînait toujours à l'Opéra pour décrocher son titre d'étoile. L'histoire d'amour qu'elle vivait depuis plus d'un an avec un danseur de l'Opéra devenait officielle et les deux jeunes femmes avaient moins de temps l'une pour l'autre. La vie d'Amy se rythmait autour de ses représentations, dans les avions, les lieux de réception, les invitations, les nombreux hôtels toujours différents, mais elle adorait ça. L'éloge qu'on lui témoignait, les sourires dont on la gratifiait et la technique au service de son art qu'on lui reconnaissait remplissaient doucement le vide qu'elle ressentait depuis plusieurs mois maintenant. Ce manque viscéral s'intensifiait chaque nuit, rappelé sans cesse par les médias qui évoquaient un nouvel album, un nouveau concert, un nouvel award des Cold Ashes. Tout la ramenait immanquablement à lui…

*

« Le début de l'année est marqué par la tournée européenne du groupe de rock Cold Ashes. Forts du succès de leur premier album, ils reviennent avec un style plus imposant »

The New York Times, le 5 janvier 2005
Belgique - au palais des sports d'Anvers le 8 janvier
Allemagne - au stade olympique de Munich le 10 janvier
Suisse - au Hallenstadion de Zurich, le 14 janvier

Le groupe poursuivit sa tournée avec l'Italie, l'Espagne et le Portugal jusqu'à la fin du mois. Les critiques dans les magazines s'enchaînaient devant l'effervescence du public.

« Concert survolté » Rock and folk magazine
« Dynamisant !» les inrocks
« Sons puissants » Rock First magazine

Une tournée à travers différentes villes de l'Angleterre comme Cardiff, Birmingham, Manchester, Newcastel, mais encore Londres et Glasgow marquèrent le mois de février. Chaque soir marquait une nouvelle salle. Plongés dans un noir total, ils entendaient les cris hystériques de leurs fans. Le bruit sourd et énergisant de milliers de pieds frappant le sol pour les acclamer. Puis le silence avant la première note qui donnait au public l'impulsion pour un concert déjanté. Devant l'entrain de leurs groupies, c'est en mars qu'ils décidèrent d'enregistrer des extraits de concert. Le mois d'avril débuta avec deux nouvelles dates au zénith de Paris. C'est le 10 mars, avant de repartir pour l'Irlande, qu'il profita d'une journée de repos pour passer devant l'opéra de Paris. D'imposantes affiches présentaient le prochain ballet avec Amy en tête d'affiche. Son cœur se serra en plongeant dans ses grands yeux. Elle semblait avoir pris de l'assurance et paraissait plus belle que jamais. C'est la tête baissée qu'il repartit confus...

*

« Après une tournée triomphale avec l'Opéra de Paris tout le printemps, l'étoile Amy Guérin s'installe quelques jours à Paris pour retrouver le rôle de Kitri pour lequel elle a été nommée étoile avant d'entamer une série de festivals à travers la France cet été » L'Express, le 19 juin 2005

« À la fois hypnotique et sensuel, le Boléro notamment interprété par Amy Guérin s'avère sublime et magique. » *« Amy Guérin : la recherche de l'impossible perfection ! »* Danser, juillet 2005

« Danseuse de charme et d'exception, Amy Guérin envoûte par une technique implacable » Ballet 2000, août 2005

« Le gala des étoiles du XXIe siècle : c'est le best of de la danse mondiale, un condensé de virtuosité et d'émotion artistique. On retrouve notamment Amy Guérin, splendide ! Cette interprète d'exception enivre le théâtre des Champs-Elysées par sa présence scénique et son charisme impressionnant » L'Express, le 18 septembre 2005

Le mois d'octobre fut marqué par l'invitation du ballet de New York pour trois représentations « Le lac des cygnes ». Aux États-Unis pour une semaine, Amy fut interviewée par le Dance magazine.

« Nommée danseuse étoile à l'âge de 26 ans, Amy Guérin ravit depuis un an les amateurs de danse classique. Son jeu d'actrice et son charisme captivent, retour sur un parcours gagnant.
Comment en êtes-vous venue à la danse ?
Mon père m'emmenait souvent voir des ballets de l'Opéra de Paris, nous habitions à cinq minutes, c'était notre rituel.

J'ai très vite éprouvé beaucoup de plaisir, des sensations nouvelles. Je tremblais d'émotion et il m'arrivait de pleurer à la fin des représentations. Après une étape difficile de ma vie, je me suis refermée sur moi-même. Seule la danse m'aidait, je comprenais son langage. Je suis rentrée à l'école de l'opéra de Paris à quinze ans, et au corps de ballet à dix-huit ans.

*... **Êtes-vous fière de votre parcours ?***

En étant plongée dans ce travail depuis tellement d'années, cela devient une routine. Je n'ai pas entièrement consciente de tout ce qu'il se passe autour de moi. Depuis que je suis étoile, le temps défile à une allure incroyable. Je suis heureuse de vivre de mon art, d'être reconnue pour mon travail. Parfois lorsque l'osmose avec le partenaire se joue, lorsque la musique et l'énergie de public nous portent, la magie s'opère pour vivre un moment de grâce. C'est pour ces instants magiques que je danse.

*... **Vous êtes-vous privée de certaines choses pour réussir ?***

C'est le travail d'une vie. J'ai dû renoncer à beaucoup pour en arriver là.

*... **Comme quoi ?***

L'amour...

*

Jesse contempla la photo d'Amy prise lors d'un entraînement à l'Opéra de Paris puis referma le magazine qu'il venait de lire. Sa main tremblait légèrement à cette révélation en demi-teinte. Amy avait renoncé à lui... Sur la couverture du célèbre Dance Magazine, la posture artistique d'Amy trônait sous le titre : « Le travail d'une vie ». Il secoua vigoureusement la tête pour chasser son souvenir.

Ce début d'automne marquait la sortie du premier album live des Cold Ashes. Riches du succès de leur tournée, ils offraient de nouveaux arrangements ponctués de l'énergie inépuisable de leurs fans dont le titre de l'album s'intitulait tout simplement « Thanks ». Après avoir fait la couverture des magazines people de cet été où les paparazzis mettaient l'accent tant sur leurs excentricités que sur leurs flirts, ils s'apprêtaient à faire plusieurs interviews à travers les États-Unis. Sa vie avait pris la tournure dont il avait toujours rêvé, des fans à chaque sortie, des paparazzis toujours plus curieux. Jesse aimait ce rôle et rivalisait d'arrogance dans des attitudes incorrectes. Peu lui importait l'opinion des autres, seule l'intensité de ses émotions comptait. Se sentir vivant par-dessus tout était son seul mot d'ordre.

*

La vie d'Amy était trépidante, épuisante et jubilatoire. Elle avait réalisé son rêve et voguait à travers de nombreux pays pour l'unique plaisir de danser.

Coppélia à Messine en Italie avec le ballet de Turin en octobre.

Giselle au théâtre Mariinsky à Saint Petersburg au côté du ballet de Kremlin en décembre.

« Régulièrement demandée dans les galas internationaux et abondamment distribuée par l'Opéra de Paris, Amy Guérin signe une nouvelle performance à tout juste vingt-sept ans. Invitée à la nouvelle édition du gala des étoiles XXIe à New York le 13 février dernier pour danser le célèbre pas de deux de Roméo et Juliette au côté du danseur étoile Adam Ménart, cette danseuse nous offre une performance à couper le souffle. Habitée par sa passion, elle nous livre une interprétation pleine de fougue et de précision. » Le New York post, le 14 février 2006

« Merveilleux moment de romantisme avec Amy Guérin dans le rôle de Juliette » Dance Spirit, le 9 mars 2006

*

Après avoir passé la fin de l'année à composer de nouvelles musiques pour l'enregistrement de leur troisième album, le groupe s'isola en studio dès le mois de janvier. Jesse se montrait taciturne et irritable. La morosité le gagnait de plus en plus.

Un soir, il glissa fébrilement contre son siège rouge à la vue de celle qui saluait son public. Vêtue d'une robe blanche à tutu, son plaisir transcendait son visage. Invitée à l'occasion du

Youth American Grand Prix de New York au mois d'avril, Amy n'en finissait pas d'impressionner son public. Il suivait son actualité depuis des mois et avait libéré sa journée, alors qu'il était en pleine promotion de leur troisième album sorti un mois plus tôt, pour la voir danser quelques minutes. Usant de sa notoriété, il avait réussi à contourner la file d'attente pour éviter les nombreuses émeutes de fans qu'il provoquait. Tremblant de la tête aux pieds, il avait vibré à chacun de ses mouvements. Celle qui répondait ardemment à ses baisers il n'y a pas si longtemps. Celle qu'il avait laissée s'éloigner. C'est à cet instant précis qu'il comprit avoir fait le bon choix. Peu importe ce que cela lui coûtait depuis, elle était là, acclamée, pour ses années de sacrifice. Elle méritait cet instant de grâce. Il se leva, les jambes flageolantes et se retira.

*

Athènes au théâtre Dora Stratou, Pompéi avec le ballet de Naples, Amy passa son été à travers de nouveaux pays. C'est le 16 juillet 2006 qu'elle reçut le prix Ballet 2000. Le grand auditorium du palais des festivals de Cannes accueillait, pour sa troisième année consécutive, les jeunes étoiles les plus brillantes des grandes compagnies du monde entier. Sélectionnée parmi les étoiles qui avaient brillé au cours de l'année précédente sur la scène internationale, Amy fut récompensée pour la première fois de sa carrière.

Sa vie était enviée de toutes les danseuses en herbc, ses invitations à divers galas et autres cérémonies la comblaient. Mais alors qu'elle apprenait que l'Indonésie était frappée par un tsunami faisant plus de cinq cents morts, sa solitude s'intensifiait. Et parfois, elle se disait qu'elle aimerait donner un autre sens à sa vie... Nouvellement invitée en Italie pour danser au côté du ballet de Turin, elle poursuivit à l'automne 2006 une tournée avec l'Opéra de Paris. En octobre, elle dansa au théâtre Bolchoï à Moscou. Entre deux aéroports, assise au café d'un bar, elle entendit sa voix reconnaissable entre toutes. La radio commençait une balade aux accents mélancoliques que Jesse portait avec son timbre de voix unique. Le bruit autour d'elle l'empêchait d'entendre la totalité des mots qui semblaient parler du passé et des mauvais choix... Ses poils se hérissèrent sur ses bras. Ce n'était pas la première fois qu'elle l'entendait, mais pas comme ça. Le public était davantage habitué à leur son criard et les vocalises saisissantes de Jesse. Instantanément, elle le revoyait allongé à ses côtés, les longues nuits blanches à composer ou écrire des chansons. Déstabilisée par ce soudain plongeon dans le passé, elle finit son café d'une traite avant de se lever en direction des embarquements.

« Amy Guérin, l'étoile la plus charismatique de sa génération, sera l'invitée du ballet de New York pour les fêtes de fin d'année » The New York Times, le 20 décembre 2006

*

« Les Cold Ashes commencent une tournée mondiale de plusieurs mois pour le plus grand plaisir de leurs fans. Un son inspiré et énergique à ne pas manquer ! » Rolling Stone Magazine, le 4 juin 2006

De l'ouverture de la tournée par un concert en plein air à la Citadelle à Berlin, le public put découvrir la toute nouvelle excentricité du groupe par la couleur de leurs cheveux teints en bleu. Leurs maquillages noirs et leurs styles vestimentaires sombres charmaient leurs fans inconditionnels. En passant par une série de festivals dans différents pays nordiques, ils poursuivirent avec la Russie, l'Australie, le Canada et c'est à la fin de l'année qu'ils rentrèrent aux États-Unis.

12

Creep - Radiohead

29 décembre 2006

Une nouvelle année allait bientôt s'achever pour Amy. Une année dont les jours s'étaient succédés sans les voir passer... comme l'année précédente. Des journées si remplies que les soirées s'interrompaient rapidement. Des journées, dont les réveils étaient désorientés à force de nouveaux hôtels. Des soirées à arborer son plus beau sourire parmi une foule d'inconnus. Des soirées à se coucher dans un lit froid et vide, parfois encore réveillée en sursaut par ces mauvais rêves qui ne l'avaient jamais quittée. Il lui arrivait parfois de se remémorer des moments agréables entrecoupés par des rires interminables avec Hailey. Alors qu'elle se sentait cruellement seule, son amitié lui manquait toujours autant.

En escale pour quelques jours à New York, Amy venait de terminer trois représentations avec le New York ballet et avait voulu profiter de cette accalmie pour rendre visite à son amie Sarah. Les années passées, leur chemin avait pris des trajectoires différentes. C'est sans l'avoir prévu, que son histoire d'amour avec Joshua avait débouché sur la naissance de leur fille Chloé. Aujourd'hui âgée de six mois, la petite avait connu de lourds problèmes de santé due à une naissance prématurée. Aujourd'hui, la petite allait mieux, mais demandait une surveillance particulière que Sarah avait voulu lui donner en faisant une croix sur un éventuel titre de danseuse étoile. Après avoir passé quelques heures à parler du passé, les deux jeunes femmes avaient improvisé un petit repas dans l'appartement de Sarah. Le couple s'y était installé lorsque Joshua intégra une compagnie de danse contemporaine réputée qui se produisait chaque soir au Joyce Theater.

— Jos ne va pas tarder de rentrer, annonça Sarah en lui remplissant son verre de vin pour la deuxième fois. Quand il va te voir ici, il va être fou !

Alors qu'elle allait riposter, elle décida qu'une fois n'était pas coutume. Les jours de repos n'étaient-ils pas faits pour se détendre ? Songeuse, elle se demanda depuis combien de temps elle n'avait pas fait ça, car en dépit d'un job de rêve, elle n'avait aucune vie sociale. Alors que Chloé ne parvenait pas à dormir, Sarah alla la chercher dans sa chambre.

— Qu'y a-t-il de si chouette ?

Sarah se posta devant elle, une dosette de lait en poudre dans la main.

— Danseuse étoile Amy ! Ta vie est celle que beaucoup d'entre nous rêvions. Joshua et moi avons fait le choix d'être parents et nous ne le regrettons pas, mais c'était au sacrifice de cette éventuelle distinction.

Son regard de maman se porta tendrement sur sa fille, Amy en fit autant. C'est vrai qu'elle était attendrissante. Son regard empli d'innocence la regardait joyeusement. Elle paraissait si fragile. Ses petites mains tentaient de se refermer sur tout ce qu'elle trouvait.

— Tu n'as jamais pensé à être mère ?

Sa question aussi soudaine que surprenante irrita Amy. Elle venait d'avoir vingt-huit ans et commençait à se retourner sur un enfant.

— Je n'ai déjà pas le temps de m'occuper de moi et puis seule ça risque d'être difficile...

— Justement Am, avec tous les gens que tu rencontres, tous les hommes avec qui tu danses. Comment se fait-il que tu sois toujours seule ?

— Je ne rencontre pas tant de monde, tu sais.

Devant sa gêne, Sarah comprit immédiatement.

— Ne me dis pas que tu penses toujours à lui ?

Le regard porté au sol pour ne pas se confronter à celui de Sarah, Amy ne répondait pas.

— Tu ne peux pas continuer comme ça, les plus belles années de ta vie, c'est maintenant ! Tu as toujours été trop sérieuse, trop studieuse. Libère-toi ! Amuse-toi !

Comme éclairée par une soudaine heureuse idée, elle reprit en s'écriant.

— Ce soir on sort ! Joshua gardera Chloé et…

— Sarah non je…

— S'il te plaît, ça fait des mois que je n'ai pas fait ça.

Devant sa mine suppliante, elle accepta. Après tout, ça ne pourrait pas lui faire de mal. Une joie touchante irradiait la jeune femme pendant qu'elle donnait le lait à son enfant. Cette vision attendrissante émut Amy au point de ne pas entendre Joshua rentrer. Son étonnement fut au maximum lorsqu'il pénétra dans le salon.

— Amy Guérin !

Sursautant, son regard se posa sur cet homme qu'elle n'avait pas vu depuis si longtemps. Il n'avait pas changé, toujours la même gueule angélique, le même sourire espiègle et une démarche de félin. Il contempla sa femme amusée qui répondit par un haussement d'épaules.

— Faut que tu me racontes tout ma belle ! S'engoua-t-il en contournant le plan de travail central pour revenir avec une bouteille de vin. C'est comment la vie d'une danseuse étoile ?

— Encore mieux que dans nos rêves, répliqua-t-elle sur le même ton.

Tout en remplissant les trois verres, il trépignait d'excitation.

— Explique !

— Je fais le tour du monde une à deux fois par an, je croule sous les fleurs ct les mots d'admirateurs, je danse avec les plus grands partenaires étoilés. Je frémis d'émotion lorsque l'orchestre entame l'opéra de Tchaïkovski, je tremble d'excitation quand un solo arrive.

Le visage de Joshua s'illumina, il serra les mains de Sarah avec un sourire complice et empli d'amour. Le regard d'Amy était rivé sur leurs mains.

— À côté de ça, je n'ai pas la chance de pouvoir le partager avec quelqu'un. Je ne regarde personne comme vous êtes en train de vous dévisager, je ne berce pas l'enfant qui bouleverserait ma vie comme Chloé a ensoleillé la vôtre. Je ne vois pas d'admiration dans le regard d'un proche, en fait je ne vois plus personne, car je passe mes repos à dormir pour tenir le rythme et je…

Sa voix se cassa pour accueillir un silence bienvenu. Sarah contourna le canapé et prit la main de son amie dans la sienne.

— J'ai sacrifié la danse et tu as sacrifié l'amour. Y a-t-il un choix meilleur que l'autre ? Je ne pense pas. Écoute, je crois que tu as besoin de te changer un peu les idées. Jos a découvert un nouveau pub dont tout le monde parle en ce moment, il paraît qu'il y a des groupes folks indépendants qui valent le détour. Ça te dit ?

Amy consentit devant l'engouement contagieux de son amie et toutes deux partirent avec la ferme intention de se divertir. Le pub était bondé de monde. Un décor fait de boiseries apportait le style rustique et authentique des pubs irlandais. Sur les murs, quelques affiches publicitaires vantant les mérites de grandes marques d'alcool ou encore des instruments de musique tel le fiddle, célèbre petit violon Irlandais que l'on retrouvait dans de nombreuses balades folks ou la flûte irlandaise. Au fond, un petit salon regorgeait de monde. Les deux jeunes femmes se dirigèrent vers le comptoir pour passer commande à un homme au tee-shirt vert, couleur de l'île britannique.

— Tu veux boire quoi ? demanda Sarah.

Perdue devant la série de noms de bières qui figuraient sur l'imposante ardoise, Amy s'en remit à la seule qu'elle connaissait.

— Une guiness.

Cette ambiance aux allures désinvoltes plongea instantanément Amy dans un univers longuement ignoré et à présent quelque peu déstabilisant. Une fois leur boisson à la main, elles cherchèrent une place à l'écart des danseurs. Au son d'un accordéon et d'une guitare folk, le patrimoine musical Irlandais était à l'honneur ce soir avec des morceaux traditionnels interprétés dans une ambiance des plus chaleureuses.

— J'adore ce qu'ils jouent, cria Sarah en se dandinant sur sa chaise.

La danse lui manquait, c'était évident. Elles n'avaient pas vraiment abordé le sujet, mais il était clair qu'elle avait fait le choix le plus important de sa vie. Sarah n'avait pas été non plus avare de questions sur la carrière de son amie. Amy s'imagina arrêter la danse pour des raisons personnelles… le vide ressenti lui serait insupportable. Mais sans doute l'amour d'un enfant pouvait-il le combler, elle avait bien songé arrêter pour l'amour d'un homme...

Il était près d'une heure du matin, peu à peu le pub se vidait. Après s'être déchaînée au rythme effréné des percussions, Sarah semblait revivre.

— Ça faisait une éternité que je ne m'étais pas autant amusée. On devrait faire ça plus souvent ! J'ai soif ! s'écria-t-elle euphorique en partant vers le comptoir.

Elle avait raison ! Ça faisait tant de bien de se défouler aussi librement. Quelques dizaines de personnes buvaient encore des bières, le salon du fond s'était presque vidé lorsqu'elle entendit deux jeunes femmes crier de joie. Amy fut attirée par leur comportement un peu excessif lorsqu'elle reçut une décharge en pleine figure. L'une d'entre elles posait au côté d'un homme aux cheveux noirs. Le charisme qu'il dégageait la troubla instantanément. Ses cheveux mi-longs descendaient sur un tee-shirt échancré qui dévoilait un tatouage à la naissance de son torse. Une série de bracelets de cuir noir donnait de la puissance à ses bras bronzés. Il souriait de ses dents d'un blanc immaculé et accepta une séance de dédicace étonnante pour plonger sa main dans le décolleté de la blonde afin d'écrire son nom. La deuxième groupie releva son tee-shirt pour qu'il dépose sa signature au bas de son ventre avant qu'elle ne grimpe sur ses genoux pour l'embrasser. Amy reconnut Jesse. Il paraissait déborder d'arrogance. Tous ses sens en éveil la faisaient souffrir. Des sentiments très bien enfouis ressurgissaient trop violemment. Elle manquait d'air. Elle se leva brusquement et manqua de tomber tant ses jambes tremblaient. Rapidement, elle se dirigea vers le comptoir.

— J'aimerais rentrer, murmura-t-elle à Sarah.

— Pourquoi ? On s'amuse tellement !

— S'il te plaît Sarah ! Implora-t-elle.

Comprenant que quelque chose d'important se passait, elle accepta sans dire un mot.

Il l'avait contemplée un long moment durant. Jouant sensuellement de ses uniques tours de rein. Il ressentait tant de douleur à la regarder, tant de souffrance de ne pas pouvoir lui parler, la toucher. Les pintes de bière s'étaient enchaînées, les filles aussi... il ne devait pas penser...

Une file d'attente s'étendait depuis les vestiaires. Elle avait mal au cœur, sa tête bourdonnait et elle ressentait l'envie incontrôlable de pleurer. Quand elle se retourna, ce fut pour découvrir Jesse devant elle. Surprise, elle eut un mouvement de recul. Malgré une lueur familière, il la fixait d'un regard intense. Un désir incroyable s'emparait de tous ses sens, elle se détestait pour ça. Il était à couper le souffle, son charisme ne faisait qu'augmenter à chaque fois qu'elle le revoyait. Des bribes de son parfum la transportèrent vers de lointains souvenirs.

— Bonsoir Amy.

Sa voix lui procura un délicieux frisson. Soudain, ces deux années de torture à tenter de lui survivre s'envolèrent en éclats. Elle éprouva le désir fou de se jeter dans ses bras, de goûter au plaisir retrouvé de ses baisers, mais elle devait se protéger. Jesse n'était pas pour elle, elle avait fini par l'admettre et sa carapace reprit le dessus.

— Va-t'en ! Claqua-t-elle.

C'était si dur de dire tout haut l'inverse de ce qu'elle désirait si fort. Elle soutint son regard un bref instant incapable de lutter davantage. Devant cette faille qu'il perçut, il attrapa sa main. Ce contact les fit frissonner, ce geste était de trop. Elle secoua sa main pour se libérer, murmura quelques mots à Sarah puis se rua à l'extérieur avant d'éclater en sanglots.

Une fois dehors, elle longea le mur du pub avant d'être rattrapée par une voix familière.

— Amy attend !

Elle accéléra la cadence de ses pas, mais il la saisit par le bras. Se débattant avec force, elle refusa de lui faire face de peur qu'il ne voit sa faiblesse.

— Ne me touche pas, tenta-t-elle d'articuler. Je ne veux pas te voir. Si j'avais su que tu étais ici, je ne…

— Tais-toi.

Comment osait-il ! Sans réfléchir, elle lui asséna une gifle et sa tête pivota sur le côté. Plusieurs personnes contemplèrent la scène.

— Pour qui te prends-tu ? cria-t-elle. Tu crois que…

Contre toute attente, il l'empoigna avec force et l'attira contre lui pour l'embrasser avec brutalité. Paniquée, elle tenta de le repousser de toutes ses forces, mais il était trop fort. Un flot agressif d'émotions s'empara d'elle, il l'embrassait comme si sa vie en dépendait. Sa fougue l'enivra et finit par attiser sa résistance. Son corps puissant contre le sien, son odeur si familière, ses baisers dévastateurs l'emportèrent. Elle sentait renaître en elle des sentiments trop longtemps enfouis. Contre toute attente, ses dernières réticences cédèrent. Elle ne l'avait jamais autant désiré et finit par répondre à ses attentes. Comme possédée par une force invisible, elle resserra son étreinte pour épouser chaque partie de son corps. Une frénésie incroyable la submergeait. Elle n'était plus maîtresse d'elle-même.

— Laisse-moi partir, gémit-elle dans un bref instant de lucidité.

— Je ne peux pas…

Elle s'accrocha à son cou dont les veines saillaient et croisa son regard un instant. Elle fut bouleversée par ce qu'elle vit. Il semblait souffrir.

— Amy ! cria une voix féminine au loin.

Pris en faute tels deux adolescents, ils se lâchèrent non sans peine. Jesse se racla la gorge avant de dire d'une voix rauque.

— Retrouve-moi demain, ici à 10h.

Puis il partit en passant maladroitement sa main dans ses cheveux.

*

La nuit fut courte. Amy n'avait cessé de se torturer le cerveau pour savoir si elle devait aller au rendez-vous de Jesse. De nombreux rêves à la fois sensuels et dévastateurs avaient enraillé ses rares moments de sommeil. Elle brûlait d'envie de le revoir et en vint à la conclusion qu'elle souffrirait dans les deux cas.

Elle arriva devant le pub irlandais à dix heures passées. Jesse l'attendait à l'écart de l'enseigne avec deux gobelets en plastique à la main. Une capuche et des lunettes de soleil recouvraient son visage pour garder son anonymat. Lorsqu'il la vit, il se redressa pour venir à sa rencontre. C'est maladroitement qu'il déposa un baiser sur sa joue.

— Tu as faim ?

— Un café c'est très bien, consentit-elle en voyant qu'il avait pris les devants.

Il la regarda un instant puis son regard s'assombrit.

— La nuit fut courte pour toi aussi ?

Elle haussa les épaules en signe de résignation.

— Je n'aurais peut-être pas dû. Quand je t'ai vue dans cette salle...

Sa main tremblante se posa doucement sur celle d'Amy. Elle tenta de la retirer avant qu'il l'attrape de ses deux mains.

— Tu me fais perdre la tête. Quand je pense à toi, je n'arrive plus à dormir ni à manger...

Elle aurait pu dire ses mots...

— Qu'est-ce que tu attends de moi Jesse ?

Sa question lui fit mal. Il tenta de plonger ses yeux dans les siens. Elle paraissait abattue.

— Pourquoi je reviens inexorablement vers toi ? murmura-t-elle pour elle-même.

Il tournait nerveusement sa cuillère dans son café. À cet instant, elle le trouvait si vulnérable et touchant. Même si la gloire le rendait présomptueux, même si elle le trouvait de plus en plus arrogant, elle était viscéralement attirée par lui.

Elle porta son café à sa bouche et le détailla du coin de l'œil. Toujours la même fossette, une barbe naissante lui inspirait des souvenirs lointains. Ses lèvres se pincèrent doucement alors qu'il semblait pris dans ses pensées. Lorsqu'il releva son regard pour soutenir celui d'Amy, un courant électrique les traversa. C'était toujours là ! Ce désir incroyable, cette adrénaline palpable quand ils étaient ensemble. Ils savourèrent ce silence sans se quitter du regard. La sonnerie du téléphone de Jesse retentit, mais il ne voulut pas interrompre ce moment et préféra ne pas répondre.

— Tu fais toujours tes cauchemars ? demanda-t-il au bout d'un long silence.

D'abord étonnée par la question, Amy acquiesça ne sachant pas trop quoi penser de tout ce que cette rencontre provoquait chez elle.

— Quelqu'un m'a dit un jour que si une personne décédée te hante jusque dans tes rêves, c'est qu'elle essaie de te faire passer un message. Tu as peut-être raison finalement lorsque tu disais qu'elle veut te dire quelque chose.

De plus en plus de monde se rapprochait du pub lorsque Jesse demanda nerveux.

— Ma voiture est juste là. Si on ne part pas maintenant, je pense que nous n'aurons plus aucune tranquillité.

Amy suivit discrètement son regard pour se porter sur un couple qui les regardait en faisant des messes basses.

— Je te suis.

Confinés dans l'espace réduit d'un coupé sport, Jesse conduisit quelques minutes pour s'éloigner de l'effervescence de la ville.

— C'est toujours comme ça ? demanda Amy pour rompre le silence.

— Malheureusement oui. Pas toi ?

— C'est différent. N'était-ce pas ce que tu voulais ?

Jesse coupa le moteur et se retourna face à Amy en inspirant profondément. L'un près de l'autre, ils n'osaient plus bouger. Leurs respirations s'accélérèrent à l'unisson. Ils étaient comme suspendus dans le temps. Leurs bouches se rapprochaient doucement pour n'être qu'à quelques millimètres l'une de l'autre. Elle brûlait d'envie de goûter ses lèvres. Il le comprit instantanément.

— Ne me détruis pas encore, murmura-t-elle.

Il encadra son visage de ses deux mains, et balbutia le souffle coupé par l'émotion.

— Je veux juste t'aimer...

Avec un gémissement de souffrance retenu, il appuya sa bouche contre la sienne comme pour se fondre en elle. Un puissant tourbillon les transperça. Elle était faite pour lui. Il était son âme sœur. La passion les emporta pour se consumer dans un baiser désespéré.

— Avons-nous fait les bons choix Amy ?

Sa question la bouleversa.

— C'est le prix à payer ? reprit-il.

Une énième sonnerie les interrompit.

— Tu devrais répondre, ça a l'air urgent.

Tout en fronçant les sourcils, il saisit son téléphone et décrocha. Son expression se transforma peu à peu pour finir par exprimer une vive inquiétude.

— J'arrive, affirma-t-il pour unique réponse.

Sa voix avait soudain changé. Il venait de se refermer.

— Il faut croire que la vie ne veut pas nous réunir.

— Que se passe-t-il ? S'enquit-elle inquiète.

— Je dois retrouver mon frère tout de suite.

— Laisse-moi venir avec toi !

— Amy je ne pense pas que...

— Jesse ! Ne me repousse pas !

Elle venait de saisir sa main. Il marqua un arrêt, hésita et murmura.

— Suis-moi.

13

Loser - Beck

Ils arrivèrent dans un vaste entrepôt dénué de toute décoration. Au centre, une batterie était accompagnée de plusieurs guitares posées sur leurs socles. Amy dut faire attention où elle marchait pour ne pas se prendre les pieds sur les nombreux câbles reliés à des amplificateurs et des accessoires de sonorisations. Dans le fond, plusieurs personnes étaient avachies sur deux sofas en tissu marron. Amy reconnut immédiatement Owen. Malgré des traits plus durs et des cheveux légèrement plus longs, il n'avait pas changé. Assis sur le dossier d'un canapé, deux autres hommes l'entouraient. Si elle s'en référait aux quelques photos qu'elle avait aperçues dans les magazines, il devait s'agir des deux nouveaux membres du groupe. Derrière eux, deux femmes, au maquillage excessif et aux vêtements provocants, faisaient les cent pas, lorsque l'une d'entre elles aperçut Jesse et s'avança à sa rencontre.

— C'est vrai ce qu'on raconte ?

Elle paraissait en colère. Les poings légèrement relevés, elle le bouscula une première fois avant de crier.

— Tu as vraiment fait ça ?

Faute de réponses dans le regard du chanteur, elle fut attirée par la présence d'Amy.

— C'est qui elle ? aboya-t-elle.

— Calme-toi ! s'énerva-t-il en attrapant ses poignets.

— Si tu n'arrives pas à te tenir Brook, tu dégages ! intervient le frère de Jesse qui n'avait pas bougé d'un pouce.

— Attends, mon mec est en train de tout faire foirer et je devrais me taire !

— Tu sors ! cria Owen.

Tout en se levant d'un bond, il saisit le bras de la jeune femme et la défia du regard. Amy ne le reconnaissait pas, son expression avait changé. Sa virulence soulignait un air glacial.

— Amy, ça faisait longtemps ! minauda-t-il avec un certain sarcasme. Je vois que mon frère n'a pas résisté à la tentation, remarque je peux comprendre, mais on a un gros problème à gérer ! Ce n'était pas le moment, bourreau des cœurs.

— La ferme Owen !

Amy les regardait un à un incrédule. Jesse et Owen avaient tellement changé.

— Non c'est toi qui la ferme ! trancha-t-il sur un ton cinglant. Tous les journalistes sont déjà sur le coup ! J'essaye de t'appeler toute la matinée en vain pendant que toi tu roucoules ! J'ai appelé un avocat, il ne va pas tarder.

— Est-ce que tu peux me dire ce qui se passe ? demanda Amy à Jesse.

Déconfit, son assurance venait de faire une chute vertigineuse. Il n'osait pas la regarder…

— Ce n'était pas une bonne idée, murmura-t-il. Tu devrais partir…

— On l'accuse de viol, intervint Brook.

La véhémence qu'elle employa figea Amy. Un regard autour d'elle, de l'inquiétude dans leurs regards quant à leur devenir augmenta la gravité de la situation. Ahurie, elle tenta d'intercepter le regard de Jesse. Comment pouvait-il être soupçonné d'un tel acte ? Elle ne parvenait pas à digérer ce qu'elle venait d'entendre. D'abord, elle apprenait qu'il lui avait caché avoir quelqu'un et maintenant ça !

— Jesse ?

— C'est des conneries ! s'énerva-t-il.

Owen s'approcha de son frère et posa une main sur son épaule.

— Écoute, on sait bien que ce que tu prends te fait souvent perdre la tête, mais...

— Putain Owen ! Tu ne vas pas croire ça ? Pas toi ?

— Elle a déposé plainte tôt ce matin et elle s'est empressée d'alerter la presse. Tu n'es plus toi-même depuis un moment, le succès te monte à la tête frangin. Tu te bats avec tout le monde, tu appelles en pleine nuit, car tu ne sais plus où tu es, tu trompes Brook depuis des mois, tu mens à tout le monde. Il faut que tu retournes en désintox ! Tu vas tout faire foirer avec ta stupidité !

Sous le choc de ces révélations, Amy accusait le coup. Elle s'était toujours refusée de lire les magazines people où Jesse apparaissait très souvent. Elle avait parfois lu le titre d'une couverture dans les aéroports souvent centré sur ses frasques et ses nouvelles conquêtes, mais elle s'en était arrêtée là !

Un homme âgé d'une cinquantaine d'années et vêtu d'un costume sombre arriva. Dans sa main, il serrait une petite mallette noire.

— Ton avocat est là. Je préfère vous laisser, déclara Amy à Jesse.

— Amy, attends !

Il lui saisit fermement le bras. Elle grimaça à ce contact douloureux.

— J'ai fait pas mal de conneries, mais je n'ai jamais violé personne.

Sur ses mots, elle se libéra et lui tourna les talons.

14

Popular – Nada Surf

Une journée venait de passer depuis que Jesse avait de nouveau chamboulé toute sa vie. En quelques minutes seulement, un stress palpable l'avait envahie. Avec lui, c'était un cercle sans fin, une spirale qui l'entraînait irrémédiablement vers le fond. Son vol pour rentrer à Paris était dans quelques heures. Pour tenter de se changer les idées, elle arpentait les rues commerçantes de New York, cette ambiance de fin d'année l'avait toujours enthousiasmée. Cependant aujourd'hui, rien ne pouvait chasser le désarroi et les pensées noires qui l'assommaient.

Jesse l'avait appelée à plusieurs reprises, mais elle n'avait plus la force de croire en lui. Il lui avait caché son histoire avec cette Brook, il l'avait embrassée, bercée de douces illusions. Il s'enterrait chaque jour en peu plus dans ses excès et ses mensonges. Son téléphone sonna une nouvelle fois pour signaler l'arrivée d'un texto de Jesse.

« Ce que j'ai fait est moche, je suis désolé. J'aurais dû te dire pour Brook, mais je ne pensais pas que te revoir remettrait tout en cause. Elle n'a jamais compté pour moi, j'aurais dû la quitter il y a longtemps… »

Excédée, elle allait éteindre l'écran lorsqu'un deuxième message s'alluma.

« Je n'ai pas violé cette fille et tu es mon alibi. J'étais avec toi hier soir au moment de cette présumée agression. J'ai besoin que tu m'aides en témoignant. Je t'en prie ! »

Sonnée, elle s'assit sur le premier banc qu'elle trouva. Depuis qu'elle avait revu Jesse, tout lui semblait si différent. Son univers bien rangé s'était écroulé. Sa protection envolée. Désabusée, ce qu'elle ressentait à cet instant précis la plongeait dans une souffrance connue. Pourquoi revenait-il sans cesse dans sa vie ? Pourquoi était-elle si faible pour le repousser ? Elle essaya de rassembler ses idées. Elle était son alibi ! Des témoins les avaient vus se donner en spectacle dans la rue. Elle ne pouvait pas le laisser dans cette impasse. Sa vie, sa carrière, le groupe allaient s'écrouler si elle n'intervenait pas. Elle saisit son téléphone d'une main tremblante et tapa.

« Ok, je témoignerai »

*

Les jours qui suivirent furent éprouvants. Compte tenu du caractère public de cette affaire et de l'indisponibilité du témoin pour raison professionnelle, l'avocat obtint une audience en présence d'Amy. Les heures défilèrent, les jours également, quand ils évaluèrent cette histoire classée sans suite. Une multitude de journalistes s'étaient emparés de cette histoire au grand désarroi de la jeune femme qui voyait son anonymat perdu. Cette affaire allait sérieusement faire de l'ombre à sa carrière. L'opéra de Paris s'était montré discret quant aux assauts des journalistes, mais ne se réjouissait pas des fréquentations de leur étoile.

Le soir de la décision de l'audience, Amy sortit rapidement du tribunal. Retrouver sa vie tranquille loin de toute la souffrance qu'elle ressentait, mais elle fut rattrapée par Jesse.

— Je ne te remercierai jamais assez Amy ! Grâce à toi je…

— Tu ne me dois rien, coupa-t-elle.

— Retrouve-nous à l'entrepôt ce soir, on va fêter ça !

— Non je ne pense pas que…

— Amy ! S'il te plaît ! Implora-t-il en la saisissant par le bras.

Leurs regards se croisèrent.

— D'accord je passerai, mais pas longtemps.

Il la prit dans ses bras. Elle sentit son cœur se serrer en pensant à ce qu'elle devait faire.

Les quelques heures qui suivirent furent consacrées à la préparation de ses bagages. Elle prendrait un vol de nuit pour rentrer au plus vite à Paris où un agenda serré l'attendait. S'apprêtant à retrouver Jesse, elle avait répété sa phrase inlassablement dans sa tête. Elle devait puiser en elle le courage nécessaire pour ne pas déchanter. Aussi lorsqu'elle arriva au lieu dit, elle fut étonnée par l'ambiance festive qui régnait. Une dizaine de personnes buvaient, se déhanchaient sur un air endiablé. Jesse l'aperçut et s'approcha immédiatement.

— Amy ! Je suis si content de te voir !

Sa voix abrutie par l'alcool l'alerta rapidement.

— Tu es bourré ? s'indigna-t-elle.

Un regard furtif à l'attention des personnes présentes lui signala la consommation de drogue. Sur une table basse, Brook préparait une poudre blanche.

— Tu es bourré ou défoncé ? cria-t-elle en le poussant vigoureusement.

— Allons parler dehors, il y a trop de bruits ici.

Il prit sa main dans la sienne et l'air frais lui fit du bien. De toute sa hauteur, il se campa devant elle. Son regard se porta sur sa bouche. Un délicieux courant électrique le parcourut. Pourquoi son corps le trahissait-il ainsi ?

— Je n'ai pas pris de drogue.

Se mordillant les lèvres, il se rapprochait doucement d'elle. Amy recula avant de se sentir coincée par le mur derrière elle.

— J'ai quitté Brook.

— Pourquoi me dis-tu ça ? demanda-t-elle d'une voix tremblante.

Son cœur s'emballait, ses mains devenaient moites. Cette conversation prenait une tournure si différente de ce qu'elle avait prévu.

— Calme-toi, murmura-t-il en devinant son trouble.

Sa main caressa sa joue. Inspirant profondément, elle annonça.

— Je m'en vais.

— Non pas maintenant, je veux être avec toi Amy.

Elle savait qu'il s'apprêtait à lui faire la révélation qu'elle attendait depuis longtemps. Le sol semblait soudain se dérober sous ses pieds. L'air lui manquait. Encore une fois, il était en train de tout retourner. Elle devait agir avant qu'il ne soit trop tard. Même si elle sentait qu'elle allait le regretter, elle rassembla ses idées et lança.

— Moi non !

— Ne fais pas ça. On a trop joué à ce jeu-là.

— J'ai annulé une série de répétitions pour toi. Dans deux jours, je…

— Arrête, l'avertit-il sur un ton cinglant.

— J'ai un engagement avec l'Italie, je… je n'ai pas le choix…

Sa force lui manquait. Devant son regard éteint, elle regrettait déjà ses mots…

— On a toujours le choix, appuya-t-il avec une pointe de défi dans la voix.

— Tu veux dire quoi là ?

— Que tu as peur parce que tu n'as jamais rien ressenti d'aussi fort, que tu n'es pas capable de prendre des risques.

Amy retint sa respiration pendant qu'elle encaissait ses mots durs qui l'atteignaient en plein cœur. Provocateur, il approcha son visage à quelques millimètres du sien. Les mains d'Amy se plaquèrent sur son torse pour tenter de le repousser.

— Tu préférerais que je reste avec un menteur, un drogué ! Qu'est ce que tu pourrais m'apporter ? Des tromperies ? Des soirées de débauche ?

— Le problème n'est pas là ! gronda-t-il. Tes peurs te paralysent et tu n'assumes rien !

Son regard était glacial, le timbre de sa voix agressif, elle repoussa ses limites en prenant un rire provocateur qui la surprit elle-même.

— Tu te trompes ! Je vais rentrer à Paris faire ma vie loin de toi, comme je le fais très bien depuis longtemps maintenant et je ne veux plus jamais rien avoir à faire avec toi !

Sur ses mots, elle le repoussa et s'élança d'un pas assuré.

— C'est ça retourne à Paris dans ta petite vie parfaite ! Va danser où tu voudras, mais en attendant tu seras toute seule !

Elle frissonna et ajouta sans se retourner.

— Au revoir Jesse.

15

In the house, in a heartbeat – John Murphy

Janvier 2007

Jesse n'était plus que l'ombre de lui-même. Un processus d'autodestruction l'enfonçait chaque jour un peu plus dans une spirale sans fin. Le groupe venait d'essuyer une série d'événements néfastes pour leur image, agression, accusation de viol, drogue... Ils faisaient partie de ces groupes trashs qui étaient mal vus par la presse. Un isolement de plusieurs mois leur parut nécessaire pour laisser couler de l'eau sous les ponts et permettre à Jesse de remonter la pente. Owen souhaitait qu'il entre en cure de désintoxication, mais cela ne faisait qu'empirer leurs rapports.

Au mois d'avril, Jesse proposa un texte lugubre et angoissant sur les méandres de la drogue. Action-choc ou désinvolte ? Accompagnée d'un son survolté, cette proposition avait néanmoins convaincu les autres membres du groupe malgré les doutes d'Owen. L'enregistrement de deux autres titres occupa les deux mois suivants. C'est en juillet qu'ils acceptèrent quelques dates de festivals. Mais les excentricités de Jesse ne tardèrent pas à reprendre de plus belle. Malgré tous leurs écarts, leurs fans répondaient toujours présents, copiant même à la perfection les nouveaux caprices vestimentaires de leur idole. Style sombre, vêtements, maquillage et longs cheveux noirs. Jesse ne souriait pas et se permettait même des gestes vulgaires à l'égard des paparazzis qui les harcelaient. La fin de l'année s'ensuivit par une série d'interviews où il redoublait de provocations. Les frasques des Cold Ashes faisaient le tour des magazines, Jesse passait pour le nouveau bad boy. Cela plaisait aux groupies toujours plus nombreuses et c'était avec une facilité déconcertante qu'il enchaînait les relations d'un soir.

2008

Cette année marqua la suite logique de leur décadence. Jesse ne parvenait plus à écrire le moindre texte. Ses journées marquaient une profonde léthargie quelques fois interrompue par les reproches d'Owen. Les sorties nocturnes devenaient presque quotidiennes et l'abus de la drogue l'abîmait chaque jour davantage. Lors d'un énième séjour à l'hôpital, Owen déclara à son frère.

— Ça ne peut plus continuer comme ça.

Owen s'était campé devant lui dans la petite chambre d'hôpital.

— Il faut que tu décroches, ça va te tuer.

— Lâche-moi avec ça, pesta-t-il.

La colère qu'il éprouvait depuis toutes ces années s'était transformée en méchanceté envers les autres. Un état d'esprit devenu acide pour lui-même qui le conduisait inexorablement vers le fond.

— Je t'ai inscrit en désintox, tu y vas dans quelques heures.

— Merde Owen ! Tu fais chier ! s'indigna-t-il.

— Tu es en train de tout détruire ! Il faut que tu réagisses avant que le groupe te quitte !

— Je ne te retiens pas ! Provoqua-t-il les dents serrées.

Malgré tous ses efforts, Owen perdait patience. Le comportement de son frère l'exaspérait au point de ne plus savoir comment réagir.

— Il y a longtemps que j'aurais aimé le faire.

— Alors, dégage !

— Va te faire foutre Jesse !

D'un pas énervé, il traversa la petite chambre d'hôpital et claqua la porte derrière lui.

2009

Jesse perdait le contrôle. Les mois s'écoulaient jusqu'à cette nuit d'été 2009. Imprégné de toutes sortes de drogues, il consomma pour la énième fois de la cocaïne avec Brook. Leur étrange relation ne cessait d'être ponctuée de séparations, mais elle revenait inlassablement vers lui. Le groupe voulait le voir partir ! Ces innombrables frasques, ses addictions, mais aussi ses impulsivités l'avaient condamné. Ces dernières journées avaient été éprouvantes. La pression retombait doucement pour laisser place à un profond épuisement. Cette nuit-là, il avait perdu pied. Des troubles de la conscience l'envahissaient de plus en plus, alors que son rythme cardiaque s'accélérait au point de l'empêcher de respirer. Il se leva, tituba, vomit. À ses côtés, Brook comatait sur le vieux sofa, ses pupilles étaient dilatées et son corps en proie à des tremblements. Il secoua la tête pour se stimuler, mais l'engourdissement de tous ses membres reprenait de plus belle. Les minutes passaient sans aucune logique. Autour de lui, tout semblait s'être accéléré lorsqu'il aperçut Brook prise de convulsions. Soudain paniqué, son cœur s'emballa et il tomba au sol.

*

— Brook est morte d'une overdose, lui avait annoncé son frère à l'hôpital. Une dose de plus et tu la suivais, m'ont dit les médecins.

Le choc de cette révélation le glaça. Au cours de leur relation tumultueuse, Brook et Jesse avaient consommé toutes sortes de drogues, mais savaient s'arrêter à temps. Que leur étaient-ils arrivés ce soir-là ? N'avaient-ils pas senti le point de non-retour ?

— Mais qu'est-ce qu'il vous a pris bordel ? s'énerva Owen devant son mutisme.

— Je veux quitter cet hôpital, tenta-t-il d'articuler la bouche pâteuse.

— Tu rêves ! Ils te gardent en observation.

Owen faisait les cent pas devant lui, visiblement très agité.

— J'en ai marre Jesse ! Ça ne peut plus durer comme ça ! Les paparazzis campent devant l'hôpital depuis deux jours. Les gros titres fusent déjà ! La mort de la petite copine du chanteur a fait le tour des magazines !

Tout se chamboulait dans sa tête. La nausée l'assaillait. Sa tête allait exploser. Il voulait dormir, oublier tout ce qu'il avait causé… la tournure pitoyable de sa vie.

Il sortit de l'hôpital deux jours plus tard. Depuis la mort de Brook qui l'avait profondément atteint, Jesse était arrivé à un point de non-retour. Sa vie ne tenait plus qu'à un fil, il devait se réveiller avant qu'il ne soit trop tard pour lui aussi...

Il commença une nouvelle cure de désintoxication au mois de juillet. Les jours semblaient cruellement longs et douloureux. Une partie de lui était morte le jour de l'overdose. Sa vie avait perdu de son sens, les shows, la gloire, les fans ne l'intéressaient plus. Tout ça avait causé leur perte. Cette année avait été inexistante pour le groupe, mais c'est en octobre qu'Owen lui proposa la lecture d'un nouveau texte. Écœuré de son existence, du groupe, de la musique, il rêvait de tout stopper, mais s'était résolu à répondre aux attentes de son frère. Il lui devait bien ça...

Le 29 décembre 2009 marqua ce nouveau départ. Après avoir passé la matinée dans les bureaux new-yorkais de leur producteur, il accepta un rendez-vous début janvier avec les autres membres du groupe afin d'étudier leur nouvelle maquette.

16

The man who sold the world - Nirvana

31 décembre 2009

Les rues grouillantes et infatigables de New York ne lui
avaient pas manqué. Affublé d'une veste à capuche qui ne le
quittait plus, il remonta l'esplanade et s'arrêta pour contempler
la rivière de l'Hudson. Au loin la statue de la Liberté se
devinait sous la grisaille. Arrivé au pied des bassins
commémoratifs du Ground Zero, le passé ressurgissait sous ses
yeux. Une émotion palpable l'assaillait. À ses côtés s'élevait la
Freedom Tower récemment baptisée la One World Trade
Center. Encore en construction, elle promettait une hauteur
vertigineuse. Il traversa ce nouveau complexe situé le long de
Greenwich Street et regagna sa voiture. La circulation était
dense en ce soir de réveillon et il mit plus de deux heures pour
parcourir les quelques kilomètres qui le séparaient de son hôtel.
Du luxueux quartier de Tribeca à l'ambiance bohème de
Greenwich Village, il arriva devant une concentration de
gratte-ciel que regroupait Midtown. Le luxueux hôtel où il
avait pris l'habitude de séjourner se situait au pied de Times
Square. Un voiturier réceptionna sa voiture et il décida de
marcher un peu. Recouvert de sa capuche et d'une écharpe lui
cachant la moitié du visage, il arpenta l'un des endroits les plus
célèbres du monde. Times Square ne dormait jamais, mais en
cette soirée de réveillon l'affluence était démesurée. L'air était
glacial et il ne sentait plus ses mains alors qu'il contemplait les
premiers flocons de neige tomber. Tout autour de lui
s'élevaient des tours gigantesques de verres et de métaux sur
lesquels d'imposants panneaux publicitaires attiraient
l'attention. Soudain, son sang ne fit qu'un tour. Amy se
produisait ce soir, ici même. Ses cheveux bruns figés au vent

par l'objectif, ce corps gracieux qui se relâchait dans des bras masculins finement travaillés. Cette photo changeait des affiches académiques de l'Opéra. Voir son visage en gros plan au milieu de la rue le troubla. Elle n'était pas seule, mais accompagnée par un certain Chris Faure. Jesse avait délibérément souhaité ne pas se tenir informé de son actualité, mais lisait-il bien l'annonce ?

« La compagnie Faure, troupe de danse contemporaine de Paris, accueille l'ancienne danseuse étoile Amy Faure Guérin. »

Amy Faure Guérin ? Il relut plusieurs fois ses trois mots pour imprimer tous leurs sens. Se tromper aurait été tellement plus facile ! Il descendit la septième avenue à la recherche d'un kiosque à journaux. Sur les trottoirs, il devenait difficile de se frayer un chemin. Une femme les bras chargés de paquets manqua de le bousculer. La tête lui tournait et l'esprit de fête semblait loin derrière lui. Entre deux commerces, une petite façade sombre. Il pénétra à l'intérieur tout en soufflant sur ses doigts gelés puis feuilleta différents magazines culturels pour finir par tomber sur un article annonçant la représentation de la compagnie Faure. Après l'avoir payé, il rentra à son hôtel à quelques pas de là et lut les paragraphes qui retraçaient sommairement les deux dernières années de la danseuse française.

« ... Après avoir fait ses classes au conservatoire et obtenu le titre de danseur étoile, Chris Faure, un talentueux danseur de trente-sept ans a trouvé sa voix dans la danse contemporaine en créant sa compagnie. La troupe accueille la danseuse étoile Amy Faure Guérin en fin d'année 2008. C'est après avoir quitté l'Opéra de Paris qu'elle rejoint cette troupe pour notre plus grand plaisir. Nous la retrouvons dans un registre différent où elle participe à la mise en scène de chorégraphies aussi somptueuses que surprenantes et nous gratifie d'une présence épanouissante. Ce duo de danseurs, à la vie comme à la scène (ponctué par leur mariage cet été), se complète à merveille vers les limites insoupçonnées de la danse pour créer des tableaux d'une haute technique... »

Jesse reposa le magazine d'une main tremblante. Sous le choc du mariage de la femme de sa vie, il contempla la nuit tombée contre la vitre de sa chambre d'hôtel. Trois années s'étaient passées ! À quoi s'attendait-il ? Amy avait poursuivi sa vie sans lui, comme elle lui avait annoncé. Il n'imaginait pas que ça fasse si mal ! L'envie de crier et de tout casser l'envahit. Se retrouver dans la même ville n'était pas le hasard, il devait la voir, lui parler. Pour lui dire quoi ? Que sa vie à lui était un gâchis ? Qu'il l'avait sans doute bien mérité ? L'envie de s'imprégner d'elle était si violente. Il n'avait jamais clôturé cette page de son histoire. Il ira la voir danser ce soir, mais pour la dernière fois.

*

Arrivé au prestigieux centre culturel, il s'avança vers la place où une immense fontaine de marbre noir occupait le centre. Devant lui, un bâtiment composé d'arches en verre éclairait le lieu pour le rendre magique. Comme si le temps semblait suspendu, il se dirigeait vers elle conscient qu'il en serait bousculé. Le rideau se leva et son aura envahit l'espace. Vêtue d'un justaucorps, ses mouvements marquaient les muscles parfaits de son corps. Ses cheveux, libérés, volaient sous la vitesse de sa danse. En cet instant, elle était dans la vérité. Tout était volupté, grâce, mais aussi force et passion. Il ne l'avait jamais vue danser ainsi. Elle avait su laisser passer du temps pour trouver son plus bel épanouissement. Ouverte à la vie, elle avait essuyé ses blessures et ses craintes pour en faire sa force. Totalement abandonnée à son art, et bien qu'il était dur de l'admettre, à son partenaire. Un somptueux couple scénique se mouvait sous ses yeux. Leurs corps se répondaient avec aisance et désinvolture. Au plus profond de lui, un tsunami le submergeait d'une terrible douleur. Les nombreux applaudissements venus, il se sentit pathétique.

Amy avait une nouvelle vie et paraissait comblée. Trois années s'étaient écoulées. Trois années noires. Trois ans sans elle...

17

Without you I'm nothing - Placebo

1ᵉʳ janvier 2010

Des rayonnements l'aveuglaient par intermittence, un bourdonnement étrange la déstabilisait. Elle tenta de regarder autour d'elle, mais sa vue soudainement floue lui rendait toute compréhension difficile. Semblable aux prémisses d'un malaise, sa vue s'obscurcissait. Un bip lancinant lui parvenait faiblement puis la lumière s'éloigna. Rapidement, un noir effrayant l'enveloppa, elle tenta de crier, mais aucun son ne sortait de sa bouche. Sa poitrine lui faisait mal, sa respiration devenait difficile. Une étrange impression d'être dans un manège qui tourne, de sentir son équilibre vaciller. Elle perdait son calme, une panique la gagnait juste avant qu'elle ne ressente un choc désagréable au niveau de son cœur.

Au loin, une faible lumière orange. Une chaleur de plus en plus intense l'empêchait de respirer alors qu'elle se rapprochait de cette étincelle. Une brûlure au creux de ses poumons l'irradiait pour devenir insupportable. C'est alors qu'un nouveau choc au niveau de sa poitrine la secoua. L'instant d'après elle se trouvait dans un long couloir. Des voix émanaient de derrière une porte. Par la lucarne, elle distinguait trois personnes vêtues de blanc, leurs dialogues semblaient animés et empreints de nervosité. Ils s'activaient à effectuer un massage cardiaque sur quelqu'un. L'un d'eux se dégagea pour brandir deux palettes conductrices reliées à un bloc électrique. C'est alors qu'elle vit un corps. Son corps !

Soudain un nouveau choc la secoua. Une vive douleur au niveau du cœur lui fit comprendre que c'était trop. Cet état allait s'arrêter. Son souffle devenait difficile. Tout se mit à tourner autour d'elle. Elle se sentait comme aspirée au bord d'un précipice où tout allait de plus en plus vite. Soudain, le sol se déroba sous ses pieds et l'entraîna dans une chute interminable.

4 janvier 2010

Jesse prenait son café dans la chambre de l'hôtel où il se terrait. Quatre jours à attendre le rendez-vous avec son producteur pour démarrer le nouvel album de ce groupe auquel il ne croyait plus. La solitude devenait difficile à gérer. Un point douloureux l'assaillait au creux de la poitrine, des crises d'anxiété le réveillaient en pleine nuit. Jusqu'où tout ça allait-il aller ?

Des souvenirs de la représentation du 31 décembre planaient encore au-dessus de lui. Amy resplendissait. Comme le disait l'article qu'il avait lu, le contemporain lui collait à la peau. Sa technique était plus libre, ses mouvements plus aérés. La musique, bien loin des opéras, apportait une émotion différente. Il devait le reconnaître, elle formait un merveilleux duo avec ce danseur. Leur amour se lisait sur leurs sourires, se ressentait dans leurs danses, se devinait dans l'expression de leurs regards. L'envie d'être regardé, admiré de la sorte à la place de cet homme, avait déstabilisé Jesse. Il fut un temps où c'était lui...

Le premier jour de cette nouvelle année avait été étrange. D'abord bercé par le doux souvenir de sa danseuse, une amère tristesse l'avait accablé jusqu'à la tombée de la nuit.

Sous un rideau de neige, times Square avait quelque peu perdu de la frénésie du réveillon. Sur la 42e rue, Jesse pénétra dans un immeuble de briques apparentes d'une douzaine d'étages à l'ouest de Midtown. Le studio d'enregistrement ne payait pas de mine, mais une multitude de stars avaient déjà enregistrés ici. Les quatre membres du groupe attendaient les commentaires de leur producteur suite à l'écoute d'une nouvelle maquette après plus d'un an de silence. Au côté de l'ingénieur du son, Owen passa ses lèvres sur sa tasse fumante tout en scrutant le visage du boss. Ils se savaient attendus au tournant et redoutaient quelque peu l'opinion de leur producteur. Derrière eux, Jesse se commanda un café à une machine en libre service. À sa droite, Matthew feuilletait nerveusement le New York Times sur un canapé en cuir pendant que Gary faisait les cent pas. Jesse ouvrit le journal posé sur la table basse après avoir mimé un geste d'impatience. Il se rendit directement aux pages culturelles pour apprendre que le premier mariage homosexuel légal avait été célébré dans le New Hampshire, que le président Barack Obama était en vacances à Hawaï et que l'actrice Jennifer Aniston avait ouvert un restaurant mexicain... bref rien de passionnant. Soudain, une photo attira son attention. Son visage, il le reconnut entre tous.

« La mort du danseur étoile Chris Faure à la suite d'un accident de voiture survenu à la Saint-Sylvestre. Hospitalisée au Mont Sinaï Roosevelt, Amy Faure Guérin, dont l'état serait préoccupant, est toujours dans le coma.»

Sous le choc, Jesse renversa son café sur la table. Il eut quelques secondes de vide où totalement abasourdi il sortit de la salle avant de revenir récupérer sa veste.
— Tu vas où ? s'écria Owen.
Désorienté, il les regarda à tour de rôle sans parvenir à sortir le moindre son.
— Jesse ? s'inquiéta Owen.
Il releva le visage d'un air hagard.
— Qu'est ce qu'il y a ? insista son frère.
— C'est Amy... elle a eu un accident... je dois aller à l'hôpital !
— Attends ! Je viens avec toi ! cria-t-il en courant après Jesse.

La nuit commençait à tomber. Au volant de sa voiture, Jesse ne pouvait s'empêcher de penser à Amy. Il n'y a pas plus tard que quelques jours, elle dansait encore au sommet de sa gloire. Allait-elle s'en sortir ? Malgré son absence dans sa vie, il ne pourrait accepter de la perdre. La savoir vivante quelque part était ce qui le faisait tenir. La neige tombait de plus en plus fort, les essuie-glaces peinaient devant une visibilité rendue difficile.
— Tu devrais ralentir un peu, on n'y voit rien.

Le Mount Sinaï Roosevelt se trouvait à moins de dix minutes en voiture du studio d'enregistrement, mais la circulation rendue difficile par la météo leur prit beaucoup plus de temps. Par moment, il sentait les roues de son véhicule glisser sur des plaques de verglas, mais il n'en mesurait pas la dangerosité. Ses pensées l'emportaient ailleurs. Tous ses sens lui criaient que c'était grave. Amy venait de vivre un drame, cette fois elle n'y avait pas échappé ! Ils longèrent la 10e avenue qui paraissait interminable. Comptant pas moins de cinq voies, Jesse slalomait entre les voitures roulant au pas sur la neige verglacée. Lorsque soudain un véhicule noir arriva droit sur eux certainement en proie à la perte de contrôle sur la glace. Jesse tenta de freiner, mais il allait trop vite et la voiture patina. Malgré les tentatives des conducteurs, ils allaient immanquablement se percuter. Plusieurs coups de klaxon retentirent. Dans un mouvement second, il tourna le volant de toutes ses forces, mais le verglas rendait toute manœuvre impossible. Dans l'action, il perçut vaguement les cris de son frère avant que les voitures ne se heurtent violemment dans un bruit de toile effroyable. Une dernière vision d'Amy passa sur ses yeux avant qu'il ne perde conscience.

— Accident de la route impliquant deux véhicules. Nous avons trois blessés et un mort, expliqua un urgentiste à l'arrivée des urgences.

Partie 2

18

Falling slowly – The frames

6 janvier

Cela faisait six jours que Karen veillait Amy. Depuis le terrible accident de voiture de sa fille, elle avait tout annulé pour rester auprès d'elle. Son émotion fut totale lorsqu'elle l'avait aperçue étendue sur son lit d'hôpital. Son visage, recouvert d'ecchymoses, de tubes et de tuyaux était méconnaissable. Transférée en salle de réveil à l'unité de soins intensifs du service de traumatologie, elle était reliée à des appareils qui enregistraient ses signes vitaux. Karen n'avait pu cacher sa stupeur devant les infirmiers, lorsqu'elle les avait harcelés pour en apprendre davantage sur son état. Amy avait fait un pneumothorax. Dans l'urgence, ils avaient posé un drain pour évacuer l'air qui comprimait son poumon et l'empêchait de respirer. Malgré une côte fêlée, une jambe cassée, c'était ses contusions cérébrales qui avaient préoccupé les médecins, ce traumatisme crânien l'avait plongée dans le coma.

— Nous avons pratiqué un scanner cérébral qui montre des contusions, mais aucun œdème, lui avait annoncé un neurologue. Il n'y avait rien à faire, juste attendre qu'elle se réveille !

Chaque jour, elle lui parlait, lui lisait le journal, lui chantait de douces chansons comme du temps où elle n'était encore qu'une enfant. Sa jambe demandait une nouvelle opération, et les médecins se concertaient afin d'étudier le meilleur moment pour cette intervention. Karen avait immédiatement quitté l'Arizona pour venir au chevet de sa fille. Elle dormait chaque nuit à ses côtés, s'isolant parfois dans une vaste salle d'attente située à l'autre bout du service lorsque l'émotion devenait incontrôlable. L'état de gravité qui régnait devenait oppressant alors respirer l'air de l'extérieur était plus apaisant. Placée sous respiration artificielle pour soi-disant permettre à son corps de se remettre du choc, Amy ne réagissait pas. Dans le regard de Karen, on pouvait lire tout l'amour que sa fille avait tant cherché. C'était une femme secrète, douce et profondément triste. Par moments, on reconnaissait le regard d'Amy à travers celui de Karen. Ce regard, elle voulait le revoir... revoir des émotions traverser son visage, revoir un sourire se dessiner sur ses lèvres. Sa jambe avait sérieusement été amochée, fracture ouverte du tibia. Une opération avait été pratiquée pour consolider les os grâce à des plaques et sa mère se demandait si elle reverrait un jour son visage s'illuminer lorsqu'elle dansait.

Amy sortit du coma deux jours plus tard. Son réveil fut dur, irréel. Dans un état à moitié hypnotique, elle ne savait plus ce qu'il s'était passé. Elle avait écouté le médecin lui expliquer son accident, elle n'avait pas émis la moindre réaction. Son état léthargique dura plusieurs minutes puis elle posa ses yeux sur sa mère, assise juste devant elle. Le regard d'Amy paraissait vide, comme éteint. Karen prit délicatement sa main dans la sienne lorsque sa fille tenta de parler. D'abord des sons incompréhensibles puis un prénom : Chris ? Dans ses yeux, il y avait un mélange d'interrogations, mais aussi de peur. De vives douleurs dans le corps la paralysaient, mais celle ressentie à l'annonce de la mort de son mari fut la plus violente. Ce qu'elle ressentait était effrayant et insupportable. Des gémissements sourds essayaient de sortir de sa gorge. Elle souffrait. Son regard baigné de larmes se posa alors sur sa jambe surélevée. Une soudaine agitation s'empara d'elle. Elle voulait dire quelque chose, mais aucun mot cohérent ne parvenait sur ses lèvres. Fronçant les sourcils pour se concentrer, son regard cherchait quelque chose. D'abord perplexe puis en colère, elle criait un son qu'ils ne comprenaient pas. C'est alors que le médecin, toujours présent, tenta de la calmer. Mais devant l'énervement des machines dû à l'accélération du rythme cardiaque d'Amy, il préféra lui administrer un tranquillisant. Rapidement, elle sombra dans un nouveau sommeil.

*

Une nuit... un regard posé sur elle... Perdue dans les méandres d'une mémoire défaillante, elle s'accrocha à ses yeux bienveillants... un court instant seulement, car s'ensuivit une profonde solitude qui la noyait de chagrin...

Au matin, Karen passa de longues minutes à lui expliquer ce qui s'était passé, à lui faire comprendre l'état dans lequel elle se trouvait. Toutes ses années, cette maman meurtrie n'avait jamais cessé de suivre le parcours de sa fille à travers le directeur de l'Opéra de Paris et plus tard les médias. Elle avait rapidement compris qu'avec Chris, tous les deux parlaient le même langage. Aucune réaction ne transperçait le visage d'Amy lorsque Karen lui racontait pour la énième fois l'accident. La jeune femme eut beaucoup de mal à accepter les premiers mots du médecin « *Vous êtes une miraculée* ».

— La danse ? Prononça-t-elle fébrilement.

— C'est trop tôt pour le dire, répondit-il prudemment. Mais je crains que ce soit fini.

19

Where is my mind ? - *Pixies*

11 janvier 2010

Cela faisait maintenant trois jours qu'elle était sortie du coma. Trois jours qu'une douleur épouvantable lui paralysait le corps. Une panique incontrôlable de voir sa vie lui échapper. Le manque d'une présence... Elle revoyait Chris dans ses rêves comme si tout ça n'était jamais arrivé, dansant ensemble sous les projecteurs qui les aveuglaient. Danser ! Sentir la musique pénétrer son corps, prendre possession de ses mouvements, créer cette osmose et faire naître ce tourbillon euphorisant. Il ne fallait pas qu'elle se projette. Comment ne pas penser à ce qu'elle avait perdu lorsqu'une multitude d'images la torturaient dès son réveil ? Elle restait enfermée dans sa chambre où elle ne souhaitait aucune luminosité. La douleur paraissait chaque jour plus forte. De temps à autre, un regard vers cette fenêtre fermée qui l'attirait...

12 janvier

Ses journées semblaient horriblement longues. Ne pouvant bouger, ni même se recroqueviller sur elle-même, elle restait dans la pénombre, et faisait mine de dormir pour ne pas affronter le regard désolé de sa mère. Elle refaisait mentalement les chorégraphies de Casse-noisette ou de Gisèle qu'elles connaissaient par cœur. Comment expliquer son sentiment d'oppression ? Elle attendait d'être seule pour laisser exploser sa colère. Dans un hurlement, elle ôtait violemment son oreiller pour taper de toutes ses forces dessus. Elle s'acharnait. Ses bras s'agitaient dans tous les sens tentant parfois de stimuler cette jambe qui ne lui répondait plus. Des sanglots incontrôlables secouaient sa poitrine. Puis c'est exténuée après toute cette colère, que vidée, elle sombrait dans un état semi-comateux peuplé de désespoir et d'hallucinations où des visages provenant de la fenêtre se rapprochaient d'elle...

13 janvier

Alors que l'on apprenait qu'un tremblement de terre avait fait plus de 220 000 morts en Haïti, Amy se surprit de ne pas se rappeler où se trouvait cette île. Elle tentait d'oublier la douleur que lui procurait son corps en s'abreuvant de ces horribles images passées en boucle à la télé. Tant de victimes ! Cette atrocité lui faisait un peu oublier la sienne. Chaque réveil devenait insupportable. Comme devenu une routine, elle fixait un point imaginaire dans le vide. Elle n'entendait pas sa mère, ne la voyait pas. Tout son corps était si douloureux. Alors elle demandait toujours plus de morphine et sombrait davantage dans sa psychose. Des murmures où son prénom venait parfois à ses oreilles, des ombres qui l'observaient...

15 janvier

Elle n'avait pas pu se rendre à l'enterrement de Chris, pas pu l'embrasser une dernière fois, lui murmurer un ultime « je t'aime. » Dans sa chambre s'entassaient des mots, des fleurs ou encore des dessins. Des témoignages d'affection que lui adressaient des fans et de jeunes danseuses. Chaque matin, un kinésithérapeute passait pour solliciter et manipuler ses autres membres. Le réveil de certains de ses muscles lui rappelait qu'elle était encore vivante. Son médecin se préoccupait de son état stagnant et de ses troubles de la mémoire récurrents.

— Il faut qu'elle sorte de son isolement, avait-il confié à Karen.

— Elle ne veut pas communiquer.

— Essayez peut-être de la stimuler par l'écrit, avait-il proposé. Offrez-lui un carnet où elle pourra noter ce qu'elle a sur le cœur par exemple. En attendant, nous allons la transférer dans une chambre double.

19 janvier

Sa peau était pâle, ses traits se creusaient. Elle maigrissait à vue d'œil, mais elle s'en fichait. Ses paupières étaient gonflées par les larmes qui s'étaient accumulées, mais ce qui commençait à préoccuper Karen était ses troubles du comportement. Amy semblait constamment agitée et s'obligeait à vivre dans le noir.

— Mais pourquoi ? demanda sa mère lorsqu'elle tenta de relever les stores.

— Je ne veux pas qu'ils me regardent...

Stopper dans son élan face à la réponse de sa fille, elle resta interdite.

— De qui parles-tu ?

— De tous ses gens qui m'observent par la fenêtre, murmura-t-elle en s'emparant de son carnet pour griffonner frénétiquement les branches d'un arbre.

24 janvier

Bientôt un mois depuis sa sortie du coma. Des semaines de souffrance. Son corps était son souffre-douleur et lui rappelait sans cesse ce qu'elle avait traversé. Depuis deux jours, elle partageait une chambre avec Courtney, une jeune femme de vingt-neuf ans, également victime d'un accident de la voiture il y a trois mois. Sa fille de six ans, Harper, venait la voir aussi souvent que son père pouvait l'amener. Cet enfant avait quelque chose d'inexplicablement hors-norme. Une lucidité, une clairvoyance, qui intriguait beaucoup Amy.

28 janvier

Son état d'esprit semblait changer jour après jour, une multitude de ressentis complexes l'étourdissaient. Sur le point de vue psychologique, elle se sentait différente de la personne qu'elle était avant son accident. Une empathie nouvelle l'assaillait parfois. Courtney et Harper étaient sa nouvelle lumière. Une vie, avec des rires et beaucoup d'amour entre cette mère et sa fille, parvenait doucement jusqu'à Amy. Des échanges de regard avec cet enfant comme si, du haut de son jeune âge, elle la comprenait... jusqu'à ce soir où la petite regarda elle aussi par la fenêtre... comme hypnotisée...

20

Not an addict – K's Choice

À travers son regard doux et compatissant, Courtney savait mettre en confiance. C'était une femme aimante pour qui sa fille représentait ce qu'elle avait de plus précieux au monde. Auprès d'elle, Harper se sentait apaisée malgré l'ambiance angoissante des hôpitaux et les bandages sur le corps de sa mère.

Alors que la neige recouvrait les montagnes au loin, Harper lui présenta Joan, un jeune patient de vingt ans qu'elle avait rencontré durant ses longues heures passées dans la salle d'accueil. Une complicité naissante s'était déjà installée entre eux, un peu comme un lien fraternel. On pouvait lire dans le regard de Joan toute l'affection qu'il portait à la fillette. Profitant d'une séance de kiné de sa mère, Harper proposa à Amy une sortie en fauteuil roulant.

— Je ne crois pas que ce soit une bonne idée, marmonna la jeune femme.

— Au contraire ! De l'autre côté du couloir, il y a une vue incroyable sur les montagnes. Tu pourrais les dessiner !

— Les quoi ?

— Tu dessines tout le temps des arbres.

Joan la souleva pour la déposer délicatement dans le fauteuil pendant qu'Harper plaçait un coussin sous sa jambe plâtrée. Le spectacle d'un coucher de soleil sous la couche blanche des montagnes était splendide. Amy avait oublié à quel point les choses simples devenaient les plus belles. Joan était lui aussi un patient de l'hôpital. Souffrant d'une insuffisance cardiaque due à une maladie congénitale du muscle cardiaque, il était en attente d'une greffe de cœur.

Le début du mois de février commença par cette amitié naissante. Ensemble ils parlaient de tout sauf de leur présence ici. Des parties interminables de cartes occupaient souvent leurs journées. Joan était un habitué de l'hôpital, ici depuis des mois, il connaissait beaucoup de monde et sa joie de vivre semblait communicative. Son empathie pour Amy avait été immédiate et jour après jour elle s'ouvrait à lui.

Le moment le plus dur pour Amy, c'était la nuit. Son corps engourdi la faisait toujours autant souffrir. Allongée sur le dos, elle ne pouvait pas bouger. Une longue insomnie l'affligeait. Et lorsqu'elle parvenait à trouver un léger sommeil, celui-ci était peuplé d'étranges songes improbables où elle semblait ne pas être seule.

Elle éprouvait de plus en plus de maux de tête qui la faisaient délirer parfois. Depuis plusieurs jours, elle percevait des auréoles de différentes couleurs encadrer les personnes qu'elle voyait. Pensant au début qu'il s'agissait d'un trouble de la vue dû à ses séquelles, c'était aujourd'hui de plus en plus précis.

— Tu vas me dire ce qui te tracasse ? lui demanda Joan.

— Je ne suis plus la même depuis l'accident.

— C'est normal, personne ne ressort indemne de ce genre d'épreuves.

— Non c'est... je vois des choses. J'anticipe des événements...

— Comme cet arbre que tu dessines tout le temps ?

— Je ne sais pas.

Joan s'empara de son carnet pour en tourner les pages. Une forêt, un arbre mort, une crevasse sur le tronc.

— On dirait un croissant de lune, constata-t-il en caressant la crevasse du doigt. Tu connais cet endroit ?

Elle secoua la tête.

— Je sais quand ma mère a du retard, quelle infirmière viendra s'occuper de moi ou qu'un bip dans le couloir va se mettre à sonner. Tout ça est bizarre et ça m'effraie.

Devant sa mine perplexe, elle ajouta prudente.

— Tu as été malade cette nuit, n'est-ce pas ?

Il la contempla un instant d'abord étonné puis pensif.

— Tu nous as dit que tu étais restée une semaine dans le coma. Tu as fait une EMI ?

— Une quoi ?

— Une expérience de mort imminente qui intervient souvent après une mort clinique ou un coma.

— J'en sais rien.

— Pendant cette période d'inconscience, certaines personnes ont un ensemble de visions et de sensations qui les amènent parfois vers une autre connaissance, quoi qu'il en soit on en ressort toujours différent...

Parfois, de grands trous noirs voilaient sa mémoire quelques instants jusqu'à ne plus se rappeler qui était Karen. Des nausées quasi journalières lui coupaient l'appétit. Les maux de tête répétés, les douleurs d'un corps inerte. Parfois, elle ne voulait plus tout ça, mais juste l'arrêt de sa souffrance. Devant son désarroi, Joan entreprit de l'aider à se souvenir de l'après-accident. Fermant les yeux, elle se concentrait sur sa douce voix lorsque des images effleuraient brièvement son esprit. Des médecins s'affairaient autour d'un brancard, lorsqu'elle s'approcha, elle se vit allongée, recouverte de bleus et de blessures. Puis quelqu'un posa sa main contre son épaule.

— Viens avec moi, j'ai des choses à te montrer, mais après il faudra revenir à ta vie Amy.

Elle connaissait cette voix, mais ne parvenait pas à se souvenir...

Amy ouvrit les yeux et plongea subitement dans l'ambiance d'un public déchaîné. Les cris, les applaudissements. Tout se mettait à tourner autour d'elle, une aspiration vertigineuse l'emportait. Cette sensation galvanisante lui procurait des frissons incontrôlables.

— Tu sens cette force ? ajouta la voix. Sers-toi en...

L'instant d'après, plongée dans le noir de sa chambre d'hôpital, Amy revint doucement à elle. Un calme incroyable emplissait les lieux. Elle était seule...

*

Malgré ces nouvelles rencontres qui lui apportaient réconfort, Amy vivait souvent des journées plus dures que les autres. Dans un moment de lucidité, il lui arrivait de souhaiter de ne plus vouloir se battre. Quel serait son avenir ? Elle qui n'avait jamais rien fait d'autre que danser. Elle qui avait donné sa vie pour cet art. Qui était-elle maintenant ? De sombres pensées l'envahissaient au point de ne plus pouvoir discerner le bien du mal.

Ce matin-là, elle profita de l'absence de Courtney partie pratiquer des examens pour casser son bol contre son plateau. Plusieurs coups furent nécessaires avant d'y parvenir. Lorsqu'elle saisit un morceau de verre épais pour l'approcher près de son poignet.

— C'est ça que tu veux ?

Elle sursauta avant de relever son visage. Ne venait-elle pas de s'assurer être seule ?

— Mais comment… ? bredouilla-t-elle à Joan.

— La vie t'a offert une deuxième chance Amy.

— Une deuxième chance ? répéta-t-elle les yeux emplis de larmes. Dis-moi où est la chance pour l'instant, mon corps est un légume !

— Ça ne va pas durer, fais-moi confiance. Il faut te battre ! Tu reprendras ta vie et tu trouveras ton salut à travers les autres.

— Les autres ?

— Tu comprendras bientôt.

Ses maux de tête paraissaient toujours plus violents, de nombreuses ombres semblaient guetter quelque chose. Devenait-elle folle ? Ses maux de tête n'étaient plus supportables. Elle sentait que quelque chose en elle était prêt à lâcher. Une montée d'acide, une soudaine transpiration excessive, des tremblements incontrôlables, une vue diminuée, son corps qui se dérobe. Elle était spectatrice d'un corps qu'elle ne maîtrise plus. Soudain, un vomissement alerta Courtney qui s'empressa d'appeler l'infirmière de garde.

— Amy ? s'écria sa voisine de chambre. Ça va ? Venez vite ! Elle convulse !!

Quelques instants plus tard, le neurologue expliquait à Karen ce qui venait de se passer.

— Le choc du cerveau contre les os du crâne a entraîné des contusions cérébrales, mais le liquide s'est accumulé dans les tissus et a provoqué un œdème. C'est une des conséquences d'un trauma grave. Le patient semble aller bien physiquement, mais souffre de trouble de la mémoire, maux de tête...

— Est-ce qu'elle va avoir des séquelles ? s'inquiéta-t-elle.

— On ne parle pas de séquelles avant la fin de l'année qui suit l'accident, mais c'est variable selon les individus. Tout dépend de sa forme antérieure à l'accident, de son hygiène de vie, son entourage, son moral. Il faudra l'encourager, la stimuler un maximum. Si elle a envie de quelque chose, qu'elle le fasse. Nous allons lui donner des corticoïdes pour diminuer la tension dans son cerveau.

Le mois de février fut long, une pluie abondante tombait quasi quotidiennement ces derniers jours. Depuis sa perte de connaissance et son placement en salle de contrôle durant une journée, Amy ne ressentait plus ses troubles comportementaux. Tout ce qui s'était passé avant lui semblait très flou. L'œdème d'Amy se résorbait bien. Pour sa jambe, l'opération réalisée en début d'année pour fixer ses os à l'aide de clous donnait des résultats satisfaisants.

— La consolidation osseuse s'est bien faite, avait annoncé le chirurgien lors d'une visite de contrôle. Il n'y a pas besoin de réopérer. La guérison peut-être longue, il faudra une bonne rééducation des muscles et des articulations, mais vous remarcherez bientôt.

— Pour la danse ?

— Plus à haut niveau, je suis désolé.

*

Dans son sommeil, elle entendit des roulettes grincer, le tintement d'une cuillère dans un récipient. Un bruit sourd et étourdissant grondait jusqu'à ses oreilles. Un verre qui se casse lui provoqua un sursaut. Que se passait-il ? À l'extérieur, le bruit de sirènes, des cris ! Son lit bougeait, des secousses irrégulières, la terre tremblait. Soudain la vitre de sa chambre explose ! Amy cria et se réveilla. Ce n'était qu'un rêve. Tout était calme. Le souffle court, elle tourna la tête sur le côté pour tenter de se calmer et regarda son réveil. L'heure indiquait 3h34.

Un violent séisme de magnitude 8.8 s'était produit à 3h34 au Chili déplorant plus de cinq cents morts. Les mains d'Amy sur la télécommande se mirent à trembler en se remémorant son rêve de la nuit dernière. À ses côtés, Joan la contemplait impassible.

— Je l'ai vu cette nuit, chuchota-t-elle alarmée.

Dans son regard, elle pouvait voir toute la compassion du monde.

— J'ai réfléchi à ton histoire d'arbre, tu dois retourner à Flagstaff.

— Quoi ?

— C'est là-bas que tu trouveras les réponses à tes questions.

La fin du mois de février fut marquée par une série de bilan : radio, scanner… pour conclure qu'elle pouvait changer de service. Amy était restée près de deux mois à l'hôpital et devait maintenant rester plusieurs semaines en rééducation. Assise dans son fauteuil roulant, elle regardait par la fenêtre de sa chambre, les couleurs des montagnes laissaient maintenant place au printemps imminent.

— Tu vas bientôt partir Amy, lui confia Joan.

Devant cette révélation étonnante, elle rétorqua.

— Je ne pense pas, j'en ai encore pour des mois…

— N'oublie pas tout ce que je t'ai dit, ok ? Bats-toi ! Tu ne seras pas seule longtemps ne t'inquiète pas.

*

Les mots de Joan avaient été justes. Son médecin avait consenti à son départ en lui recommandant un confrère en Arizona. Amy allait être transférée dans un centre de rééducation à Phoenix. Alors qu'elle attendait la venue de Joan depuis deux jours, elle s'inquiétait de ne pouvoir le voir avant son départ.

— Prends soin de toi, avait annoncé Courtney au moment des adieux.

Suite à des examens également satisfaisants, sa compagne de chambre sortait également à la fin du mois.

— Toi aussi.

Agitée à l'idée de louper son ami, elle demanda avec une émotion troublante.

— Pourras-tu embrasser Joan pour moi ?

— Qui ?

Elles se regardèrent un instant, à la fois perplexes et curieuses. En voyant son air incrédule, Amy comprit qu'elle ne plaisantait pas.

— Excuse-moi, mais je ne connais personne de ce nom.

Harper grimpa sur son fauteuil pour lui faire un câlin et murmura au creux de son oreille.

— Je lui ferai un bisou pour toi…

21

Black – Pearl Jam

Amy - Arizona

Après avoir séjourné plus de trois semaines dans un grand centre de rééducation de Phoenix, Amy rentra chez sa mère. Le corps médical avait finalement autorisé sa sortie moyennant une pratique quotidienne de kinésithérapie et des contrôles réguliers à l'hôpital. Ses déplacements se faisaient en fauteuil roulant, c'est totalement déroutée qu'elle devait réapprendre à vivre dans cette maison où elle avait passé plusieurs années de sa vie. Des journées interminables la plongeaient dans une torpeur effrayante. Autour d'elle, tout avait changé, elle ne regardait plus les arbres dans l'arrière-cour de la même manière et sa mère semblait emplie d'une pitié qu'elle avait peine à supporter. Sa chambre baignait d'une atmosphère différente, comme si elle avait appartenu à une autre adolescente. Les peluches, les bibelots de souvenirs des voyages de son père, les petites figurines de danseuses paraissaient ridicules. Quant aux photos qui peuplaient toujours ses murs, elle avait l'impression désagréable de contempler une autre enfant. Ce qui l'émouvait autrefois l'agaçait aujourd'hui. Les films qu'elle regardait en boucle jadis devenaient insignifiants à présent. Dans un élan de rage, elle renversa tout ce qui se trouvait sur les étagères. Le monde avait une saveur différente, beaucoup plus amère et décevante. Au rez-de-chaussée, Karen entendait la souffrance de sa fille et ne s'était jamais sentie aussi impuissante.

Les jours prenaient une langueur insupportable. Sa nouvelle vie lui était parfaitement étrangère. De longues minutes à se contempler devant un miroir qui lui renvoyait le reflet d'une étrangère. Un regard éteint, des traits amaigris, mais plus profondément elle ne parvenait pas à reconnaître celle qui se cachait derrière cette façade. Avait-elle disparu le soir de l'accident ? L'ancienne Amy était-elle morte ce soir-là ?

Malgré son assiduité à ses séances de kiné, ses progrès ne se montraient pas à la hauteur de ses espérances. Mais quel espoir avait-elle encore ?

— Si tu n'y crois pas, tu ne verras aucun progrès ! lui répétait son kinésithérapeute.

Le long du chemin de retour, c'est le front appuyé contre la vitre qu'elle contemplait le paysage. Devant un feu rouge, son regard se porta sur un banc où elle avait l'habitude de s'asseoir autrefois. Immanquablement, de nombreux souvenirs en compagnie d'Hailey remontaient à la surface pour décupler une souffrance étrange. Les aveux des premiers sentiments à l'égard de son frère Connor, l'annonce d'un premier baiser échangé. Il avait été son premier flirt. Avec lui, elle avait connu les premiers sentiments, les premières promesses, mais aussi les premiers pleurs, les premières douleurs. Au souvenir de son appel la veille de son accident avec Chris pour lui demander de voir sa mère mourante à l'hôpital, Amy se demanda alors ce que cette femme avait voulu lui dire ce jour-là ?

22

Stairway to heaven – Led Zeppelin

Connor - Arizona

Après avoir passé une nuit à se remémorer des souvenirs, Connor se réveilla aux aurores. Le petit motel qu'il avait finalement trouvé au coin de la rue s'était montré être un mauvais choix. Le bruit des voitures sous sa fenêtre, un lit qui grinçait à chaque mouvement. C'est avec un regard tiré qu'il se découvrit dans la glace le lendemain, à moins que ce ne fût des angoisses qui n'avaient cessé de le ronger. Après avoir traîné quelques heures, il reprit sa voiture en fin de matinée pour longer Flagstaff et arriva devant une vieille maison délabrée. Tout en se garant, il coupa le moteur et scruta les fenêtres. Ce petit pavillon des années quatre-vingt avait perdu de son charme. Autrefois un quartier neuf où de jeunes couples venaient s'installer, aujourd'hui ces maisons étaient pour la plupart abandonnées. Ici, rien n'avait changé ! Les volets étaient toujours défraîchis, le parvis encombré de pots de fleurs vides. Il avait cette impression étrange de faire un retour dans le passé avec Amy comme petite amie.

— Tu devrais aller la voir, lui avait suggéré Connor au lendemain d'une dispute qu'Amy avait eue avec sa mère.

— Pour quoi faire ? On ne se comprend pas.

Sa nervosité la trahissait. Son regard était inquiet, mais à la fois plein d'espoir.

— Je suis sûre qu'elle t'aime et qu'elle ne demanderait que ça.

— Si elle m'aimait tant que ça, elle devrait accepter mes choix !

Il savait qu'elle pouvait se montrer dure par moment, mais qu'en réalité cela cachait autre chose. Amy était juste perdue.

— Tu lui as dit ne plus jamais vouloir la voir.

Mais il savait bien que pour elle cela voulait dire l'inverse.

Les volets étaient ouverts. Il n'était pas loin de midi. S'armant de courage, la porte de la voiture s'ouvrit. Un rapide coup d'œil au rétroviseur pour vérifier le reflet qu'il lui renvoyait. Ses mains étaient moites, il tenta nerveusement de les essuyer sur son pantalon et s'avança d'un pas qu'il souhaitait des plus assurés. Il frappa trois coups à la porte et attendit, mais il dut rapidement se rendre à l'évidence, il n'y avait personne. De retour à son véhicule, il attendit. C'est une heure plus tard qu'une voiture arriva. La mère d'Amy ouvrit la porte et sortit. Troublé, il retenait son souffle. Depuis qu'elle avait eu son accident il y a maintenant plusieurs mois, il n'avait cessé de souhaiter venir la voir. Contournant la voiture, elle déchargea un fauteuil roulant du coffre et aida une deuxième personne à sortir. Elle était bien là. Il avait eu raison. De ses jambes flageolantes, il se fit violence et avança à leur rencontre.

Amy regarda dans sa direction. Étonnée puis contrariée, elle leva le bras en guise de refus. Deux béquilles la supportaient, elle s'installa dans son fauteuil, son corps semblait si fragile. Il s'arrêta à trois mètres d'elle. Son visage était creusé, son regard éteint. Devant son air choqué, elle secoua doucement la tête. Des larmes coulaient le long de ses joues. Bouleversé, il restait figé sur place. La femme, si gracieuse et énergique, qu'il avait suivi depuis des années à travers les magazines, semblait s'être éteinte. Sa pâleur, ses cernes reflétaient son mal-être.

— Va-t'en, articula-t-elle avec peine.

— Attends, je voudrais…

— Va-t'en, Connor ! répéta-t-elle avec plus de conviction.

Poussée par sa mère, le fauteuil avança doucement vers le côté du perron où une rampe avait été installée. Il les regarda rentrer à l'intérieur, totalement impuissant.

*

Après s'être enfermée dans sa chambre, Amy s'allongea sur son lit. Pourquoi était-il venu ? Cela faisait bientôt deux semaines qu'il appelait ici.

C'était trop dur, elle ne voulait plus se battre. Depuis l'accident, plus rien ne la touchait ni ne l'intéressait. Elle semblait comme dépourvue de tous sentiments. Malgré les innombrables tentatives de sa mère, elle sombrait chaque jour un peu plus. Pourtant Karen redoublait de courage, on lui avait donné une deuxième chance. Depuis le jour où elle fut prévenue de l'accident, elle ne l'avait plus quittée. Cela faisait plus de vingt ans qu'elle n'avait pas mis les pieds à Paris et ce n'était bien sûr pas sans lui rappeler les magnifiques années qu'elle avait vécu avec Patrick et sa fille.

Arrivée à Paris à vingt ans en quête d'aventure, Karen s'était rapidement sentie à l'aise en France. Elle s'était trouvé un travail dans une brasserie et partageait un petit appartement avec sa collègue. Ce pays ne devait être qu'un lieu de passage avant l'Italie, l'Allemagne, l'Angleterre... Jusqu'au jour où elle rencontra Patrick, il était encore étudiant. Plein de fougue et de rêves, leur relation fut rapidement très intense. Son amour chamboulait tous ses projets. Ils ne voulaient plus se quitter. Un an plus tard, Amy naissait. Les deux années qui suivirent avaient été les plus belles de toute sa vie. Mais rattrapé par un travail à responsabilité, les déplacements de Patrick se multipliaient jusqu'aux quatre ans d'Amy où il rentrait tout juste les week-ends pour s'enfermer dans son bureau. N'y tenant plus Karen avait choisi de rentrer chez elle en Arizona avec sa fille. Une décision lourde de conséquences, mais face à la déprime qui la terrassait depuis quelques années elle avait choisi une autre voie. Patrick n'était plus amoureux, elle avait bien dû se l'avouer. Pour Amy, les mois suivants semblaient durs. Perdue dans un autre univers, avec une langue qu'elle n'avait entendue que de la bouche de sa mère, Amy dut redoubler d'efforts pour apprivoiser son nouveau chez elle avec de nouvelles coutumes. Puis avec le temps, elle s'attacha à l'ambiance particulière de Flagstaff, à ce patriotisme dont débordait chaque Américain. Elle aimait leurs extravagances, les fêtes qu'ils faisaient pour chaque occasion : Halloween, Thanksgiving, Noël et ses chants religieux en quatre coins de la rue. Karen se sentait soulagée, ensemble elles s'étaient créées une nouvelle vie visiblement heureuse. Amy avait tissé de nouveaux liens et son amitié avec Hailey lui donnait confiance en elle jusqu'à ce terrible accident où tout bascula et changea définitivement Amy. Dépressive et suicidaire, elle passa deux mois dans un hôpital. C'est à l'aube des seize ans de sa fille que Karen prit la décision de la ramener en France. La danse était la dernière chose qui la tenait debout, c'est donc avec l'accord de Patrick qu'ils l'inscrivirent à la sélection sur dossier de l'école de l'Opéra de Paris. Retenue, elle avait été convoquée à une audition pour laquelle elle s'était entraînée durement et apprit quelques jours plus tard qu'elle était admise pour la prochaine rentrée.

*

Le lendemain, Connor attendait devant chez Karen. Sa nuit fut mouvementée, il n'avait cessé de se demander s'il devait partir, mais ne pouvait pas se résoudre à la laisser. Elle avait besoin d'aide et il savait qu'il pouvait l'aider. Il fallait qu'il réussisse à l'atteindre. C'est à dix heures qu'elles sortirent pour sa séance quotidienne chez le kinésithérapeute. Appuyé contre la tôle de sa voiture, il attendit qu'elles se rapprochent. Amy le dévisageait, elle marqua un temps d'hésitation avant d'avancer péniblement dans sa direction.

— Que veux-tu Connor ?

Sa voix tremblait. Un silence s'installa entre eux.

— Pourquoi ces appels, ces lettres ? Ça fait si longtemps...

— C'est étrange, je sais. Accepterais-tu de boire un café au Macey's coffee shop comme au bon vieux temps ?

— Je ne pense pas que ce soit une bonne idée.

L'inquiétude se lisait sur son visage.

— Je comprends. Je vais te laisser, mais je reviendrai te voir un autre jour.

Devant sa mine surprise, il reprit.

— Quand tu seras prête, j'aurai quelque chose à te montrer. Quelque chose qui te fera reprendre confiance en la vie...

Revoir Connor fit remonter de nombreux souvenirs à la surface. Étendue sur son lit, elle fixait le plafond, perdue dans ses songes.

À trois pâtés de maisons, les Collins passaient tout leur temps libre avec Amy. Ils formaient un trio sur lequel chacun trouvait appui. L'excès de ses émotions d'adolescente l'avait emportée vers des sentiments fous et incontrôlés. Des mois de flirt avec Connor égayèrent la vie d'Amy, jusqu'à l'arrivée de Faith qui changea brusquement ses rapports avec son petit ami. Ses longs cheveux noirs, ses vêtements au décolleté plongeant, la noirceur de ses yeux qu'elle accentuait pour se donner un côté plus sombre, tout ça l'avait rapidement intrigué. Une idylle naissait entre Faith et Connor quelques semaines plus tard. Il avait été son premier amour...

Le mois de mars touchait à sa fin et un air doux s'installait. La simple vue de sa jambe l'horrifiait. D'après les médecins, sa cicatrice allait s'atténuer, mais en attendant, elle s'empressait de la cacher sous de larges pantalons. Une douleur quasi quotidienne l'irradiait, sûrement psychologique lui disait-on. Écrasée par sa souffrance, Amy se terrait toujours dans son silence. Connor venait régulièrement la voir, mais la léthargie de la jeune femme rendait tout dialogue impossible. C'est au début du mois d'avril qu'il décida de prendre le dessus. En accord avec Karen, il l'emmena un matin chez le kiné alors que la mère d'Amy prétextait un rendez-vous qu'elle ne pouvait pas annuler. Doucement, il se mettait à la bonne distance, ne l'incitait pas trop à parler, ne lui posait pas de questions et se contentait de renouveler ses services de temps à autre. Amy s'habituait à sa présence discrète, ses tentatives maladroites pour la faire rire. Il attendit quelques jours avant de lui proposer à nouveau de boire un café en ville qu'elle accepta contre toute attente.

Le Macey's coffee shop n'avait pas changé. Les mêmes affiches sur les murs, la même ambiance. Ils s'approchèrent devant l'ardoise géante derrière le comptoir où ils choisirent deux cappuccinos. Sous la voix folk d'Alanis Morissette, elle soufflait doucement sur son mug. Cet air nouveau d'abord intimidant l'emplissait progressivement de l'énergie qui gravitait autour d'elle. Depuis quand n'était-elle pas sortie ? L'odeur du café, un brouhaha accueillant, tous ses sons l'éveillaient. Amy n'avait jamais revu les Collins depuis ce drame. Le revoir éveillait de nombreux souvenirs en elle. Comme s'il devinait ses pensées, il prit la parole.

— Je sais que la mort d'Hailey t'a profondément atteinte. Quand j'ai appris que tu avais eu des gestes suicidaires, j'ai essayé de venir te voir à l'hôpital. Tu n'étais pour rien dans ce qu'il s'est passé. Ma sœur n'était plus elle-même ces derniers temps.

Le long silence passa lorsqu'Amy finit par demander.

— Qu'as-tu fait pendant toutes ces années ?

C'était la première fois qu'elle lui montrait de l'intérêt.

— Après la mort d'Hailey j'ai tout quitté, commença-t-il. Je suis parti à Phoenix avec Faith. On a emménagé ensemble. Elle a commencé des études de psychologie et, moi, de droit. On s'est mariés à la fin de nos cours universitaires.

Son regard se ferma aux souvenirs de cette époque.

— J'ai commencé ma carrière dans un bureau de défenseur public. J'ai dû représenter des personnes accusées de crimes, mais aussi des victimes sans argent. J'ai rapidement fait mes preuves et fut repéré par un cabinet d'avocats prisé. Pendant deux ans, j'ai défendu les plus gros clients, riches hommes d'affaires véreux, politiciens corrompus, ripoux. Mais ça ne me convenait pas. Faith faisait une belle carrière de psychologue. Elle travaillait pour un célèbre avocat judiciaire lorsqu'elle fut recrutée par un assistant du procureur afin d'établir le profil psychologique de criminels. C'est grâce à elle que j'ai pu intégrer le bureau du procureur. Nos carrières nous offraient une vie palpitante. Un luxueux appartement dans l'un des plus beaux quartiers de Phoenix, des voyages incroyables, des hôtels cinq étoiles. Un jour, Faith voulut un enfant, mais ne mit pas sa carrière de côté pour autant. Malgré les heures interminables au travail et un stress épuisant, elle mettait un point d'honneur à s'occuper le plus possible de notre fils. Puis il y eut cette enquête où notre vie bascula. Tout s'est enchaîné notre divorce, mon attaque cardiaque... À trente-six ans, j'ai souhaité prendre du recul sur une vie qui ne m'appartenait plus. Ma mère était mourante alors j'ai tout quitté pour revenir auprès d'elle à Flagstaff.

— Je suis désolée pour ta mère, avait-elle lâché le nez dans son mug fumant.

Sophia Collins était décédée quelques jours après l'accident d'Amy qui avait appris la nouvelle il y a seulement quelques semaines de ça.

— Je suis désolé pour ton mari.

Cette remarque la déstabilisa un instant.

— Mon mari et moi nous disputions dans le taxi au sujet de ma visite à ta mère juste avant le choc.

— Amy, s'attrista-t-il. Quand j'ai appris ce qu'il vous était arrivé, je n'ai pu m'empêcher de penser que si je n'avais pas appelé... Ma mère était agitée, elle ne cessait de débiter des choses incompréhensibles sur des événements qui allaient se passer. Ton nom et celui de ma sœur revenaient souvent. Elle voulait te voir, te parler de quelque chose qui la perturbait.

— Que voulait-elle me dire ?

— Elle disait voir Hailey et voulait te voir pour te mettre en garde.

— De quoi ?

— De ta mort.

*

Cette sortie avec Connor lui avait fait du bien. Bien qu'il lui était étrange de le revoir après tant d'années, un sentiment apaisant l'avait envahie pour la mettre en confiance. Il avait convenu de l'emmener à ses séances de kiné de temps en temps et elle s'en réjouissait.

— Tu as ressenti ça ? s'exclama brusquement Amy un dimanche après-midi.

Avachie sur le canapé avec un livre dans les mains, Karen sursauta devant son affolement.

— Ressenti quoi ?

— La terre a tremblé !

— Tu es sûre ?

Quelques instants plus tard, les chaînes télé informèrent un tremblement de terre en Basse-Californie. D'une magnitude de 7,2 sur l'échelle de Richter, il n'y avait pas eu de séisme aussi puissant depuis des décennies. Des secousses avaient été ressenties jusqu'en Arizona. Électricité coupée à Los Angeles, chutes d'objets, glissements de terrain, vitrines de magasins brisées. Deux morts et une centaine de blessés avaient été recensés.

Le lendemain, Amy ne parvenait pas à retrouver sa sérénité. Alors que Connor l'emmenait à sa séance chez le kiné, elle annonça d'une voix sourde.

— Il y a une enfant coincée sous les débris d'une maison à Mexicali.

— Quoi ?

— Elle dormait dans sa chambre quand le tremblement de terre...

— C'est pas vrai ! Toi aussi tu fais ça ?

C'est aux informations du soir qu'ils apprirent le sauvetage de quelques personnes, dont une fillette de deux ans qui dormait au moment du séisme.

*

Depuis quelques jours, Amy se déplaçait avec des béquilles qui lui permettaient une plus grande liberté. Elle se fatiguait très vite, mais s'imposait beaucoup de dureté. Les rires ne l'habitaient plus et son regard restait triste. Pendant qu'une tornade ravageait le Middle West des États-Unis, Amy se terrait dans son silence.

Ses sorties avec Connor ne lui apportaient qu'un bref réconfort. Avec le ressenti d'une présence peut-être un peu pesante, elle préféra freiner ses visites. Les jours qui suivirent furent gris et sa détresse reprenait le dessus. Son moral semblait un jour remonté quand le lendemain il s'effondrait subitement. Elle qui avait du mal à imaginer ses lendemains, voir les gens poursuivre le cours de leurs vies l'effrayait, mais elle continuait d'enchaîner ses séances de kinésithérapie telle une automate. Le monde poursuivait son cours, pourtant elle ne le voyait pas. Quelques anciens amis l'appelaient pour prendre de ses nouvelles, mais elle avait dressé un rideau de fer qu'elle n'avait pas envie de lever. Il arrivait parfois que Connor l'emmène chez le kinésithérapeute et une discussion timide s'instaurait pendant le trajet.

— Qu'est devenue Faith ? Se hasarda-t-elle à demander un matin.

Il la regarda un instant, étonné.

— Elle vit à Phoenix.

— Qu'est-ce qui vous a séparés ?

Devant la gêne dont il témoigna, elle s'excusa de s'être montrée indiscrète

— Nous avons perdu notre enfant... c'était il y a trois ans, notre couple ne l'a pas supporté.

— Je suis désolée, se contenta-t-elle de répondre sans oser en savoir plus.

— Et toi tu n'as jamais pensé être mère ?

Pensive, elle fixa un point invisible au loin.

— J'ai rencontré Chris à trente ans. On s'est mariés cinq mois avant l'accident, nous l'avions envisagé, mais c'était trop tôt. Nos carrières marchaient bien, ce n'était pas le bon moment.

— Et avant lui, il n'y a eu que la danse ?

— Non, il y a eu un amour de plus de dix ans. Les moments les plus douloureux, mais aussi les plus forts de ma vie.

— Avec Faith, il y a eu beaucoup de séparations et de souffrances, mais aussi beaucoup d'amour.

— Je l'ai toujours sentie à part, comme habitée par quelque chose. Tu sais toute cette magie qu'elle faisait...

— Elle n'est pas mauvaise Amy, coupa-t-il. Elle a rapidement été dépassée par tout ce qu'elle voyait.

— Je ne comprends pas...

— À l'époque, elle ne le savait pas encore, mais elle a toujours été connectée à un autre monde. Après la mort d'Hailey, tout s'est intensifié.

— Tu peux être plus clair ?

— Faith voit les morts.

23

Uninvited – Alanis Morissette

Au fil des jours, Connor venait chercher Amy pour une promenade jusqu'au bout de la rue. Au rythme d'Amy, ils marchaient quelques minutes avant le coucher du soleil. Cette heure de la journée était calme et rafraîchissante. La pénombre commençait à gagner le quartier quand ils revenaient sous le perron. Comme elle, il souffrait d'avoir perdu des êtres chers. Comme elle, il se retrouvait aujourd'hui à un croisement important de sa vie.

— Que vas-tu faire maintenant ?

— Un ami m'a proposé de me lancer avec lui dans l'ouverture d'un restaurant dans le centre-ville.

— Un restaurant ? Quel changement !

— Il faut savoir prendre des risques et puis c'est un vieux rêve. J'ai laissé tellement de choses de côté ces derniers temps.

— Ma mère m'a dit que tu as eu une attaque cardiaque l'année dernière.

Sa remarque ne le surprit qu'à moitié. Il enfonça ses mains dans ses poches en tendant les bras et regarda le sol d'un air pensif.

— À mon divorce, mon monde s'est écroulé. Faith s'était plongée dans une profonde déprime à la mort de notre fils Nathan. Notre couple était au bord de la rupture, alors pour calmer les tensions, je multipliais les déplacements pour le travail. Je m'imposais un rythme effréné pour oublier toutes nos souffrances. Lorsqu'elle m'annonça son désir de divorcer, j'ai continué pour ne pas me noyer, mais mon corps n'a pas suivi. Quelque part, cela m'a sauvé. J'ai tout arrêté pour reprendre ma vie en main, alors j'ai quitté l'effervescence de la ville pour revenir aux sources. J'ai eu un long passage à vide. Mon accident m'a permis de me retrouver, j'ai pu passer avec ma mère les dernières semaines qu'il lui restait à vivre et aujourd'hui je n'ai jamais été aussi proche de Faith. Nous ne sommes plus ensemble, mais nous partageons un profond respect l'un pour l'autre. Tu sais Amy le hasard n'existe pas, ce que tu vis à un sens. On pourrait en parler autour d'un repas un soir. Accepterais-tu que je t'invite dîner, juste nous deux ?

Son regard s'assombrit soudain. Déstabilisée par cette demande, elle sembla se refermer. Malgré la bienveillance de Connor à son égard, il lui était toujours aussi difficile de s'accorder cette tolérance légitime que toute personne ayant perdu un être cher était en droit d'avoir.

— J'aimerais rentrer.

*

Deux longues journées pluvieuses venaient de passer. De plus en plus de sentiments sombres obscurcissaient ses pensées. Profitant de la tombée de la nuit, Amy sortit devant chez elle. L'absence de Karen lui permettait de laisser éclater la colère qu'elle gardait en elle. Sous l'averse, elle ne retenait plus ses larmes. Secouée de sanglots, son visage levé au ciel recevait les innombrables gouttes qui fouettaient sa peau.

— Tu vas attraper froid !

Son corps se figea. Une vive émotion la parcourut tout entière au son de cette voix familière. Elle se retourna et plongea dans un regard bleu. Son sang ne fit qu'un tour. Jesse était là devant elle ! Elle n'arrivait pas à le croire. Un flot de sentiments contradictoires l'emporta dans un vertige déroutant. Totalement incrédule, elle mit un long moment à rassembler ses pensées. Ébranlée au plus profond d'elle-même, sa souffrance jaillit brusquement comme une piqûre de rappel.

— Que fais-tu là ?

— Je voulais savoir comment tu allais.

— Et à ton avis, comment je vais ? répondit-elle d'une voix cinglante.

Elle tenta rapidement de se déplacer à l'aide de ses béquilles.

— Arrête Amy !

— Arrêter ? explosa-t-elle. Va te faire foutre Jesse ! On ne s'est pas vus depuis bientôt quatre ans ! Repars d'où tu viens et ne reviens pas ici ! Tu as compris ?

Il la regarda étonné et attristé. Pourquoi réagissait-elle aussi violemment ?

— J't'en prie Amy...

— Non ! cria-t-elle.

Sa dureté paraissait sans faille. Son expression avait changé, ce n'était plus la même. C'était un regard empli de douleur et de colère. D'un hochement de tête désolé, il recula avant de disparaître dans la nuit.

Son corps tremblait violemment quand ses jambes la lâchèrent et qu'elle s'écroula totalement démunie sur le sol mouillé. Elle avait honteusement rêvé ce moment depuis des mois, mais elle n'était pas sûre d'être assez forte pour ça. Jesse avait toujours été dans sa tête. Il faisait partie d'elle depuis si longtemps qu'elle ne voyait pas sa vie sans sa présence quelque part dans ce monde. Le savoir vivant même à des milliers de kilomètres lui donnait la force qui l'accompagnait depuis des années.

Revoir Jesse l'avait ébranlée. Malgré son mal-être, elle s'était surprise à vouloir l'entendre de nouveau, plonger ses yeux dans ce regard si expressif et rassurant. Elle avait guetté son retour en vain. Pouvoir se reposer sur des épaules qu'elle espérait plus stables aujourd'hui. Fermer les yeux et se laisser guider... Mais avait-elle seulement imaginé sa présence ? Les jours passaient et un nouveau bilan médical indiqua des nouvelles optimistes. Ses séances de kinésithérapie portaient ses fruits, sa jambe se remettait doucement.

Quelque chose avait changé en elle. La petite étincelle si longue à venir s'était de nouveau éteinte. Assise des heures durant sur le perron, elle semblait attendre quelqu'un. Des heures durant, elle fixait quelque chose dans le vide. À la voir ainsi, Karen ne supportait plus la souffrance qu'elle ressentait pour sa fille.

24

Leave – Glen Hansard

Alors que la nuit commençait à tomber, Amy était seule dans la maison de Karen. Prostrée devant la télé, toute notion du temps l'avait quittée lorsqu'elle entendit quelqu'un frapper à la porte. Ces derniers temps, elle avait demandé à Connor de se faire moins présent, mais elle savait qu'il était dur de lui faire entendre raison. Elle décida de faire comme s'il n'y avait personne, mais les coups redoublaient d'intensité et c'est résignée qu'elle se leva pour ouvrir.

— Je t'ai dit que je ne voulais plus te voir ! s'exclama-t-elle en ouvrant la porte.

Jesse se trouvait devant le pas de sa porte.

— J'ai besoin de te voir.

Sa voix rauque était pleine de compassion. Les battements de son cœur s'accélérèrent brusquement, tout son corps se mit à trembler d'émotion.

— Pourquoi es-tu ici ? demanda-t-elle cependant d'une voix dure.

— Je veux t'aider, Amy.

— Non, s'il te plaît, va t'en, supplia-t-elle.

Pourquoi émettait-elle tant de colère alors que tout son être aspirait à l'inverse ? Elle éprouvait encore tant de douleur aux souvenirs de ces années passées à ses côtés, une période emplie de nostalgie et remords. Que serait sa vie aujourd'hui si elle était restée à ses côtés ? Ils se regardèrent un long moment comme si le temps s'était suspendu lorsque la sonnerie du téléphone retentit. Amy sursauta et se retourna pour s'assurer que cet appel était bien réel, mais lorsqu'elle regarda de nouveau vers l'extérieur, Jesse était déjà reparti.

Les jours qui suivirent, Amy se retrancha davantage dans sa solitude. Petit à petit, un plan macabre se dessinait dans sa tête pour en finir avec cette vie qui n'avait plus aucun sens. Depuis peu, elle osait sortir seule et allait parfois jusqu'à s'aventurer au Macey's coffee shop au bout de la rue. Ici, personne ne la connaissait et elle se laissait aller à la nostalgie de ses souvenirs. Tout ce qu'elle avait mis une vie entière à construire s'était envolé en quelques secondes. S'étant enfermée toutes ses années dans l'univers de la danse, son travail, son mari, ses amis, et maintenant une solitude indescriptible la détruisait chaque jour un peu plus. Perdue dans ses pensées récurrentes, elle s'immobilisa soudain comme glacée. Elle avait ressenti sa présence, il le savait.

— Pourquoi me fais-tu ça ? demanda-t-elle sans se retourner.

— Amy, je suis tellement désolé, murmura-t-il en venant s'agenouiller à côté d'elle.

Devant cette proximité, elle ne put s'empêcher de tressaillir. Son souffle était court. Elle se défendait de le regarder.

— Tu ne fais plus partie de ma vie. Je veux que tu partes !

— Tu mens ! Écoute, ce qui t'est arrivé est horrible et pour Chris...

— Tais-toi !

— Je sais que tu ne pourras plus danser, mais...

— Jesse, ça suffit ! dit-elle en se relevant.

— Tu es rongée par ta souffrance, mais cette épreuve n'est pas ton ennemie. Ne reste pas figée à l'instant de ta vie où tu es tombée, relève-toi !

Elle le regarda un instant, médusée. Où était passé le Jesse d'autrefois ?

— C'est ce que tu as fait toi ? Tu t'es purgé de toutes ces drogues et aujourd'hui tu te sens plus fort ? Je ne veux pas de ta pitié !

Il l'attrapa par le bras. Pour la première fois, ils se défièrent du regard. Tremblante des pieds à la tête, elle paraissait si faible.

— Laisse-moi t'aider à surmonter tout ça, ajouta-t-il en la prenant dans ses bras.

Elle se débattit et manqua de trébucher. La retenant de justesse, il la plaqua contre lui. Ses poings repoussaient son torse. Des larmes de colère la trahissaient, malgré tout, sa barrière était sur le point de céder... se laisser aller contre son torse... s'en remettre à lui...

Elle secoua la tête avec un air d'exaspération résignée.

— Repousse-moi autant que tu voudras, je n'abandonnerai pas.

Son désespoir le bouleversait, mais il devait aller au bout de ce qu'il avait à faire.

*

Connor arriva devant la maison de Karen le lendemain à dix heures précises avec la ferme intention d'emmener lui-même Amy à sa séance quotidienne chez le kinésithérapeute. Ces derniers jours, son amie replongeait. Peut-être devait-il ne plus s'apitoyer sur son sort et la bousculer pour la faire réagir ?

— Elle n'est pas là ! s'était alarmée Karen en lui ouvrant la porte.

— Comment ça ?

— Amy est partie !

— Calmez-vous. Elle n'a pas pu aller bien loin !

— J'ai fouillé la maison, je l'ai cherchée dans le jardin, j'ai même arpenté les rues. Elle n'est nulle part, s'affola-t-elle.

— On va la retrouver, tenta-t-il de la rassurer.

Son regard se porta jusqu'au bout de la rue arborée. Quelques voitures étaient garées sur le côté. Tout semblait si calme. Un soleil agressif l'éblouissait. Où avait-elle bien plus aller ?

— Je vais sillonner la ville en voiture.

Connor parcourut les rues pendant quelques minutes. Son esprit était avec elle, il y a quinze ans en arrière... Ce jour où elle s'était livrée à lui comme jamais auparavant. Elle avait évoqué la relation tendue qu'elle entretenait depuis toujours avec sa mère. Elle lui avait parlé de ses refuges, des endroits particuliers où elle parvenait à se ressourcer, puis de ce vieil immeuble désaffecté où elle se rendait lorsqu'elle n'avait pas le moral. Elle montait sur le toit, les jambes pendantes dans le vide et ressassait ce qu'elle voulait changer dans sa vie. Amy lui avait confié venir souvent ici pour surplomber une partie de Flagstaff où s'étendaient au loin les plus hautes montagnes de l'État. Soudain, il fit demi-tour et accéléra, il y avait une chance pour qu'elle se trouve là-bas !

*

Amy se tenait debout face au vide. Les bras en croix, son visage était incliné vers le ciel.
— Ne fais pas ça ! s'exclama Jesse en courant dans sa direction.
Elle n'émit pas la moindre réaction ni la moindre surprise de le voir ici. Ses longs cheveux bruns volaient au vent. Derrière elle, il ne pouvait voir son expression.
— Amy ? Tu m'entends ?
Un pas après l'autre, il se rapprochait doucement.
— Regarde-moi, s'il te plaît.
Son corps si frêle était juste devant le sien. Séparé par une marche de quelques centimètres, il pouvait sentir l'accélération de son souffle. Il regarda rapidement en bas. La hauteur le surprit un instant, une chute à cette hauteur serait fatale. Elle le savait, c'était pour cette raison qu'elle était venue ici. Lentement, il se positionna à son côté.
— Prends ma main.
— Va-t'en, Jesse !
— Je sais que c'est dur, se radoucit-il.
— Qu'est ce que tu peux savoir de ce que je vis ?
— J'ai voulu faire la même chose que toi plus d'une fois ! Crois-moi, je sais très bien ce que tu vis !
Le ton de sa voix était nerveux. Lentement, elle tourna sa tête vers lui, mais face à son instabilité, elle chancela. N'émettant aucune réaction de surprise, elle se contenta de fermer les yeux et d'accepter sa chute, mais il l'attrapa fermement par le poignet puis l'encercla instantanément de ses bras pour la caler contre son corps. Ils retombèrent ensemble sur le sol, sous le cri de douleur de la jeune femme. Face à ce geste, elle se débattit. Ils luttèrent un instant pendant qu'elle vociférait contre lui puis se mit à pleurer.
— Pourquoi t'as fait ça ? criait-elle désespérée en tapant la poitrine de Jesse.
L'acharnement d'Amy dura une éternité à ses yeux, mais il ne dit pas un mot. Comme s'il la soutenait mentalement face à

sa souffrance, il attendait en encaissant les faibles coups qu'elle donnait désespérément. Épuisée, elle abandonna ses efforts et ne bougea plus. Toujours dans ses bras, il desserra son emprise. Amy cala doucement sa tête contre son cou.

Secoué par l'intensité des sanglots de la jeune femme, son cœur se serra devant tant de souffrance. Comment avait-il pu manquer sa détresse ?

Il avait respecté de longues minutes de silence avant de lui proposer de descendre. Toujours au creux de ses bras, son corps se relâchait doucement. La joue contre son torse, elle semblait perdue dans ses pensées. Tendrement, il caressait timidement ses cheveux.

— Je suis incapable de descendre, avoua-t-elle péniblement.

Essuyant ses larmes du revers de sa main, elle se redressa face à lui et le regarda pour la première fois. Une sincérité vraie marquait les traits de son visage.

— Je suis foutue.

— Ne dis pas ça.

— Je n'arrive plus à marcher sans ses maudites béquilles. Je ne danserai plus jamais.

— Je sais, consentit-il. Ce qui t'est arrivé est horrible, mais il faut te relever. Te battre !

— Je ne sais pas si je suis prête à entendre ça. Pourquoi m'en sortir ? Je n'ai plus rien.

— Fais-le pour moi.

Elle le dévisagea les yeux pleins de larmes.

— Je suis près de toi Amy.

Ses yeux la brûlaient, elle se perdit un instant dans cet échange.

— Je vais chercher de l'aide.

Combien de temps pouvait-il rester auprès d'elle ? se demanda-t-elle. Aujourd'hui, elle n'était qu'un handicap pour les autres.

Ce fut au bout de quelques minutes que Connor arriva à la hâte au sommet du toit complètement essoufflé.

— Que fais-tu ici ? Amy ? Qu'est ce que tu allais faire ? s'alarma-t-il.

— Rien, s'empourpra-t-elle honteuse.

140

Il s'allongea devant elle et prit dans ses mains dans les siennes.

— Mon Dieu, Amy...

— Il m'en a empêché.

— Qui ?

— Jesse. Il est parti chercher de l'aide.

— Qui est Jesse ?

Amy ouvrit la bouche pour répondre, mais aucun son ne sortit. Que pouvait-elle bien répondre à ça ?

— Tu ne l'as pas vu en bas ?

— Non, je n'ai vu personne.

*

Le visage dans son oreiller, Amy tentait d'étouffer ses sanglots.

— Amy tu vas bien ? demanda sa mère à travers la porte fermée de sa chambre.

Elle l'avait laissée seule tout l'après-midi. Sous le porche, Connor lui avait expliqué l'état de désespoir dans lequel il l'avait trouvée sans évoquer son intention de suicide. Doucement, Karen ouvrit la porte. Sa fille se trouvait recroquevillée sur son lit.

— Mon ange, as-tu besoin de quelque chose ?

Amy la regarda un instant. Elle pouvait lire tout l'amour d'une mère dans son regard. Si elle avait bien pu comprendre une chose depuis son accident, c'était ça ! Sa mère l'aimait profondément, mais n'avait auparavant jamais su comment lui montrer.

— Connor est parti ?

— Oui mon cœur, il a dit qu'il appellerait ce soir pour savoir comment tu te sens.

Un instant de silence s'écoula.

— Il semble beaucoup tenir à toi.

Ne semblant pas prêter attention à sa remarque, Amy demanda.

— Est-ce que Jesse est passé ?

— Jesse ? Il faut te reposer maintenant.

— C'est lui qui m'a sauvée, murmura-t-elle comme pour elle-même.

Deux jours étaient passés depuis sa tentative de suicide, deux jours de remise en question, de profondes réflexions sur sa vie, de doutes, mais aussi d'espoirs lorsqu'un matin Jesse frappa à la porte. Un timide sourire se dessina sur ses lèvres lorsqu'il la vit.

— Comment te sens-tu ? demanda-t-il d'une voix calme et posée.

Elle semblait le voir pour la première fois et trouvait quelque chose de changé en lui. Tous deux avaient changé, ce n'était plus les jeunes adolescents qui s'étaient croisés un soir d'été il y a plus de dix ans. Ces derniers mois avaient été interminables.

— Tu veux marcher un peu ?

Elle acquiesça naturellement. Côte à côte, ils semblaient savourer l'instant pour qu'il ne s'arrête jamais. Quelques minutes s'écoulèrent avant qu'il déclare d'une faible voix.

— Je vais être obligé de repartir...

Malgré la tristesse qui l'envahissait brusquement, elle le savait au fond d'elle-même.

— Je reviendrai bientôt auprès de toi...

25

Colorblind – Counting Crows

Après cette phrase qui sonnait comme une promesse, Amy redoubla de force pour se remettre de ses dernières séquelles. Les semaines passaient et toute sa concentration se portait sur sa rééducation. Trois mois s'étaient écoulés depuis le départ de Jesse. De nouveaux examens de contrôle avaient révélé le bienfait de ses séances de rééducation. Pendant ce temps, une amitié sincère s'était tissée entre elle et Connor. Elle appréciait sa discrétion et son calme. En ce début de juin, une chaleur écrasante secouait l'Arizona depuis quelques jours.

— Ça te dirait de venir avec moi au restaurant ? Je te présenterais Stephen, mon associé, et tu pourrais apporter une touche féminine aux travaux.

Quadragénaire accompli, Stephen tenait un restaurant dans le centre de Phoenix depuis plus de dix ans. Sa rencontre avec Connor remontait aux années où submergé de travail ce dernier venait récupérer des plats à emporter pour sa boîte à quelques pas de là. Un bon contact les avait rapidement rapprochés. Stephen avait assisté aux nombreux coups durs de l'avocat et lui avait apporté soutien et réconfort au fil des années. Fort de son expérience et de la fréquentation conséquente de son restaurant, il décida de concrétiser son projet d'ouvrir un deuxième restaurant avec Connor comme bras droit.

— C'était comme une évidence de lui proposer de me suivre dans cette aventure, expliqua-t-il à Amy. Il est à un tournant de sa vie, c'est maintenant ou jamais !

Ses mots firent échos dans l'esprit d'Amy. Appuyée contre le comptoir, elle les écoutait parler de l'aménagement de la cuisine. Des travaux de plusieurs semaines allaient être nécessaires. Un petit coup d'œil autour d'elle, cette salle bénéficiait d'une bonne luminosité. Un agencement de type bistrot pouvait apporter un contraste chaleureux pour une ambiance légèrement feutrée. Déjà, elle imaginait des couleurs chaudes coupées par des teintes de beige lorsqu'elle fut soudain happée par une vive chaleur sur le bras. Un cri lui échappa. L'étonnement des deux hommes fut total, Connor croisa son regard et comprit que quelque chose n'allait pas.

— Il est tard, je vais raccompagner Amy chez elle. À demain !

Ils se saluèrent d'une accolade.

— Ravie de t'avoir rencontrée Amy ! Si tu veux t'occuper un peu, il y a du boulot ici.

Au volant de sa voiture, Connor lui expliqua leur projet de s'orienter vers une cuisine comprenant des plats de type grillade lorsqu'il sursauta face au cri d'effroi d'Amy.

— Qu'est ce qu'il y a ?

— Je ne sais pas ! s'alarma-t-elle. J'ai l'impression que mon bras est en feu.

Ils roulèrent quelques instants dans un silence gênant. La main sur son bras, Amy n'osait bouger. C'est au cœur d'une nuit noire qu'ils aperçurent des flammes émanant d'un bâtiment sur le côté de la route. Ils échangèrent un bref regard paniqué avant que Connor prenne la route menant à l'édifice. Tout en jurant des mots incompréhensibles, il stoppa la voiture et courut vers les flammes lorsqu'il entendit hurler.

— Appelle les pompiers ! Vite !

Amy s'exécuta tremblante quand elle aperçut Connor se saisir d'un vieux morceau de ferraille et défoncer la porte. Un homme sortit paniqué, son bras était en feu !

Alors que les secours emmenaient le blessé après avoir éteint l'incendie, Connor retourna à sa voiture avec Amy sur les talons. Il claqua sa portière et dévisagea la jeune femme avec un regard totalement ahuri.

— Ne me dis pas que je suis folle, supplia-t-elle les yeux emplis de larmes.

— Il fallait que je tombe sur les deux femmes extralucides du quartier !

Il posa ses mains tremblantes sur son volant et tenta de se calmer avant de déclarer.

— Tu lui as sauvé la vie Amy.

*

Revêtue d'une salopette en jean, Amy recouvrait le plan de travail du bar d'une peinture gris anthracite. Ses propositions de décoration pour le restaurant s'étaient montrées concluantes. Passant ses journées au restaurant avec Connor et Stephen, elle appréciait leur simple compagnie. Le mois d'août battait son plein et écrasait la ville d'une chaleur étouffante. Le soir, elle retrouvait Karen. Ensemble, elles partageaient de précieux instants de vie. Au fond, elles n'étaient pas si différentes l'une de l'autre. Une détermination commune les caractérisait. C'est avec une profonde empathie pour les autres qu'elles abordaient des sujets à caractères sociaux avec la même vision sur le monde. Karen aimait avoir sa fille avec elle. Une nouvelle lumière habitait Amy depuis quelques mois, un nouveau souffle dont elle n'osait parler de peur de le voir se dissiper.

La fin du mois d'août marqua la reprise du travail de Karen et c'est non sans une certaine appréhension qu'elle laissa sa fille pour rejoindre le collège où elle enseignait. Cette rentrée fit prendre conscience à Amy que le temps poursuivait son cours. Combien de temps allait-elle rester terrée ici ? Aux côtés de Karen et Connor, elle vivait dans une bulle. Une vision éphémère de la vie où elle aimait se faire choyer. Les garçons lui avaient proposé de travailler avec eux de manière plus concrète, de s'investir dans le restaurant à leurs côtés. Une porte de sortie lui était proposée sur un plateau, mais était-ce ce qu'elle voulait ?

Appuyée sur ses béquilles, Amy attendait que Karen rapproche la voiture devant l'enseigne d'un supermarché. L'ouverture du restaurant de Stephen et Connor avait lieu le lendemain, mais souhaitant fêter l'événement, un petit groupe restreint d'amis avaient été invités pour la soirée. La mère et la fille avaient accepté de leur prêter main-forte pour l'occasion. Faire les courses avait éreinté Amy, mais se confronter au monde extérieur lui faisait du bien. Voir tous ces gens s'agiter autour d'elle, ces bruits, les pleurs d'un enfant, le rire d'une ado... Une vieille dame quelque peu courbée s'approcha d'elle et murmura d'une voix à peine audible.
— Avez-vous vu mon mari ?

Étonnée par sa question, elle lui répondit par la négative avant de la regarder s'en aller d'une démarche hésitante. Une lumière particulière se reflétait dans ses cheveux blancs. En guise de visière, Amy contempla un instant le ciel inondé d'un soleil éclatant. Ce devait être des reflets, songea-t-elle.

La soirée commença sous une chaleur écrasante. Illuminé d'une multitude de lumières au sol, le restaurant accueillait ses premiers convives. Le trottoir avait été recouvert d'un tapis rouge au côté de quelques tables hautes où les discussions allaient bon train. Accrochées aux poutres apparentes, des lanternes apportaient une ambiance champêtre. Malgré la fatigue qui accentuait la douleur de sa jambe, Amy distribuait des cocktails offerts pour l'occasion lorsque son regard se porta sur une jeune femme qui la fixait à quelques mètres en retrait. Dotée de longs cheveux blonds, une maigreur et une pâleur la caractérisaient. Attiré par son charisme, le regard d'Amy ne parvenait à se détacher d'elle. La jeune femme pointa alors son doigt pour désigner un arbre gigantesque avant de s'en aller. Désorientée, Amy surprit sa mère qui l'observait fièrement face à cette fonction temporaire avant de lui sourire. C'est alors qu'elle se retourna et croisa un regard familier.

— Bonjour Amy !

Faith ! Que faisait-elle ici ? Elle était métamorphosée. Fini le style gothique qu'elle arborait fièrement durant son adolescence, aujourd'hui une élégance étudiée la caractérisait.

— Je suis contente de te voir après toutes ces années.

Sa voix était chaude et bienveillante.

— Je ne savais pas que …

— Connor a insisté pour que je vienne. Il m'a beaucoup parlé de toi, je suis vraiment désolée pour ton mari.

Amy plissa les paupières tout en baissant la tête.

— Excuse-moi, c'est si étrange de te voir après toutes ces années, consentit-elle.

— Je comprends. Sortons un instant prendre l'air.

Une pointe d'hésitation se lut sur son visage. Faith lui saisit la main pour se frayer un passage vers l'extérieur. À ce contact, une sensation étrange la parcourut des pieds à la tête. Il y avait quelque chose de changé en elle, une douceur et une empathie déstabilisante qu'elle ne lui avait jamais connues.

— Vous avez fait du beau boulot, commenta Faith pour dissiper ce trouble naissant. Je suis venue ici l'hiver dernier et j'ai du mal à reconnaître les lieux.

Connor passa à leurs côtés et posa délicatement sa main sur l'épaule de son ex-femme. Ils se sourirent tendrement.

— Vous vous êtes trouvées ! s'engoua-t-il. Qui aurait cru que l'on se retrouverait tous après tout ce temps !

Leur lien était évident. Un amour et un profond respect se lisaient toujours dans leur regard. Amy éprouva une émotion étrange. Ils avaient partagé tant d'épreuves et semblaient pourtant si proches. Ses pensées s'envolèrent vers Chris, la souffrance de perdre un être cher aussi brutalement semblait insupportable. Ne pas pouvoir dire à quel point elle avait été heureuse avec lui, elle aurait donné n'importe quoi pour pouvoir lui dire au revoir. Une main se posa sur son bras. La vieille dame du supermarché était là, devant elle. Soucieuse et visiblement perdue, elle lui demanda.

— Je cherche mon mari, il est grand, les cheveux…

— Je vais m'en occuper, intervint Faith avec un hochement de tête à l'attention d'Amy. Suivez-moi Madame, nous allons le retrouver.

Cet instant lui sembla étrange, et cette aura ! Cette fois, il n'y avait aucun soleil pour éclairer les reflets dans ses cheveux.

Il était tard lorsqu'Amy décida de rentrer. Sa jambe la tiraillait de plus en plus, elle devait se reposer. Stephen la remercia chaleureusement avant de partir raccompagner les derniers convives du restaurant.

— On te voit demain ? demanda Connor.

Entourée de ces nouvelles personnes, Amy se sentait étonnamment bien. Elle regarda Faith brandissant fièrement les clés de voiture de son ex-mari.

— Je les ai retrouvées ! Tu as toujours eu le chic pour les laisser dans tes vestes, ironisa-t-elle en mimant une grimace à Connor.

À les regarder ainsi, tout portait à croire qu'ils formaient toujours un couple. La première journée d'ouverture de leur restaurant fut un succès. Un bouche-à-oreille incroyable avait fonctionné les obligeant même à devoir refuser de nouveaux clients. Les jours qui suivirent connurent la même gloire.

Connor semblait métamorphosé par ses nouvelles fonctions. À l'aise en toute circonstance, il semblait avoir fait ce travail toute sa vie. Profitant d'une trêve, Faith proposa une promenade à Amy.

— C'est incroyable l'énergie que tu as ! Depuis que je suis arrivée, je n'ai cessé de te voir t'agiter dans tous les sens pour ce restaurant et cela malgré ta jambe.

— Je ne veux pas que ce soit un handicap, mais je t'avoue que je dois me doper d'antidouleur pour tenir le coup, rétorqua Amy.

Elles se regardèrent un instant le sourire au bord des lèvres.

— Je respecte beaucoup ce que tu fais, confia Faith.

— C'est moi qui t'admire, la perte d'un enfant c'est...

Voyant son regard se fermer, Amy ajouta.

— Excuse-moi, c'était maladroit.

— À la mort de mon fils, je suis restée enfermée près d'une année chez moi. J'ai fait une profonde dépression qui m'a conduite à l'hôpital.

Amy ne trouvait pas les mots pour exprimer sa désolation, perdre un enfant devait être la pire des épreuves au monde.

— Connor ne m'a jamais laissée... il est resté là à me regarder nous détruire...

— Tu l'aimes toujours n'est-ce pas ?

— Nous sommes liés à jamais. Nous devons nous reconstruire chacun de notre côté, lorsque nous serons assez forts nous nous retrouverons.

Ses mots riches de sens résonnèrent dans l'esprit d'Amy. La reconstruction avant les retrouvailles... Avait-elle droit à des retrouvailles avec Jesse ? Attendait-il qu'elle soit prête pour revenir vers elle ?

Le lendemain apporta une lueur nouvelle à Amy. Depuis cette soirée d'inauguration, elle se sentait plus légère. La présence de Faith changeait le cours de ses journées. Elle avait quelque chose d'apaisant en elle, sa présence lui faisait beaucoup de bien. Petit à petit, elle osait être bien pour la première fois depuis son accident.

— Comment t'es-tu relevée de la disparition de ton fils ? demanda Amy en plongeant sa cuillère dans un pot de glace au citron.

À cette heure tardive, les derniers clients du restaurant s'apprêtaient à partir. Les deux femmes s'étaient retranchées dans les cuisines pour chercher un peu de calme.

— Après avoir enchaîné deux séjours à l'hôpital, j'ai vu qu'il y avait des gens qui souffraient bien plus que moi. J'ai commencé à me rendre à des groupes de paroles, écouter les autres me faisait beaucoup de bien. À ma sortie, j'ai fait du bénévolat dans le soutien de victimes d'accidents. J'étais attirée par leurs souffrances, quelque part cela m'apaisait. Au fil du temps, je me sentais de plus en plus sensible aux autres, je les comprenais, mes mots leur faisaient du bien. Un changement a commencé à opérer chez moi, il fallait que j'aide les autres.

— C'est pourtant ce que tu faisais avec ton métier, non ?

— Je vois que Connor t'a dit beaucoup de choses à notre sujet. À vrai dire, je n'étais pas du bon côté. Je passais mes journées entourée de criminels, violeurs, agresseurs... Il fallait que je trouve mon salut ailleurs. Je suis partie à Haïti en janvier, le tremblement de terre qu'ils ont subi a causé des centaines de milliers de morts et plus d'un million de sans-abris. Les dégâts étaient considérables, je suis restée trois mois là-bas.

Amy écoutait son récit en silence. Emplie d'une compassion nouvelle, elle se retrouvait beaucoup en Faith, ses mots pourraient être les siens.

— Tu as tellement changé, murmura-t-elle comme pour elle-même. À te voir, tu sembles épanouie.

— Je le suis ! Et toi aussi tu le seras, crois-moi.

Avec un petit haussement d'épaules, elle soupira.

— Je retourne à Phoenix demain, mais je reviens le 24 octobre pour l'anniversaire de Connor, Stephen va organiser une petite fête surprise au restaurant. Tu viendras ?

— Je ne manquerai ça pour rien au monde, s'engoua-t-elle.

26

Trouble - Coldplay

Une nouvelle visite médicale confirmait que l'état d'Amy était prometteur. Malgré un léger boitillement, ses béquilles ne lui étaient plus indispensables. Ses séances chez le kiné s'espaçaient pour son plus grand plaisir, ce qui lui donnait plus de liberté pour se rendre au restaurant. Depuis la rentrée, un rythme quotidien s'était établi entre Amy et sa mère. La déposant chaque matin avant de se rendre en cours, Karen prenait un café au comptoir avant de laisser sa fille donner un coup de main aux garçons. Plus d'une fois, ils avaient parlé de l'embaucher, mais elle se plaisait à rester libre de ses choix pour le moment. Cette occupation lui donnait confiance en elle, mais elle sentait que quelque chose l'appelait ailleurs. La fête surprise rassemblant plus d'une dizaine de personnes avait réussi à émouvoir Connor. Cette nouvelle reconversion l'épanouissait et tout son entourage était ravi pour lui. Sous un soleil automnal, une ambiance festive avait marqué cet après-midi. Faith avait redoublé d'attentions pour que tout soit réussi et en cette fin de journée exténuante, elle souriait face au regard de son ex-mari empli de gratitude. Rapidement devenues complices, Amy souhaita accueillir son amie chez Karen pour une soirée entre filles avant le départ de Faith le lendemain matin. Après avoir grignoté des restes du restaurant et parlé de tout et de rien, Karen prétexta être épuisée et les laissa finir la soirée à deux. Le salon baignait dans la pénombre alors que des cris retentissaient du poste de télévision. Avachie sur le sofa, Faith piochait dans le bol de pop-corn les yeux rivés sur l'écran qui passait les images d'un film d'horreur. Un soudain sursaut amusa Amy.

— Je crois ne plus avoir le même courage que lorsque j'étais ado, s'esclaffa Faith.

— Tu veux boire quelque chose ? demanda Amy en éteignant le poste.

Elles se rendirent dans la cuisine. Faith regarda autour d'elle, il y avait la même décoration, les mêmes photos sur le mur, comme si le temps n'avait pas changé.

— C'est étrange, j'ai l'impression de revivre une scène du passé.

— A défaut que nous ne sommes plus que deux.

C'était la première fois depuis leurs retrouvailles qu'elles évoquaient le souvenir d'Hailey.

— Je rêve souvent d'elle, avoua sourdement Amy. Elle est là devant moi et je ne peux rien faire.

— Amy, tu n'y es pour rien.

— J'ai l'impression qu'elle veut me dire quelque chose, mais je ne comprends pas.

— Certains rêves envoient des messages, tu sais ?

— Chris a peuplé mes nuits pendant des mois, je revoyais la scène de l'accident en boucle. Si seulement on ne s'était pas disputé cette nuit-là…

— Arrête ça ! Chris t'aimait et n'aimerait pas te voir comme ça. Parle moi de tes autres rêves.

Amy la regarda songeuse.

— Il y a cette fille que je vois depuis plus d'une semaine, elle est si belle. Je ne la connais pas, c'est très étrange.

Faith posa une main sur son épaule.

— Tu vas bientôt la rencontrer… je suis exténuée, dit-elle en bâillant.

Amy la regarda un instant interdite, que voulait-elle dire par là ? Elle ne connaissait pas cette fille alors comment pouvait-elle le savoir ? Elle ouvrit la bouche pour riposter, mais elle préféra ne pas relever cette phrase.

— Tu n'as qu'à rester dormir ici.

— Merci, j'accepte avec grand plaisir.

Un rendez-vous matinal à Phoenix obligea Faith à se lever tôt le lendemain. Sur le pas de la porte, elle remercia les deux jeunes femmes de leur hospitalité, lorsque la terre se mit à trembler. Quelques secondes de secousses qui déstabilisèrent Faith et Amy avant que le calme revienne dans la maison. Autour d'elles, rien n'avait bougé. À l'extérieur, aucun signe d'agitation. Karen les regarda un instant, médusée.

151

— T'as ressenti ça ? murmura Amy déconcertée.

— Et ce n'est pas fini, les vagues vont être meurtrières...,
répondit Faith.

Plus tard dans la journée, Amy apprit qu'un séisme suivi
d'un tsunami avait ravagé l'Indonésie et fait des centaines de
morts.

27

To build a home – The Cinematic Orchestra

2 novembre

Après une heure de courses effrénées au supermarché. Karen et Amy décidèrent de faire une pause au Macey's coffee shop. Elles s'installèrent à table en attendant leurs cappuccinos lorsqu'un groupe d'Américains attira l'attention de la jeune femme. Ils parlaient d'un voyage qui soulevait apparemment des débats. De nouvelles personnes arrivaient, les sourires, les accolades, les rires les caractérisaient. Amy se surprit à les envier, lorsqu'elle entendit son nom au comptoir, sa commande était prête.

— Tu veux que j'y aille ? demanda sa mère.

Un timide sourire se dessina faiblement sur son visage puis elle se leva. Ses mouvements devenaient moins lents, plus sûrs. Ces derniers mois l'avaient beaucoup changée. À l'approche du bar, une conversation entre deux jeunes femmes d'une vingtaine d'années attira l'attention d'Amy. Elles parlaient d'un lieu d'hébergement.

— Chez Will ça ne pourra pas être possible.

— Mince et Zach ? demanda son amie.

— Il est déjà complet. Je crois qu'on va devoir dormir à l'hôtel.

— Fais chier, j'ai pas une tune.

— C'est juste pour une nuit après on demandera à être logées chez eux.

— Le rêve ! Dormir dans un vrai hogan en terre indienne !

Elles se donnèrent des coups de coude tout en rigolant.

— Excusez-moi, intervint Amy. J'habite au coin de la rue si vous cherchez un logement pour cette nuit.

Sans savoir pourquoi elle avait dit ça, elle ajouta un petit air gêné.

— Enfin, si vous voulez. J'habite avec ma mère qui est là-bas, dit-elle en désignant Karen. La maison est grande.

— Sérieux ?

— Je m'appelle Amy Guérin.

— Amy Guérin comme la danseuse ?

Elle marqua une pause devant l'effet de la surprise. Cette fille-là existait-elle toujours ?

— Oui c'est moi, dit-elle d'une petite voix.

— Je rêve ! Moi, c'est Peyton, s'engoua la jeune femme. Je suis en troisième année de danse à l'université de Californie du Sud. Vous êtes venue voir notre promotion en 2008 quelques mois avant que vous ne quittiez l'opéra. C'est incroyable de vous voir ici ! Elle, c'est Tori ! annonça-t-elle en désignant son amie.

*

Karen avait trouvé la démarche de sa fille un peu soudaine, mais en les écoutant parler activement toutes les trois, elle se rendit compte que ça lui faisait du bien. Le repas fut pris dans le salon pendant qu'une discussion aminée sur les réserves amérindiennes du nord de l'Arizona les passionnait. Une association américaine œuvrait depuis plusieurs années maintenant pour tenter d'améliorer les conditions de vie des Indiens. Cette réserve était la plus grande des États-Unis. Couvrant presque soixante-dix mille mètres carrés du Nord-Est de l'Arizona, elle s'étendait également en Utah et au Nouveau-Mexique. Deux cent cinquante mille habitants se dispersaient dans le désert. La plupart exploitaient des fermes et élevaient des troupeaux de moutons, chevaux et vaches. Chaque année, en novembre, un duo de musiciens californiens reversait une partie des fonds de leurs concerts pour financer une Food run. Aidés par un groupe d'Américains bénévoles, ils s'approvisionnaient en nourriture, bois, couvertures, et parcouraient la réserve pour livrer toutes ses familles dans le besoin. Il n'était pas loin de minuit lorsque Peyton s'écria.

— Viens avec nous ! C'est la deuxième année qu'on le fait, l'ambiance est géniale. Tu vas adorer, j'en suis sûre !

— Je crains que ce soit trop physique pour moi…

— La répartition des vivres peut se faire assise, ensuite on est en voiture. Allez Amy ! Tu rencontreras des gens formidables !

L'instant de la réflexion fut bref. L'excitation ressentie depuis plusieurs minutes maintenant l'envahissait. C'était peut-être ce dont elle avait besoin.

— D'accord.

— Super ! On a rendez-vous demain à 9h au Macey's coffee shop.

*

Il était près d'une heure du matin lorsqu'Amy regagna sa chambre.

— Tu es sûre de vouloir faire ça ? demanda Karen à l'encadrement de la porte. Ça va être épuisant Amy.

— Ça va me faire du bien.

— Et tes séances de kiné ?

— Je louperai une ou deux séances seulement. J'ai bien progressé maman, je sais que je peux le faire. C'est juste deux semaines, j'en ai vraiment envie.

Ces derniers temps, Amy avait redoublé d'efforts. Elle marchait chaque jour, s'imposait de petits exercices que lui avait recommandé le kiné, se massait régulièrement. Après plus d'un mois d'assiduité, son moral changeait, sa jambe se fortifiait. À présent, une séance lui suffisait, à condition de continuer ses exercices tous les jours chez elle. Karen se rappela ce que lui avait dit le docteur avant de partir de New York *« Si elle a envie de quelque chose, qu'elle le fasse. »*

— Si ça ne va pas, tu m'appelles ok ?

— Promis.

155

28

Walker - Cascadeur

Un groupe de jeunes étaient regroupés devant le café, certains buvaient encore une boisson chaude à l'intérieur. Peyton parla à l'un des frères musiciens, Barry, qui s'empressa d'accueillir Amy les bras ouverts.

Des conversations fusaient de partout. Le groupe paraissait assez cosmopolite, pour beaucoup des hippies venus des quatre coins des États-Unis. L'ambiance était joyeuse et amicale. Certains se retrouvaient chaque année depuis un certain temps et avaient visiblement noué des liens. Deux bus de couleurs vives et peints de fleurs arrivèrent en klaxonnant. Le deuxième frère, Jo, arrivait avec une dizaine de bénévoles.

Le convoi partit une heure plus tard pour les terres indiennes. Deux bus, six pick-up et trois autres voitures se suivirent sur la route 89. Amy voyageait avec Peyton et Zach au volant du véhicule. Cuisinier de vingt-cinq ans vivant à Portland, c'était la troisième année qu'il participait à cette expédition.

Une terre désertique s'étendait à perte d'horizon lorsqu'ils entrèrent dans la réserve. De temps à autre, un imposant panneau publicitaire annonçait un petit commerce de proximité ou une station essence. Le long de la route s'étendaient quelques tentes pour vendre des produits artisanaux. Un sable clair créait parfois des bancs de poussière sur le sol. Ils traversèrent le little Colorado river qui marqua le début d'une terre rougeâtre. Le convoi entra dans Tuba city, une ville de près de 9000 habitants, pour permettre de se réapprovisionner en essence.

— Nous allons camper à cinquante kilomètres au nord de cette ville. La famille Weaver laisse leur terrain à disposition ainsi qu'un hogan pour dormir.

Hogan, était le nom donné à cette petite maison typique des Amérindiens, ronde et faite en terre. Ils investirent les lieux dans l'après-midi. Bobby et Sun Weaver, un couple d'une quarantaine d'années, se faisaient une joie de les voir chaque année. Ils avaient deux adolescents, James, dix-sept ans et Alex, quinze ans, tous deux scolarisés à Tuba city. Sun travaillait au trading post où elle vendait des articles culturels et Bobby était cuisinier dans un hôtel. C'est ici qu'ils allaient procéder à l'approvisionnement d'une centaine de familles en répartissant dans des cartons de la nourriture, des produits de première nécessité, des vêtements, des couvertures et du bois pour se préparer à l'hiver qui était rude dans cette région. Après avoir partagé un repas tous ensemble, ils se répartirent les rôles et chacun se mit au travail. Le temps était limité et tout était bien orchestré. Amy s'occupa de répartir la nourriture non périssable dans les sacs. Entourée de deux autres Américaines, sous un soleil bienvenu, les discussions allaient bon train. Autour d'elle, beaucoup de monde s'activait, certains descendaient des cartons de fruits qu'ils étalaient sur de grandes couvertures au sol pour répartir à différentes familles, d'autres s'affairaient à couper du bois pour remplir les pick-up. Tout le monde semblait agréable et l'atmosphère était légère. Les jours se ressemblaient. Les premières voitures commencèrent leurs tournées. La jambe d'Amy commençait à devenir douloureuse, alors elle tentait de s'asseoir lorsqu'elle pouvait et s'isolait dans le hogan pour effectuer quelques exercices d'assouplissement. Au bout de trois jours, l'ensemble des bénévoles était réquisitionné pour apporter les cartons aux familles. Certains devaient parfois rouler plusieurs heures pour arriver auprès d'habitants totalement isolés. Amy décida de rejoindre Peyton et Zach qui chargeaient leur pick-up d'une dizaine de cartons.

— Nous avons plusieurs familles à approvisionner, une centaine de kilomètres pour y accéder. Tu es sûre de vouloir te joindre à nous ? demanda Peyton.

— Je ne suis pas venue ici pour vous regarder tous partir.

— Ok alors monte, on y va !

La route était longue et cabossée mais Zach maniait le véhicule avec dextérité. Le temps se gâtait depuis deux jours, une pluie glaciale tombait la nuit et une boue épaisse recouvrait parfois la route. Au bout de deux heures d'un parcours semé d'embûches, ils arrivèrent devant le hogan. Un vieil homme sortit et les salua. Malgré des traits de lassitude, il souriait. Cet homme vivait seul au milieu de nulle part, sans eau ni électricité, avec pour seul secours un vieux pick-up des années quatre-vingt qui semblait détérioré par le temps. Les trois jeunes gens descendirent et transportèrent un carton jusqu'à chez lui. À l'intérieur, un grand poêle qui servait de chauffage, mais aussi de cuisinière. L'ancien suspendit une vieille casserole au-dessus de son installation de fortune pendant qu'il invita les trois Américains à s'asseoir. Amy tenta un bref coup d'œil autour d'elle. Un lit de fortune, quelques chaises, une petite table et des cartons jonchaient tristement le sol. Son cœur se serra lorsqu'elle croisa le regard de ce vieil homme. Comment se faisait-il que des gens, si proches de villes où il y avait tout le confort, vivent comme ça ? Il leur servit une infusion de plantes fumantes pour les remercier pendant que Zach lui demandait s'il avait besoin de bois. Ils apprirent que cet homme veuf et ancien alcoolique n'avait plus de famille. Il y avait un respect profond entre eux, le jeune homme tenta de demander pourquoi il ne venait pas en ville, mais cette question relevait du ridicule pour ces Amérindiens. L'ancien émit un petit claquement de langue et chassa cette remarque de sa main. Ici, il était sur ses terres et il en serait toujours ainsi. Tous trois repartirent le cœur lourd pour bientôt se rendre compte que ce vieillard n'était pas un cas isolé. Cette prise de conscience frappa Amy qui avait vécu à côté d'eux sans même en avoir connaissance. La situation était dramatique et chacun vivait cette existence comme une fatalité. Ces Navajos étaient sur la terre de leurs ancêtres, leurs terres et ne voulaient en changer pour rien au monde. C'était là tout ce qu'il leur restait. À chaque passage, les trois Américains étaient accueillis avec beaucoup d'égards, parfois avec un peu de gêne, mais beaucoup d'humilité. Amy rencontra ensuite un couple qui vivait avec leurs deux enfants, le mari de leur fille et leurs deux petits garçons ainsi que les grands-parents. Ainsi ils s'entassaient à neuf dans une petite maison en parpaings qui ne les protégeait guère du froid. Les enfants n'étaient pas scolarisés et personne ne travaillait à part le gendre. Leur état de précarité était grave. À l'approche de Thanksgiving, ils les remercièrent pour cet élan de générosité. La grand-mère attrapa le bras de Peyton pour lui demander si elle aurait la bonté de lui procurer de nouvelles lunettes. La pauvre dame ne voyait presque plus et ses vieilles binocles, dont les verres étaient fissurés, tenaient miraculeusement avec une seule branche. Puis une autre famille attira particulièrement l'attention d'Amy. Il y avait cette quadragénaire d'une beauté naturelle, elle vivait avec ses deux filles et une dame âgée qui devait visiblement être sa mère. La première enfant paraissait avoir une dizaine d'années alors que la deuxième était une adolescente. La cadette, au teint hâlé et aux longs cheveux noirs comme l'ébène, jouait avec les longs cheveux blancs de sa grand-mère lorsqu'Amy entra. L'aînée adressa un sourire touchant qui troubla Amy, son visage lui était familier. Cette fille était celle de son rêve ! Il y avait quelque chose de captivant chez elle, un charisme débordant et une lumière éblouissante. Le regard de sa mère était triste, elle les remercia timidement pour les provisions et les invita à s'asseoir boire un café. L'ancienne fixait Amy, une grande humilité se dégageait d'elle. Les premières minutes furent timides, mais progressivement la grand-mère demanda s'ils avaient des livres pour la plus petite fille.

— Elle ne va pas à l'école, argumenta la mère de l'enfant. C'est loin d'ici et nous n'avons pas de voiture. J'essaie de lui apprendre ici, mais nous n'avons rien.

Ces femmes semblaient être coupées du monde. Il y avait tant de différences dans ce monde. L'attention d'Amy se porta alors sur l'adolescente, dans un coin de la pièce elle ne bougeait pas et contemplait la scène avec bienveillance. Suivait-elle une scolarisation ?

— Nous reviendrons bientôt vous voir, promit Amy sur le départ.

— Votre cœur est bon, ajouta la grand-mère. Une lumière incroyable vous guide mon enfant, bientôt vous retrouverez votre don.

La jeune femme la regarda incrédule avant d'être rappelée par ses pairs. Dans la voiture, elle pensa longuement à cette famille, à ce qu'elle avait vu, ce qu'on lui avait dit. Chaque famille ici avait besoin d'aide, mais ils n'étaient pas assez entendus. Tant d'années à passer dans le luxe, la démesure, l'ignorance alors que d'autres n'avaient rien. Un sentiment de tristesse l'accapara. Que pouvait-elle faire pour eux ?

À la fin de la journée, la fatigue, mais surtout la désolation se faisait ressentir. Sur le trajet du retour, personne ne parla, chacun visiblement perdu dans ses pensées. Ils arrivèrent à la tombée de la nuit au campement. Certains terminaient un repas au coin du feu, alors que d'autres n'étaient toujours pas rentrés. Un grand feu de bois, quelques notes de guitare, l'ambiance était soudain triste et pesante. Amy n'avait pas faim et alla se coucher directement. Il y avait tant de tristesse dont elle avait toujours ignoré l'existence.

Le lendemain, la jeune femme prit la décision de se rendre chez sa mère à Flagstaff. Institutrice depuis qu'elle était revenue vivre ici, elle avait de nombreux manuels qui seraient à la portée de cette enfant. Malgré la route, Amy décida de prendre le volant. À travers cette famille, c'est elle aussi qu'elle aidait. Pour se réconcilier avec elle-même, pour se sentir capable d'entreprendre quelque chose seule.

Le voyage fut long et douloureux. Sur le chemin, elle repensait à ce que la vieille dame lui avait dit. Quel était ce don dont elle avait parlé ? Quatre heures de route plus tard, elle trouva ce qu'elle cherchait. Plusieurs livres d'apprentissage et des romans d'aventure tels que Jack London et Mark Twain. Elle se rendit ensuite au commerce le plus proche pour acheter cahiers, stylos, vêtements, jouets, activités manuelles comme des perles. Le retour fut interminable. Amy cachait sa douleur, mais au fond d'elle une joie immense l'inondait.

Les jours suivants se ressemblèrent sensiblement. Quelques familles devaient encore être livrées. La fatigue s'accumulait et les douleurs s'intensifiaient. Zach et Peyton chargeaient le pick-up pendant qu'Amy traçait leur itinéraire. Ils retournèrent d'abord chez l'ancien pour lui livrer du bois puis ils apportèrent une nouvelle paire de lunettes à la grand-mère. La route était sinueuse lorsqu'ils arrivèrent auprès du petit bungalow gris. Un beau soleil illuminait les longs cheveux blancs de l'ancienne assise sur le perron. À leur venue, elle se leva.

— Je savais que tu reviendrais, dit-elle à Amy en lui prenant la main.

Devant ses cadeaux, la mère de l'enfant se sentit gênée.

— Je vous en prie, ne voyez pas mon geste mal placé.

Pour toute réponse, elle lui sourit et les remercia en baissant les yeux. Au moment de repartir, l'ancienne accompagna Amy.

— Pardonne ma fille, la vie a été dure avec elle. Après son mari, elle a enterré sa fille aînée le mois dernier. La petite Alayna est tout ce qui lui reste.

Devant son air stupéfait, elle ajouta.

— Ne sois pas surprise, je sais que tu l'as vue bien qu'elle ne soit plus de ce monde. Je la sens aussi parfois… Ce qui t'est arrivé va te changer, les épreuves sont faites pour que nous grandissions.

Abasourdie, Amy ne trouvait plus ses mots.

Les adieux au groupe d'Américains furent éprouvants. En quelques jours, ils avaient tant partagé, tant donné et tant reçu. Chaque sourire, chaque mot, chaque geste étaient gravés dans leurs esprits. Amy repartit plus forte, plus sûre d'elle, plus heureuse qu'à son arrivée. Mais ce voyage ne s'arrêtait pas là, ce n'était que le début. Elle se promit de revenir…

29

High and dry - Radiohead

Connor fut heureux d'apprendre le voyage d'Amy en terre indienne. Se tourner vers les autres, n'était-ce pas ce qui l'avait sauvé lui-même ? Elle s'était détournée de sa propre souffrance pour comprendre que soulager celle des autres était bénéfique. Amy arriva en fin de journée devant le Macey's coffee shop. Resplendissante, ses cheveux bruns légèrement ondulés se mouvaient sous sa cadence soutenue. Elle ne boitait plus, constata-t-il en regardant ses boots grises. Un manteau crème soulignait ses traits de porcelaine. Un bonnet de la même couleur tombait sur son front avec élégance. Il porta enfin son regard sur son visage discrètement maquillé.

— Quelle démarche ! S'amusa-t-il.

— Tu as remarqué, ironisa-t-elle en se penchant pour répondre à son étreinte.

— Tu as l'air bien.

Elle le regarda un instant. Oui, elle se sentait bien ! Il contourna la voiture pour charger son bagage alors qu'Amy s'immobilisa. La jeune femme blonde qu'elle avait aperçue le soir de l'inauguration du restaurant était de l'autre côté du trottoir. Toujours aussi pâle, elle pointa de nouveau un gigantesque arbre mort du doigt qui ressemblait beaucoup à celui qu'elle dessinait.

— Ce soir, on sort ! s'exclama Connor enjoué par leurs retrouvailles avant de l'entraîner vers la portière.

Elle se retourna, mais la jeune femme n'était plus là.

Ils s'arrêtèrent dans un pub irlandais du centre-ville où un groupe de musique folk jouait. Leur son endiablant résonnait dans la salle. Devant la scène, un groupe improvisa une danse traditionnelle irlandaise qui déclenchait rapidement des fourmis dans les pieds à quiconque les regardait. Le corps bien droit avec peu de mouvements de bras, un rapide jeu de jambes s'exécutait. Très présente dans les fêtes irlandaises, cette danse folklorique respirait la joie de vivre. Devant son regard ébahi, Connor demanda.

— Tu te sens de m'accompagner ?

— Tu plaisantes ? Je ne sais pas faire ça !

Il lui lança un regard empli de défi. Après cette longue journée de marche, sa jambe commençait à tirer, mais elle ne voulait pas taire son orgueil si facilement. Cette musique pénétrait dans chacun des pores de sa peau avec délice. Des frissons l'envahissaient. Son corps répondait naturellement avec des gestes quasi innés. Elle riait tout en levant la tête au ciel. Le rythme la possédait contre toute attente comme soudain réveillée après un si long sommeil. Connor la regardait amusé.

— Tu as ça dans le sang ! S'exclama-t-il.

Soudain, elle perdit l'équilibre et fut rattrapée par les bras de son ami juste avant de trébucher. Ses yeux s'emplirent de larmes.

— Je veux retourner m'asseoir.

— Pourquoi ?

Le regard incrédule de la jeune femme s'assombrit.

— Je ne danserai plus… Ça se voit non ?

Il l'entraîna à l'écart de l'agitation et posa délicatement ses mains sur sa taille. Pas à pas, il commença un slow en la faisant calmement tourner.

— Tu danses, répondit-il.

Face à son expression dubitative, son partenaire se mit à sourire avec un air satisfait.

*

Une semaine après son retour, Amy se sentait toujours immergée par le charisme et la force de ce peuple qu'elle avait rencontré. Karen l'avait trouvé changée. Elle avait repris des séances de kiné pour soulager sa douleur physique, mais la morosité la gagnait de nouveau. Ici, tout était si calme. Elle passait la plupart de ses journées seule avant que sa mère ne rentre du travail. Lorsque le temps était clément, elle allait se promener. D'autres jours, elle s'abreuvait de lectures. Mais souvent ses pensées revenaient vers ce peuple. Ces deux semaines passées parmi eux avaient été si riches en émotions. L'espace d'une seconde, ses pensées allèrent vers Jesse. Que faisait-il ? Pensait-il à elle ? Elle tenta de chasser ses réflexions et décida d'appeler Faith.

Ces derniers temps, une correspondance électronique s'était installée entre elles. Une pudeur empreinte d'une timidité freinait leurs échanges, mais beaucoup de respect et d'intérêt l'une pour l'autre les habitaient. L'absence de réseaux en terres indiennes avait empêché Amy de donner des nouvelles. Soudain, sa voix résonna dans ses oreilles.

— Alors ce voyage ?

— C'était incroyable ! J'ai rencontré des gens émouvants, compatissants, sensibles, moi qui ai souvent côtoyé l'indifférence ou l'égoïsme. Comment ai-je pu rester enfermée sur ma petite personne ? Il y a tant de personnes dans le besoin.

— Ça faisait longtemps que je ne t'avais pas entendue parler comme ça.

— Parler comme quoi ?

— Comme la passionnée que tu es.

Le vingt-quatre novembre, Amy reçut un appel de Peyton. Toujours en Arizona, elle venait de visiter les canyons avec Tori avant de recevoir une invitation des frères musiciens pour fêter Thanksgiving chez Bobby et Sun Weaver. Leur départ se clôturait toujours par la célébration de cette fête avec la famille qui les avait accueillis.

— Ça te dit de venir avec nous ? demanda la jeune femme.

La journée de Thanksgiving fut riche en émotions. Une poignée de bénévoles s'étaient rendus présents, certains étaient allés chercher des familles pour leur permettre de se joindre au groupe. Peyton et Amy se chargèrent de récupérer la famille d'Alayna, et apprirent que Shawn, la mère de la petite, parcourait cinquante kilomètres chaque semaine à pied pour travailler comme femme de ménage dans un motel retranché. C'était les seules ressources de la famille.

Un peu plus tard dans la soirée, chacun profitait de l'instant présent au coin du feu.

— Vous êtes venue, murmura une voix juvénile à ses côtés. Amy sursauta avant de plonger dans le regard de la grande sœur d'Alayna.

— Ma mère ne se remet pas de m'avoir perdue, mais elle n'y est pour rien, dites-lui de jeter ce foulard rouge avec lequel elle dort chaque soir. Dans ma chambre il y a mon journal sous la latte près de mon bureau. Qu'elle le lise, elle comprendra.

Au loin, les montagnes sacrées se reflétaient dans la lueur de la lune. Evereta, la grand-mère, souriait. Amy regarda à ses côtés, la soeur d'Alayna avait disparu. Contre ses jambes, ses mains tremblaient violemment...

30

Oats in the water – Ben Howard

À quelques pas de son immeuble, Faith sortit d'une épicerie les bras chargés de paquets. Sa dernière conversation avec Amy l'avait incitée à l'inviter quelques jours chez elle à Phoenix. À l'aube des festivités de Noël, cette ambiance renvoyait un goût amer à son amie. Bientôt une année qu'Amy avait perdu Chris, qu'elle n'avait pas chaussé ses pointes, qu'elle n'avait pas foulé le parquet de l'Opéra de Paris. Un an qu'elle n'était pas retournée en France. Il n'y a pas si longtemps, c'est elle qui se trouvait dans le besoin, et le soutien de Connor l'avait profondément aidée. Faith traversa la rue où s'élevait son immeuble lorsqu'elle s'arrêta à l'angle de Jefferson avenue. Que faisait encore cette femme devant chez elle ? De longs cheveux blonds, une peau très pâle, c'était bien celle qui la suivait depuis quelques jours. Elle serra davantage ses paquets contre son corps tout en essayant de dissimuler sa peur. Toujours aussi angoissée que la première fois qu'elle rencontra l'une de ces personnes disparues, elle demanda d'une voix tremblante.

— Que me voulez-vous ?

— Il faut aller sous la lune !

Comme souvent elle ne comprenait pas tout de suite ce qu'ils voulaient leur dire, mais elle savait pertinemment qu'ils étaient tenaces.

— Quoi ?

— L'arbre, répéta-t-elle en désignant un grand cyprès visiblement mort.

Les phares d'une voiture aveuglèrent brusquement Faith. Angoissée, elle regarda autour d'elle et dut se rendre à l'évidence, l'esprit de cette femme était parti. « Elle reviendra bientôt » murmura une petite voix dans sa tête, ils revenaient toujours.

À cette heure tardive, un concentré de lumières se reflétait à travers les nombreux immeubles de verre lorsqu'Amy arriva vers son amie et descendit de sa voiture. Elle releva la tête vers le haut building et laissa échapper un petit sifflement admiratif.

— C'est impressionnant ! s'exclama-t-elle.

— Bienvenue à Phoenix !

Amy ne put retenir son enchantement en pénétrant dans le logement de son amie. En plein centre de la ville, l'immeuble surplombait le quartier des affaires. La vue du quinzième étage était imprenable. Cet appartement de plus de cent mètres carrés était clair. Une décoration architecturale sobre apportait élégance et raffinement.

— J'ai préparé un repas français ! S'engoua-t-elle en lui tendant un verre de vin blanc.

Ce petit clin d'œil à ses origines lui alla droit au cœur.

— Connor m'a dit que tu allais repartir ? demanda Amy en s'asseyant confortablement sur un large sofa en cuir blanc.

— Tu sais, je ne peux pas rester inactive longtemps. Une nouvelle mission humanitaire commence en janvier à Haïti.

— Pour combien de temps ?

— Je pars un mois. Ça va me faire du bien de changer d'air, tu devrais en faire autant.

Devant l'air résigné de son amie, Faith ajouta.

— Tu sembles fatiguée Amy. Je ne pense pas que rester à Flagstaff soit ce qui te convient. Tu as besoin de changement toi aussi.

Songeuse, Amy se hasarda à la confidence.

— Je l'ai vue, la fille dont je rêvais… elle est morte, finit-elle en appuyant consciencieusement sur chaque syllabe.

Dévisageant Faith comme pour chercher une réponse, elle avait toute son attention et reprit rassurée par son regard qui l'encourageait à poursuivre.

— J'y suis retournée voir la famille d'Alayna. Sa mère est venue me parler, elle avait quelque chose de différent dans le regard, comme une nouvelle lueur. Elle m'a dit avoir trouvé le carnet dont je lui avais parlé et qu'elle se sentait libérée d'un poids. De quoi parlait-elle ?

— Je suppose que sa fille avait besoin de lui dire quelque chose avant de partir.

Faith porta son café à ses lèvres avant de poursuivre d'une voix posée.

— Et tu étais ce lien.

— Je ne suis pas sûre de comprendre.

— Tu es comme moi Amy, murmura Faith en pesant chaque mot. Retourne à Paris régler ce qui est resté en suspens et à ton retour je te montrerai.

31

Secretly – Skunk Anansie

29 décembre 2010

Rien n'avait changé à Paris. Toujours la même effervescence, la même énergie. Amy avait loué une chambre d'hôtel juste à côté de l'Opéra. Les souvenirs de sa chambre de bonne lorsqu'elle avait une vingtaine d'années remontèrent à la surface. Des années d'apprentissage de la danse, des journées interminables de travail, des soirées à panser les blessures de ses pieds meurtris, mais aussi des journées enfermées avec Jesse. Malgré toutes ses concessions, elle était fière de son parcours. Puis il y eut sa consécration, ses voyages à travers le monde, sa rencontre avec Chris. Il était entré dans sa vie au moment où elle en avait le plus besoin. Cet homme dont la présence accrochait le regard avait été son pilier. Ils s'étaient croisés plusieurs fois alors qu'elle était encore à l'opéra. Elle avait senti ce regard insistant porté sur elle jusqu'au jour où il l'aborda au cours d'un cocktail pour lui dire le plus simplement du monde qu'elle était faite pour danser avec lui. Elle avait d'abord ri puis il l'avait convaincue de venir rencontrer sa troupe de danse contemporaine. Sous la puissance d'un son atypique, leur premier pas de deux ne dura pas plus d'une minute, mais cet instant fut le plus intense de sa vie de danseuse. Leurs corps avaient fusionné avec un naturel déconcertant.

— Je te veux dans ma compagnie, avait-il simplement ajouté.

Ils parlaient le même langage corporel. Sa patience pour l'apprivoiser l'avait séduite. Son charisme sur scène, son rire spontané. Chris était un électron libre, une source d'inépuisable d'inspiration. Le contemporain lui collait à la peau. Son engouement était communicatif, il avait été son mentor, son professeur pour elle qui découvrait une nouvelle technique. N'ayant jamais ressenti pareille liberté en dansant, elle s'était découverte. Personne mieux que lui ne pouvait comprendre les week-ends de répétitions, les vacances passées dans un autre pays pour partir danser. Le travail passait avant tout, et il savait mieux que quiconque qu'un danseur ne se reposait jamais vraiment. Tout en se remémorant le passé, Amy se promenait le long de la Seine. Dans quelques minutes, elle allait retrouver les parents de Chris. Ils s'étaient donnés rendez-vous au pied de la tour Eiffel. Une nervosité grandissante l'envahissait progressivement. La dernière fois qu'ils s'étaient vus, c'était au Noël 2009, quelques jours seulement avant qu'ils s'envolent pour New York afin de danser pour la soirée du Nouvel An, quelques jours avant que leur fils meure.

— Amy ! s'écria Maddie.

Madeleine Faure marchait énergiquement avec son mari, Pierre Faure, à son bras. Elle ne les avait vus que deux fois dans sa vie, à son mariage et l'année dernière, mais avait tout de suite été adoptée. Les deux femmes s'embrassèrent.

— Tu sembles reprendre des forces.

Durant ces longs mois, elles avaient échangé quelques lettres. Amy leur avait envoyé les dernières photos de leur fils prises ensemble. Les parents de Chris semblaient avoir vieilli, constata-t-elle tristement. Ils prirent un café le temps d'échanger quelques nouvelles. Le deuil était long pour eux aussi. Qu'y a-t-il de plus horrible que la mort d'un enfant ? Une pudeur les empêchait d'être plus naturels et malgré la joie de se voir une tristesse inévitable planait au-dessus de leur tête. Ils parlèrent de tout et de rien, un peu de l'actualité dans le monde, du souvenir de Chris, de leur appartement. À présent, elle était prête à tourner la page.

— Je ne vais pas garder notre logement, consentit-elle le regard grave.

— Je m'en doutais. J'ai rassemblé des affaires que Chris avait laissées chez nous dans ce sac. Il y a beaucoup de photos de vous deux, des objets. J'ai pensé que…

— Merci beaucoup Maddie.

Amy saisit la besace de sport noir qui appartenait à Chris et sentit une vive émotion la gagner. Sa vie avec lui se résumait désormais dans ce sac.

— Que vas-tu faire maintenant ?

— Je ne sais pas, je dois avouer que je suis totalement perdue...

— Ne reste pas seule Amy. Tu es jeune, tu dois refaire ta vie.

Ses mots la surprirent et sonnèrent étrangement dans leurs bouches. Cette situation semblait si déroutante. Une larme perla le long de sa joue.

— Sache que l'on veut ton bonheur, tu le mérites et notre porte te sera toujours ouverte.

La rencontre avec les parents de Chris avait été salvatrice. Amy passa le reste de sa journée dans son ancien appartement où le passé était resté figé. Après avoir contacté son agent immobilier et consigné leurs meubles, elle termina de mettre de l'ordre dans ses affaires et signa les papiers nécessaires. Elle avait mûrement réfléchi avant d'agir et bien que ce fut douloureux, elle se sentait comme libérée d'un poids. Mais il lui restait encore une chose à faire. Le corps de Chris avait été rapatrié en France pour être enterré dans le tombeau familial. C'est donc le soir du 31 décembre qu'elle se rendit pour la première fois sur sa tombe. Un bouquet de fleurs à la main, elle s'assit sur le socle en marbre et déposa son alliance accrochée à un médaillon. Les pleurs l'envahirent de longues minutes avant qu'elle n'entende au loin les festivités du passage à l'année 2011.

*

Riche de ses décors, un jeu de couleurs et de lumières caractérisait le palais Garnier. Une voûte de mosaïques offrait une vue somptueuse sur un grand escalier en marbre. Pénétrant dans une des loges, Amy s'assit sur l'un des deux mille sièges de velours. La grande salle de spectacle constituait le cœur du palais... un lieu où elle avait dansé tant de fois. Malgré l'effort que cela lui demandait, il fallait qu'elle aille au bout. Dans les coulisses de l'opéra, une partie de l'équipe était toujours présente et salua sa venue. Beaucoup n'osaient pas la regarder ou tentaient d'éviter de parler de ce qu'elle avait vécu et une gène palpable s'installa rapidement. Elle s'éclipsa pour retrouver le parquet qu'elle avait tant frappé de ses pointes. La même odeur l'enivra, la même émotion la submergea. Elle s'assit au milieu de la scène et ferma les yeux. Une musique de Casse-noisette parvenait dans sa tête, la chaleur des projecteurs braquée sur son visage, le bruit délicat du tissu qu'elle portait...

— Ça fait du bien n'est-ce pas ?

Amy se retourna et plongea son regard dans celui de Marie-Ange, une chorégraphe d'une cinquantaine d'années qu'elle avait toujours appréciée. Se relevant doucement, elle s'avança vers elle pour l'embrasser.

— C'est bon de te revoir.

Son doux regard lui avait manqué.

— Je suis navrée de ce qui t'est arrivé. Comment te sens-tu ?

— Je progresse bien, mais la danse c'est fini...

— C'est ce qu'ils t'ont dit ? demanda-t-elle en arquant les sourcils.

Amy acquiesça en fixant le sol.

— Pourquoi baisses-tu si facilement les bras ?

Marie-Ange pencha sa tête sur le côté pour déchiffrer son expression et lui releva doucement le menton.

— Tu t'es battue durant des années, tu as sacrifié tant de choses. Il faut te battre Amy !

Une étincelle se mit à briller dans ses yeux.

— Relève ta tête, redresse tes épaules ! ajouta-t-elle en joignant les gestes à la parole. Je connais un professeur spécialisé dans la rééducation qui pourrait t'aider à reprendre confiance en toi.

172

32

Since I told you It's over - Stereophonics

Des jours de doute et de remise en question avaient assailli Amy. Les mots de Marie-Ange résonnaient au fond de sa mémoire. Était-elle prête à franchir cette étape ? À cette idée, l'angoisse la tétanisait.

— Il est temps que tu rencontres ce chorégraphe, avait annoncé Faith.

Elle avait longtemps imaginé ce jour : voir jusqu'où son corps pouvait encore aller. Forte de ces mois de kinésithérapie, elle avait réussi à reprendre une certaine tonicité. Ivan Avilov était un danseur étoile Russe aujourd'hui chorégraphe à Paris. Reconnu par ses pairs, il avait lui-même été victime d'un accident qui l'avait conduit à s'ouvrir sur une nouvelle technique. À l'écoute de son corps, il avait appris à reconnaître ses limites et nombreux étaient les danseurs qui venaient pour ses conseils. Amy avait passé deux jours avec lui. Entre exercices de base, tests de force et d'équilibre, il en était venu à une conclusion.

— Tu as beaucoup de peur en toi, avait-il annoncé avec un accent russe. De la colère aussi, tu dois apprendre à la contrôler, te servir d'elle comme d'une force. Il va falloir que tu travailles le mental pour lâcher prise. Ton corps te dira ses limites, fais-lui confiance.

— Vous voulez dire que je pourrais de nouveau danser ?

— Je connais un chorégraphe à New York qui pourrait te prendre quelques mois avec lui, si tu es d'accord. Il saura t'initier à une technique plus adaptée à ton problème. Ce sera peut-être différent, mais tu danseras.

Les choses s'accélérèrent rapidement. Avilov prit les choses en main, un coup de fil à son ami chorégraphe et le tour était joué. Amy commençait les cours dans quatre jours. Une peur incontrôlable l'avait déstabilisée. De retour à Flagstaff auprès de Karen, elles s'apprêtaient à profiter de ces derniers jours ensemble. Comme à chaque fois qu'elle arrivait sur les lieux de son enfance, elle ne pouvait s'empêcher de laisser ses pensées affluer vers Hailey, et immanquablement un nouveau rêve la réveilla en pleine nuit. Différent cette fois, il faisait remonter ses peurs les plus profondes quant à ses qualités pour danser à nouveau. Dans son rêve, Hailey foulait le parquet de l'opéra de Paris devant une foule qui l'acclamait, mais c'était son propre prénom qu'Amy entendait crier par des fans. Son amie d'enfance se retourna pour lui faire face, avec un regard arrogant et un visage à moitié brûlé, elle poussa un rire guttural lorsqu'Amy réalisa qu'elle usurpait son identité.

Une longue journée de marche à contempler une dernière fois le Grand Canyon, Karen et Amy rentrèrent épuisées. Appuyée contre la vitre de la voiture, la jeune femme s'imprégnait de ce paysage rougeâtre. Ses pensées s'envolèrent à différentes périodes de sa vie plus ou moins heureuse. Bientôt, le visage de Jesse se dessinait au milieu de ce décor. Lui conseillerait-il d'aller à New York ? Elle ne l'avait pas revu depuis des mois. Arrivée à la maison de Karen, elle tenta une énième fois de l'appeler. Une initiative pour laquelle l'hésitation l'avait longtemps assaillie. Sans être sûre qu'il ait conservé le même numéro, son portable semblait visiblement toujours éteint. Prise d'une soudaine étincelle, elle se rappela son carnet d'adresses dans les affaires que lui avait rendues la mère de Chris. Le numéro d'un hôtel à New York où Jesse avait élu domicile ces dernières années figurait au bas d'une page. Après une longue réflexion, elle appela.

— Bonjour ! Je souhaiterais parler à Jesse Stone s'il vous plaît. C'est un habitué de votre hôtel et...

— Je suis désolée Madame, coupa une voix masculine quelque peu gênée. Monsieur Stone ne peut plus venir ici...

— Pourquoi ?

— Hé bien...

Il s'éclaircit la gorge un instant apparemment embarrassé, puis ajouta d'une voix désolée.

— Parce qu'il est mort, Madame.

Sa conscience se bloqua un instant. Seule une image parvenait difficilement dans son esprit. Ses yeux bleus, puis une voix rauque qui l'appelait. Tout tournait dangereusement autour d'elle. Une bile désagréable lui renvoyait un goût amer dans la bouche. Elle gesticulait les bras avec frénésie sans être vraiment consciente de son corps alors qu'un point douloureux au niveau du cœur l'empêchait de respirer. Ouvrir la bouche. Crier. Ses jambes ne la supportaient plus, elle allait chavirer...

10 mars 2011 – 22h

Allongée sur son lit, son regard fixait le plafond depuis plus d'une heure. « Runaway train » du groupe Soul Asylum tournait en boucle dans sa chambre depuis des jours. Elle avait tenté des recherches sur la mort de Jesse, rapidement abandonnées face à la souffrance qu'elle ressentait. Un accident de voiture quatre jours après son propre accident, non loin de l'hôpital où elle se trouvait. Sans le savoir, il avait été tout près d'elle ce soir-là. Des souvenirs s'insinuèrent dans sa mémoire. S'il était mort dans un accident quelques jours après le sien, était-ce son esprit qui était venu à elle ? Ces derniers temps, de nombreuses images de Jesse l'envahissaient. Tant de souvenirs, mais aussi tant d'occasions manquées. Il lui devenait insupportable de réaliser qu'ils s'étaient ratés toutes leurs vies...

Des moments passés ensemble lui apparaissaient sous ses yeux comme un rêve éveillé.

— Que fais-tu ? s'entendait-elle demander.

— Je réécris les paroles d'une chanson. Tu veux écouter ?

Comme la berceuse fétiche d'un enfant, le son de sa voix cassée mêlée à sa guitare l'avait toujours apaisée. Elle se laissa aller tout contre son oreiller et ferma les yeux en l'imaginant courbé sur son instrument, les cheveux lui recouvrant les yeux. Il releva son visage, chassa une mèche rebelle de sa main et lui adressa un sourire ravageur en plein cœur. Sur cette image, elle ferma les paupières pour plonger dans un sommeil agité.

22h46

Des cris, la panique. Devant ses yeux, des personnes couraient tout en regardant derrière eux le regard tétanisé. Une femme âgée trébucha, un enfant pleura, soudain, tout fut emporté. La force de la vague déferlante était indescriptible. Sous sa puissance, rien ne résistait. Des voitures, des maisons, des arbres, des milliers de gens se retrouvaient prisonniers, comme aspirés dans sa course folle. Soudain, quelque chose de dur l'assomma, son corps inerte fut secoué, heurté et ballotté pour sombrer dans l'eau noire.

Amy se réveilla en sueur. Tremblante de la tête aux pieds, elle mit quelques instants avant de reprendre ses esprits. Autour d'elle, tout était calme. Venait-elle de rêver un événement qui allait se produire ? Ces derniers temps, ses intuitions avaient redoublé de justesse, cette réflexion lui fit froid dans le dos.

Le soleil inondait le salon de Karen alors qu'Amy, assise sur le canapé du salon, regardait les informations en boucle depuis plus d'une heure, les mains cramponnées à son pantalon. Ses doutes s'étaient confirmés. Un séisme suivi d'un tsunami avait décimé le nord du Japon.

— Tu devrais manger quelque chose ma chérie…

Karen reposa le plateau-repas sur la table basse pour s'asseoir à côté de sa fille. Murée dans un profond silence depuis plusieurs semaines, c'était la première fois qu'Amy montrait de l'intérêt pour quelque chose. Son état l'inquiétait. Plus d'un an depuis l'accident, elle ne semblait pas parvenir à remonter la pente et se renfermait sur elle-même.

— Je vais aller au Japon, annonça Faith au téléphone quelques heures plus tard.

— Je viens avec toi.

Amy avait déclaré cette phrase spontanément.

— Et New York ?

— Je ne suis pas prête…

33

Live on Mars ? – *David Bowie*

Des jours d'attente pour la mise en place des missions humanitaires et la réouverture des vols aériens. Une escale à New York pour la constitution des aides étrangères et le départ des équipes pour le Japon. Un séisme suivi de nombreuses répliques était survenu au large des côtes nord-est de l'île de Honshu. Des milliers de morts et de blessés ainsi qu'un nombre élevé de disparus relevaient d'un premier bilan. Des millions de foyers sans électricité, un million de maisons sans eau courante, des sols pollués par les déchets chimiques liés à l'explosion des réacteurs des centrales nucléaires de Fukushima. Des axes routiers détruits, de nombreuses infrastructures coupées, des pertes économiques désastreuses, entraînaient le Japon dans une reconstruction de plusieurs années. Alors que le bilan de victimes ne cessait de s'alourdir, de nombreux blessés affluaient dans les centres hospitalisés qui se retrouvèrent vite saturés. Un nombre considérable de disparus entraînèrent le déploiement de milliers de soldats japonais et américains. De leurs côtés, les pays étrangers se mobilisaient pour rassembler des vivres de première nécessité et des associations humanitaires assistaient les rescapés de la catastrophe au moyen de cliniques mobiles.

Amy n'avait jamais connu pareille désolation. Renfermée sur elle-même depuis bien trop longtemps, cette catastrophe lui ouvrait les yeux et la plongeait corps et âme dans cet élan gigantesque de solidarité. Plus d'un mois dans la souffrance d'autrui. Les mots de Faith prenaient tout leur sens et la douleur d'Amy s'effaçait devant l'anéantissement des autres. Jour après jour, elle se sentait utile.

D'un regard bienveillant, Faith observait son amie s'ouvrir aux autres. Elle se reconnaissait beaucoup en elle. Sa souffrance avait été la sienne autrefois. Amy avait besoin de se tourner davantage vers les autres. Elle avait cette empathie innée et surtout cette capacité à sentir tout un monde invisible peuplé d'âmes perdues. Tout comme son amie, Faith avait mis longtemps à comprendre ce qu'elle voyait autour d'elle et avait passé des années de repli sur soi à se croire folle alors qu'elle était juste différente. De nombreuses rencontres avec des gens comme elle lui avaient permis d'apprendre à gérer ses peurs et progressivement de comprendre.

Alors qu'elle regardait Amy occupée à aider un homme à se déplacer, une nouvelle secousse fit trembler la terre. Un mouvement de panique gagna les habitants encore très choqués par ces multiples répliques qui ne cessaient d'alimenter leur peur. Dans un affolement général, certains couraient, criaient, pendant que d'autres se recroquevillaient à même le sol, pétris d'effrois. Amy fut projetée à quelques centimètres de la chaussée où les automobilistes tentaient de s'arrêter frénétiquement et provoquaient une conduite dangereuse. Faith cria son prénom de toutes ses forces avant de courir à sa rencontre. Très vite relevée par un Japonais, Amy se montra choquée un instant.

— Tu vas bien ?

Son amie auprès d'elle, Amy porta sa main à sa tête. Une grimace marqua son visage.

— Je ne sais pas ce qu'il s'est passé.

Sa voix semblait teintée de peur.

— J'ai dû perdre l'équilibre.

— Tu saignes, constata Faith en essuyant son front du revers de la main. Viens, allons nettoyer ça.

Alors qu'elle conduisait Amy à un poste de secours, quelque chose la perturbait. Elle aurait juré voir une ombre noire encercler son amie une seconde avant sa chute.

34

All I know – *Matt Walters*

Riche de cette expérience, Amy n'avait cessé de redoubler d'énergie depuis son retour en Arizona. Sa vie prenait un tout autre sens depuis Haïti, il y avait tant de souffrances et de misères autour d'eux. Elle avait tant fermé les yeux jusqu'à maintenant. Aider moralement et physiquement lui faisait du bien. Elle passait des journées sur internet à la recherche d'une nouvelle mission humanitaire et c'est sans surprise qu'elle annonça son départ pour un nouveau voyage de deux mois. À l'heure où la famine régnait en Afrique de l'Est, c'est comme une évidence qu'elle choisit l'Éthiopie. Avec ses quatre-vingts millions d'habitants, ce pays ne manquait pas d'attrait. Outre une population relativement hospitalière et des paysages incroyables, la gigantesque capitale, Addis-Abeba, était en ébullition constante. Alors que s'alignaient de nombreuses files de voitures sur une route sans marquage, des gens s'agitaient du matin au soir. Sur place depuis bientôt deux mois, Amy semblait s'être accoutumée à ce pays. Avec quelques bénévoles, ils s'étaient confrontés au vaste marché de la capitale et avaient pris pour habitude de déguster leurs délicieux cafés dont les plantations étaient ici les plus anciennes. La cuisine éthiopienne n'avait plus de secrets pour eux. Entre ragoûts, sauces et légumes, c'est avec une curiosité indécente qu'ils s'étaient essayés à la découverte de nouveaux plats malgré la famine qui s'étendait dans certains pays africains depuis trop longtemps maintenant. Ce paradoxe était d'ailleurs affligeant et totalement déroutant, c'est pourquoi l'association, parmi tant d'autres, s'était tenue de réapprovisionner les vivres avec les dons de leurs bénévoles. Pour cette cause, Amy s'était montrée généreuse, mais face à cette impuissance flagrante, c'était le minimum qu'elle pouvait faire.

C'est au milieu des enfants des rues de cette ville qu'elle avait découvert la désolation, mais surtout la maigreur qui terrassait leur petit corps. La famine en Afrique ne datait malheureusement pas d'aujourd'hui, mais le voir sur place meurtrissait profondément chaque volontaire. À cela, s'ajoutait le sida qui ravageait parents et enfants. Sans pouvoir remédier à ce problème, des volontaires sans compétences médicales tentaient de surmonter les conséquences de cette maladie. Des leçons d'école en plein air à la réfection d'un bâtiment, plusieurs groupes de bénévoles intervenaient pour de nombreuses missions. Lorsqu'Amy découvrit les bienfaits d'une activité musicale, elle se mit à faire gesticuler la petite fille qui ne la quittait plus depuis des jours. Son sourire l'inonda de bonheur. D'autres enfants les imitèrent et bientôt une danse festive s'emparait de la cour de l'orphelinat. Ici, il n'y avait pas besoin de parler la même langue, les regards, les rires suffisaient. Ce moment de joie spontanée avait éveillé la jeune femme. Ces enfants avaient besoin d'attention, mais aussi de se sentir vivants et d'oublier leurs maux, le temps d'une danse ou d'un jeu pour retrouver l'innocence de leur jeunesse.

Les jours qui suivirent, un groupe de bénévoles s'orienta vers le langage corporel. À travers leurs musiques, les enfants initièrent leurs nouveaux compagnons à travers un chant traditionnel. Leur danse semblait innée et très inspirée. Alors que la saison des pluies commençait, Amy se vit confier l'organisation d'un petit spectacle de danse que les enfants représentèrent un soir dans la rue. Sur fond de battements de mains et de percussions, ils se déchaînaient le sourire aux lèvres. Alors que des programmes pour former des adolescents défavorisés à la danse existaient depuis une quinzaine d'années, une troupe contemporaine passa dans la rue à ce moment. Amy tentait d'imiter un des jeunes orphelins, lorsqu'un danseur de la troupe l'attrapa par le bras. Se laissant d'abord guider, elle fut rapidement rattrapée par le rythme dynamique des tambours. L'énergie montait en elle pendant que cette musique s'insinuait avec force. Une inspiration nouvelle la gagnait. Une euphorie grandissante l'enivrait, les enfants et les adultes, tous étaient dans la même énergie. L'espace d'un instant, elle perdit toute notion avec la réalité. Elle avait oublié son corps, la peur, sa jambe, et elle comprit que rien n'était terminé. Sa peau frissonnait toujours, les fourmillements dans le creux de son ventre, l'accélération de son pouls, tout vibrait toujours en elle lorsque la danse l'emportait. C'était toujours en elle.

Parmi la foule de danseurs, une silhouette se dessinait au loin. Ce sourire elle le reconnut entre tous. D'un hochement de tête approbateur, Chris lui donnait son aval.

35

Runaway train – Soul Asylum

Obsédée par l'idée de se rendre à Londres depuis son retour d'Éthiopie, Amy choisit de s'y retirer quelques jours. Ses voyages humanitaires l'avaient profondément changée, mais rentrer en Arizona l'effrayait. Un chamboulement la ravageait au plus profond d'elle-même. Ses nuits se peuplaient de furtives images angoissantes et ses yeux bleus... Réveillée en sueurs avec la musique puissante de la danse des chevaliers de Prokofiev, cet air sinistre de l'opéra de Roméo et Juliette ne quittait plus son esprit. Depuis son accident, sa vie partait dans tous les sens et elle n'avait aucun port auquel se raccrocher. Tout ce qu'elle avait toujours connu n'était plus et elle devait apprendre à vivre avec ses manques. Installée depuis trois jours dans le quartier de Soho à Londres, elle se laissait aller au gré des festivités qui peuplaient la ville pour l'été. Longue d'un kilomètre et demi, Piccadilly s'étendait de la cité de Westminster à la place de Piccadilly Circus. Amy traversa le prestigieux quartier de Mayfair, ses ambassades et boutiques de luxe. Au Sud, le quartier de Saint James abritait le quartier gouvernemental au cœur de Downing Street et ses bâtiments classés. Un peu plus tard, arrivée au pied de la fontaine de Piccadilly Circus, son regard se porta sur l'ange trônant gracieusement au sommet de l'édifice. Autour d'elle, une multitude d'enseignes lumineuses offraient un éclairage merveilleux. La nuit tombait et apportait une fraîcheur bienvenue lorsqu'une affiche attira son attention : l'opéra de Roméo et Juliette de Prokofiev se jouait au Royal Albert Hall demain soir. Aux notes tourmentées qu'elle imaginait, les battements de son cœur s'accéléraient. Ce signe l'intrigua et c'est quelque peu angoissée qu'elle décida de s'y rendre le lendemain. Depuis Hyde Park, le plus grand parc de Londres, se dégageait le dôme au détour d'une allée de platanes. Une des salles de concert les plus connues du Royaume-Uni, le Royal Albert Hall accueillait chaque été le festival des Proms pour une saison estivale de huit semaines de concerts. Le souffle court et les mains tremblantes, Amy s'imprégnait de cette musique et la sinistre danse des chevaliers de Prokofiev la pénétra de l'intérieur. Revoyant les mouvements de son corps sur ses accords funestes, son cœur palpitait. Quelques minutes de grâce éphémères dont elle retenait les plus infimes plaisirs. Elle ressortit légère de cette sphère enchanteresse. Un air doux lui caressait le visage. Elle décida de longer Hyde Park avant de prendre le métro en direction de Soho, mais baignée de ses sonorités alternatives et harmonieuses, elle remonta jusqu'à Camdem Town. À cette heure tardive, les boutiques fermées de Chalk Farm Road plongeaient la rue dans un calme angoissant. Au loin, des bruits sourds parvenaient progressivement à ses oreilles. Au nord de Camdem Market, une foule de plus d'une centaine de personnes avançait dans sa direction. Des émeutes survenues après la mort d'un homme noir dans une fusillade avec la police embrasaient Londres. Elle devait immédiatement redescendre la rue pour regagner le métro, mais les manifestants semblaient trop empressés et arrivèrent rapidement droit dans sa direction. Quelques émeutiers couraient avec des bâtons à la main, lorsque, bousculée par un homme cagoulé, Amy se prit d'un soudain mal de tête. Les mains sur les tempes, sa vue se brouillait. Des images saccadées s'insinuaient dans son esprit, un visage, Jesse... Secouée de tous côtés, elle tomba à genoux. Malgré le violent tiraillement de sa jambe, elle s'agrippa à un homme avant de tomber de tout son poids sur l'asphalte. Ses cris alertèrent un jeune homme qui s'empressa de la relever. Pensant qu'elle venait de prendre un coup, il interpella l'agresseur, mais ce dernier l'assaillit de coups avant de partir en courant. Amy cria avant d'être emportée par le mouvement de foule lorsque son regard croisa des yeux bleus familiers.

— Jesse ? cria-t-elle en poussant toute personne s'interposant entre elle et cet homme.

Elle douta un instant de cette vision improbable. Tremblantes, ses jambes avançaient au hasard malgré le mouvement de foule qui l'emportait inexorablement loin de cette ombre. Ébranlée et choquée, elle se retira péniblement pour longer les murs et rebrousser chemin. Les folles secondes qu'elle venait de vivre lui parurent irréelles. Déjà, les manifestants s'éloignaient pour laisser le calme régner de nouveau. Essoufflée, son corps se laissa aller au sol.

36

Still trying – Nathaniel Rateliff

Septembre 2011 – New York

8h50. Le quartier de Manhattan se figea. Une minute de silence dans un calme irréel et une unité poignante. Une sobriété respectueuse unifiait New York en ce dixième anniversaire des attentats du Word Trade Center. Devant le bassin Nord du mémorial, Amy déposa des roses rouges en effleurant le nom des victimes. Un dimanche commémoratif où un recueillement général honorait la mémoire des disparus alors que des pluies diluviennes s'abattaient sur la ville. Une semaine seulement après le passage d'un ouragan qui causa la mort d'une quarantaine de personnes.

Arrivée aux États-Unis depuis quelques jours seulement, Amy avait décidé de reprendre sa vie en mains. Métamorphosée par ses voyages, une sérénité nouvelle la caractérisait. Elle avait contacté le centre chorégraphique pour une nouvelle inscription et préparé son déménagement. Des cartons s'accumulaient dans chaque pièce de son nouvel appartement, mais déjà la danse l'obsédait et des figures techniques s'imposaient dans son esprit. En ce lundi matin, le jour tant attendu de sa reprise, ses pieds se plaçaient en position de base alors qu'elle portait son café à sa bouche. Instinctivement, son dos reprenait une ligne correcte et le sommet de son crâne cherchait à atteindre une ligne imaginaire. Dans le centre chorégraphique Richardson, un calme olympien régnait. Une grande salle blanche démunie de miroir, le bruit délicat d'un pas frottant le parquet. Au fond de la pièce se trouvait un homme de dos. Des omoplates finement dessinées, des muscles bien travaillés. Vêtu d'un débardeur blanc et d'un pantalon ample, il nouait ses cheveux frisés. Devinant l'arrivée de son élève, il se retourna et plongea des yeux gris dans les siens. Après une explication succincte du travail à produire, ils entamèrent un premier échauffement pour assouplir les muscles. Peaufinant son élasticité depuis quelques mois, Amy avait rapidement retrouvé sa flexibilité. Appuyée à la barre, c'est au son d'une musique classique rythmée qu'elle exécuta pliés, dégagés, ronds de jambe.

— Très bien, montre-moi les bases.

Sur l'injonction de son maître, elle exécuta un premier battement de jambes.

— Fouetté pointe ! Demi-pointe ! Plié ! Pense à ton port de bras.

Engagés sans être crispés, ses bras créaient une ligne en courbes arrondies. Une main détendue pour parfaire le mouvement. Ses gestes revenaient spontanément pour son plus grand plaisir. Une posture droite, un bon appui au sol, un ventre gainé, tout lui revenait naturellement en mémoire.

— Arabesque ! ordonna-t-il.

Son pied de terre poussa fort le sol.

— Tends bien le genou ! Étire tes bras ! Oui ! s'exclama-t-il avant qu'elle ne relâche violemment sa posture avec une grimace non dissimulée.

Des gouttes de sueur commençaient à perler sur son front. Sa jambe tremblait.

— Développé !

Un retiré pointe à l'articulation de sa jambe, elle monta son genou le plus haut possible tout en poussant le bas du bassin au sol.

— Tends ton bas de jambe.

Ses grimaces devenaient de plus en plus présentes. Voyant sa difficulté, il ajouta.

— Respire ! Prends la force dans ton ventre et tiens !

Amy laissa échapper un léger grognement.

— Tiens ! répéta-t-il. Non ! Tu crispes la cuisse !

Soudain, elle tomba au sol, le corps tremblant.

— Bon, on va arrêter là pour aujourd'hui.

Son ton était implacable, mais efficace. Amy savait que c'était ce dont elle avait besoin.

Les semaines qui suivirent furent les plus éprouvantes qu'elle n'ait jamais vécues. Amy ne relâchait rien, sa détermination était sans faille. Ses exercices étaient adaptés, contrôlés par un spécialiste. Une fois par mois, elle se rendait dans un centre spécialisé pour voir si ses efforts n'étaient pas dangereux. Le chorégraphe que lui avait recommandé Avilov était surprenant. Puisant sa technique dans une approche nouvelle et essentiellement centrée sur la respiration, Steve Richardson témoignait d'un grand professionnalisme. Amy se découvrait de nouvelles facultés. Bien sûr, ses mouvements étaient différents de ceux qu'elle maîtrisait autrefois, mais ils devenaient beaucoup plus personnels et réfléchis. Elle apprenait comment bien placer sa jambe, s'exerçait à limiter ses efforts et rendre le geste facile.

Elle ne s'octroyait que très peu de moments à elle. Sa seule distraction restait ses séances de webcam avec Faith. Assise en tailleur au pied de sa table basse, elle porta à sa bouche un maki au thon commandé au restaurant asiatique du coin de la rue en attendant la connexion de son amie.

— Tu as encore maigri Amy.

Dans son petit appartement New Yorkais, Amy avait trouvé ses marques. Peu de décorations, peu de meubles, mais l'essentiel était là.

— Moi aussi je suis ravie de te voir Faith ! répliqua Amy la bouche pleine.

— Tu te reposes au moins ? On se fait tous du souci pour toi.

— Tout va bien.

— Est-ce que tu viens pour Noël ?

Amy réfléchit un instant, ces derniers mois étaient passés si vite. Plongée corps et âme dans ses cours, elle en avait oublié le temps et de ce fait l'anniversaire de son amie.

— Je dois te dire quelque chose Amy…

— Attends ! Ne bouge pas, j'ai quelque chose pour toi !

À peine sa phrase terminée, elle s'éclipsa à l'autre bout de son appartement pour se rendre dans sa chambre. Le sac de sport noir que lui avait donné la mère de Chris apparut à l'ouverture de sa penderie. N'ayant pas eu le cœur de se replonger dans tous ses souvenirs, il n'avait encore jamais quitté l'armoire. Amy l'ouvrit et attrapa une boîte à musique emballée dont elle retira le morceau de journal qui la recouvrait. Mais elle n'eut pas le temps de voir l'article de ce papier chiffonné sur le groupe Cold Ashes avec la photo de Jesse et Owen car brusquement elle entendit un bruit assourdissant. Amy lâcha ce qu'elle tenait et courut en direction de la salle à manger.

*

Sous un vent avoisinant les 100km/h, un panneau publicitaire venait d'éclater la vitre de l'appartement d'Amy sous le regard médusé de son amie. Un son effroyable qui avait flouté l'image un bref instant pour comprendre que le vent était la cause de cet événement. Des débris de verre avaient jailli devant l'écran, à l'endroit même où Amy était assise quelques minutes auparavant.

Ce qu'on lui avait annoncé était donc vrai ? se demanda Faith apeurée. Sa dernière conversation avec la jeune femme blonde à la pâleur saisissante lui revenait à l'esprit.

— Vous devez chercher sous la lune, lui avait-elle intimé.

— Que veux-tu me montrer ?

— Je suis morte sous cet arbre. Vous devez faire attention, elle vous guette vous aussi.

Tout s'assemblait dans l'esprit de Faith qui devenait de plus en plus inquiète en fixant l'écran de son ordinateur.

37

Signal fire – Snow Patrol

Face à une préparation intensive, Amy avait rapidement vu les limites de son corps. Retravailler sa position avait été sa première préoccupation. Accompagnée par les conseils de Richardson, elle avait articulé son travail autour d'une approche différente, comme comprendre des capacités d'équilibre différentes pour ne pas trop forcer sur sa jambe, intensifier le travail sur une meilleure respiration. Alors qu'elle effectuait un enchaînement de tours rapides sur demi-pointes, Amy terminait sa variation sur une attitude, une position où le danseur plie une jambe en l'air assez haut.

— Casse ta ligne ! cria Richardson. Et Chute !

La tête au sol, elle respirait intensément.

— Encore quelques jours d'entraînement et tu seras prête.

Elle saisit sa serviette pour tamponner son front transpirant. Sa tête tournait sous la violence de l'effort, mais elle ne voulait rien lâcher.

— Rentre chez toi et repose-toi. Tu l'as bien mérité.

Les jours avaient défilé de manière impressionnante. Amy retrouvait la frénésie de nombreuses journées de travail acharné. Ce rythme l'emportait dans un mouvement qui l'empêchait de penser et qui lui faisait du bien. Dans une semaine avait lieu un gala de charité à New York pour les victimes du tremblement de terre d'Haïti. Rendues très tendance par les stars, toutes les occasions étaient bonnes pour soutenir diverses causes. Se remettre en course dans ce monde médiatisé n'avait pas été dur pour la jeune femme attendue au tournant depuis de nombreux mois. Lorsqu'elle annonça sa participation au gala, les journalistes s'étaient empressés de la contacter et leur volonté de l'interviewer l'avait rapidement déstabilisée. Elle savait que de nombreuses questions l'attendaient. Son retour sur scène se fit au Metropolitan Museum of Arts. Jamais elle n'avait été aussi peu sûre d'elle. Le moindre échec allait être retracé dans les magazines. Quelques minutes avant d'entrer sur scène, une main se posa sur son épaule.

— Marie-Ange ? Que faites-vous ici ?

Un sourire bienveillant inondait son visage.

— Je n'aurais manqué ton retour sur scène pour rien au monde. Tu es une danseuse étoile incroyablement douée.

Elle posa une main sur son épaule qui se voulait rassurante.

— Ta détermination et ton charisme ont toujours fait ta force. J'ai toujours admiré ton travail et maintenant il est temps que tu brilles à nouveau !

38

So far gone – James Blunt

Interview du magazine Dancer

« *Amy Guérin, vous êtes de retour depuis plusieurs mois maintenant, vous nous avez fait l'honneur de danser pour le gala humanitaire de New York l'hiver dernier. Comment avez-vous appréhendé ce moment ?*
J'étais très angoissée évidemment, j'ai beaucoup travaillé pour cette occasion. Richardson, un très bon chorégraphe américain, a repoussé mes limites, apprivoisé mes peurs. Avec lui, il faut accepter les remises en question.
Votre solo à l'occasion du gala a été discuté, vivement salué pour certains, attaqué par d'autres. Qu'avez-vous à dire à ce sujet ?
Un titre d'étoile restera toujours dans la carrière artistique d'un danseur, mais je n'ai plus la prétention d'enchaîner les performances. J'en serais tout à fait incapable. Il y a quelques mois de ça, je ne pensais pas pouvoir remonter sur scène. Aujourd'hui, je danse davantage pour le plaisir.
On vous a dit que vous ne pourriez plus jamais danser ?
Comme quoi rien n'est impossible, il faut croire en soi. Après mon accident, j'ai dû réapprendre à connaître mon corps, me faire confiance, tester mes limites, accepter de ne plus pouvoir faire de prouesses. Chaque personne est maître de sa propre vie, si l'on croit en soi alors beaucoup de choses peuvent se réaliser.
Vous avez enchaîné plusieurs missions humanitaires, on vous dit très engagée depuis quelques mois. Est-ce un moyen de vous réconcilier avec la vie ?
J'avais besoin de retrouver la foi, de voir que ce qui m'est arrivé n'est rien en comparaison de ce que certaines personnes

endurent quotidiennement. Au cours de mes voyages, j'ai rencontré des gens incroyables. J'ai vécu des moments très forts. J'ai donné ma vie à mon art, aujourd'hui je veux le mettre au profit des autres.

Vous avez perdu deux personnes très chères dans des accidents de la route. La mort de votre précédente relation avec le chanteur des Cold Ashes et maintenant votre mari, comment vous êtes-vous reconstruite après ces drames ?

On a parfois des épreuves à vivre, certaines semblent insurmontables, mais il faut continuer comme on peut. Il n'y a pas de hasard, seulement un destin. Si on le refuse, on le traîne toute sa vie. Depuis que j'ai accepté le mien, je reprends goût à des choses très simples.

Vous soutenez plusieurs associations, dont les accidentés de la route, vous serez aux Solidays dans trois jours à Paris. Vous organisez une soirée caritative en juillet à Cannes pour la fondation que vous avez créée en faveur des Indiens d'Amérique, pourquoi ?

J'ai vécu à côté d'eux pendant des années sans rien savoir sur leurs conditions. C'est après un séjour au cœur de leur quotidien que je me suis de nouveau sentie vivante. Je me sens particulièrement attachée à leur valeur. À travers la fondation, nous aimerions sensibiliser les gens, les éveiller à une autre vision de la vie. Nous organisons une vente aux enchères dans laquelle certains de mes costumes de scène seront cédés à ce profit.

Aurons-nous le plaisir de vous revoir danser ?

Je suis invitée en Irlande cet été en tant que danseuse à un spectacle de charité organisé en l'honneur de ceux qui se battent pour faire respecter les droits de l'homme dans le monde. Vous pourrez me voir dans une toute nouvelle création.

Serez-vous accompagnée ?

Non il s'agira d'un solo.

Envisagez-vous reprendre la direction de la compagnie Faure ?

Il n'y a plus de compagnie Faure.

39

Closer – Damien Rice

Profitant de la vue qu'offrait l'un des nombreux ponts de Dublin sur la rivière Liffey, Amy admirait l'architecture sur la berge se déployer sous ses yeux. De la modernité d'une large structure en verre aux façades néoclassiques de Custom House, une poésie chevaleresque se devinait à l'instar des Vikings. Faith la rejoignit après avoir réalisé quelques clichés. Invitée par Amy pour un voyage en Europe, la jeune femme avait saisi cette opportunité pour découvrir un continent qu'elle ne connaissait pas. Découvrir son amie danser avait éveillé son intérêt pour cet art rigoureux. Aujourd'hui, elle comprenait davantage toutes les heures de répétition qu'Amy s'imposait depuis des mois. Sa technique de danseuse était finement travaillée depuis des années et amenait un spectacle parfait. Les cocktails se suivaient et un univers hors norme faisait de ces soirées un moment unique. Faith profitait de ces festivités, mais ce monde qui n'était pas le sien lui semblait si irréel.

Le lendemain se déroula paisiblement entre visites et détente. Dans un enchevêtrement de petites ruelles et de larges rues dans le Dublin médiéval, elles visitèrent le château de Dublin avant de pousser la porte d'un des nombreux pubs de la ville. En cette saison, de nombreuses festivités égayaient le centre. Reconnue pour sa convivialité, cette ville vivante était prisée pour ces escapades citadines et ses nombreuses fêtes souvent improvisées à la tombée de la nuit. Une entraînante musique irlandaise les embarqua dans un pub où une folle ambiance régna une bonne partie de la nuit. Elles ne s'étaient pas amusées ainsi depuis des années.

— On a notre vol demain matin, se rappela Amy en constatant l'heure tardive sur son téléphone. Il faut qu'on rentre à l'hôtel.

Faith consentit avec plaisir. Ces quelques jours l'avaient épuisée et elle n'était pas contre une bonne nuit de sommeil. En sortant du pub, Faith referma son manteau à la suite d'une brise qui lui arracha un frisson.

— Je ne sais pas comment tu faisais pour tenir un rythme pareil, c'est exténuant.

Le corps d'Amy s'immobilisa devant la devanture d'un pub, son regard dévisageait une affichette vieillie. Elle resta un instant interminable devant cette silhouette photographiée. Des cheveux noirs recouvraient de moitié le visage d'un homme jouant d'une guitare. Alors que ses yeux ne quittaient plus l'image, Faith l'interpella.

— On y va ?

En état de choc, Amy se contracta en proie à des tremblements naissants. Elle se rapprocha à quelques millimètres de ce visage familier pour le détailler plus profondément. Au bas de l'affiche, un seul mot « Darragh ». Aucune date, aucun lieu, aucun nom.

Déçue et frustrée, elle arracha le prospectus avant de pénétrer d'un pas décidé dans le pub.

— Est-il venu chez vous ?

— Pardon ? demanda un barman en grimaçant.

Un son énergique et assourdissant restreignait toute conversation. Amy tendit l'affichette pour lui mettre sous le nez.

— Cet homme a-t-il joué chez vous ?

— Ça ne me dit rien, répondit-il après avoir observé la publicité de plus près.

— C'était sur votre mur !

— Ça ne veut pas dire qu'il est venu ici.

— Comment puis-je le trouver ?

— Beaucoup de monde se produit chaque soir dans les nombreux pubs de la ville. Autant dire que c'est mission impossible, avoua-t-il avant de repartir servir un client.

Dépitée, Amy s'assit lourdement sur l'un des tabourets du bar.

— Qui est-ce ? demanda Faith d'une voie douce.

— Cet homme m'a fait penser à Jesse.

Sous le regard radouci et compréhensif de son amie, Amy ajouta.

— Je le vois partout…

Faith posa une main sur son épaule et reprit d'une voix douce.

— Jesse est mort.

Elle releva un visage humide sur son amie.

— Je sais.

*

Alors qu'elles regagnaient leur voiture au bout de la rue en plein milieu de la nuit, une musique festive et familière provenait d'un pub à côté duquel elles passaient, le bear's pub. Des cris joyeux firent sursauter son amie dont le regard se porta sur l'impressionnante tête d'ours qui surplombait la porte vitrée. À travers les vitres, une foule agitée sautait énergiquement sur le rythme d'une guitare électrique. Les vibrations de la basse résonnèrent jusque dans ses entrailles. Tiraillée entre le sommeil et le son enivrant de cette musique, les deux femmes préférèrent rentrer se reposer. Une longue journée de vol les attendait dans quelques heures.

40

All I want - Kodaline

De retour à New York, Amy consentit d'engager son ancien agent. L'ampleur que prenait son retour sur scène lui devenait impossible à gérer seule. Alors que bon nombre de théâtres souhaitaient l'inviter, elle déclina les trois quarts de ces propositions. La peur de retomber dans une spirale infernale la poussait à ne pas vouloir faire deux fois la même erreur. Conviée à répéter ses chorégraphies au sein du Lincoln Center, ce fut non sans une certaine douleur qu'elle franchit les petites marches menant au vaste édifice vitré. Instantanément, le souvenir d'une main dans la sienne à l'approche du dernier spectacle qu'ils allaient donner revint à son esprit. Ce lieu lui avait procuré les plus beaux moments de sa vie, mais aussi les plus durs. Elle respira profondément pour chasser la mélancolie qui montait en elle.

Alternant œuvres caritatives et répétitions, le quotidien d'Amy avait repris un rythme soutenu. Elle avait dégagé une semaine pour participer à l'annuel Food Run organisé par les musiciens Jo et Barry à travers les réserves indiennes de l'Arizona, mais ne put passer plus d'une journée chez Karen qui semblait soulagée de la voir à nouveau active dans le monde qu'elle avait toujours affectionné. Amy fut très vite rattrapée par sa dernière création chorégraphique qui lui avait valu de se produire trois jours au Brooklyn Academy of Music de New York quelques jours avant les fêtes de fin d'année. Une préparation physique quotidienne lui était nécessaire pour renforcer un corps qui avait du mal à enchaîner le rythme imposé. Suivie de près par un médecin spécialisé auprès des sportifs de haut niveau, une pause lui avait été préconisée. Consciente des sacrifices qu'elle devait endurer, elle stoppa les représentations pour un repos forcé de quelques jours en orientant son travail sur le côté promotionnel qui d'après son agent était nécessaire. C'est donc naturellement qu'elle accepta une invitation en tant que spectatrice à un gala de charité à Paris suivi d'une émission de radio en Angleterre en faveur de l'action contre la faim.

Assise sur un sofa en cuir marron, Amy jouait nerveusement avec ses doigts. Autour d'elle, de nombreuses photos d'artistes musicaux. De Led Zeppelin à Bowie en passant par REM et Prince, des dédicaces ornaient un mur en briques apparentes. Son regard fut attiré par la photo d'un concert des Cold Ashes. Jesse, les bras levés vers le ciel, tournait le dos à son public. Le claquement d'une paire de talons ramena Amy dans le présent. Une jeune Anglaise s'assit face à elle, le nez dans ses notes, avant de régler son dictaphone.

— Vous êtes prête ? demanda-t-elle en s'éclaircissant la voix.

Amy prit une profonde inspiration avant de hocher la tête en signe d'approbation.

Réveillée aux aurores par le décalage horaire, Amy tenta un rapide coup d'œil dans le miroir accroché face à son lit. Malgré ses cheveux en bataille, son visage paraissait détendu. Arrivée la veille en Angleterre, ses pensées la conduisaient immanquablement vers l'Irlande. Cet endroit si particulier où elle avait envisagé une seconde l'existence de Jesse... Quelque chose la liait à ce pays. Était-ce le côté mystérieux de ces contrées sauvages ou le désir fou de l'imaginer ? L'envie de se baigner de cette atmosphère enchanteresse la poussa à prendre l'avion pour Dublin la veille de Noël. Les heures défilèrent incroyablement vite. Du château de Dublin à la cathédrale de Saint Patrick, elle arpenta les quatre coins de la capitale. L'après-midi, elle alla se promener dans le Dublin Georgien où l'élégance de beaux édifices se mariait avec des jardins paysagers très agréables. Puis après avoir sillonné O'Connell Street pour admirer l'architecture des bâtiments historiques, elle s'arrêta devant l'un des nombreux pubs de la ville lorsqu'elle reconnut la tête d'ours au-dessus de sa tête. De l'autre côté de la porte fermée du bear's pub, une musique euphorisante lui parvenait doucement aux oreilles. Les bons goûts musicaux de cette enseigne piquèrent sa curiosité lorsqu'elle poussa la poignée. Une atmosphère chaude et bienveillante la submergea instantanément. Au son des baguettes frappant violemment une grosse caisse noire, le sol tremblait légèrement sous ses pieds et des gongs réguliers résonnaient dans son cœur. Aux sons d'un folk celtique, un homme tenait frénétiquement son fiddle contre son cou en entraînant son corps dans une danse explosive. Devant lui, une petite foule le suivait avec une euphorie commune. Touchée en plein cœur par cette musique, Amy ne pouvait réprimer les mouvements rythmés de ses jambes lorsque quelqu'un la bouscula.

— Désolée, déclara une voix derrière elle.

Sursautant devant cet appel si lointain, Amy revint doucement à elle.

— Excusez-moi, je ne voulais pas vous faire peur.

Les battements de son cœur semblaient prêt à exploser au son de cette voix. Rêvait-elle ? Elle n'osait se retourner de peur de se tromper.

— Hé ! Ça va ? demanda-t-il en posant sa main sur son épaule.

Une décharge électrique inonda tout son corps. Non, elle ne rêvait pas ! Elle se retourna et plongea ses yeux dans ce regard bleu.

— Jesse ! s'exclama-t-elle au bord des larmes, le corps en proie à des tremblements incontrôlables.

Il s'immobilisa incrédule, avant d'être percuté par les sauts festifs d'un client et de renverser son verre sur son tee-shirt. Il laissa échapper un juron avant de demander.

— On se connaît ?

Elle le dévisageait sans pudeur. Comme heurtée de plein fouet, sa stupeur était totale.

— Je dois nettoyer ça, dit-il en tamponnant une serviette contre son torse.

Il marqua un arrêt et regarda étrangement Amy.

— Je reviens, ne bougez pas ! supplia-t-il lui aussi bouleversé.

Désemparée, les mains tremblantes sur le comptoir, elle le regarda s'éloigner. Dans une attitude totalement désorientée, ses mains encerclèrent son visage brûlant. L'espace d'un instant, elle ne savait plus où elle était. Sa respiration devenait difficile pendant qu'une impression angoissante d'étouffer la paralysait. Le bruit, la musique résonnèrent amèrement dans ses tempes. En proie à une soudaine panique, elle se releva et chercha frénétiquement la sortie. Dehors, de bruyantes expirations la secouèrent alors qu'elle ordonnait à ses jambes pantelantes de la faire partir d'ici. Elle marcha une bonne partie de la nuit pour essayer de se calmer et tenter de rassembler ses pensées.

Était-ce bien Jesse ? Sa présence était-elle bien réelle où s'agissait-il d'une vision de plus ? D'une main tremblante, elle saisit son téléphone dans son sac pour appeler Faith. Elle seule pourrait lui assurer ce qu'elle espérait tant.

— As-tu vu Jesse au moins une fois ?

— Amy ?

Sa voix semblait désorientée par cette question soudaine et déroutante.

— Réponds-moi Faith ! Est-ce que Jesse t'est déjà apparu ? Je veux dire en tant que mort ?

— Non...

— Non ?

— Je ne sais pas... peut-être... il y a un homme qui est souvent près de toi, il lui ressemble beaucoup, mais je n'en suis pas sûre. Qu'est ce qu'il se passe ?

— Je crois que je deviens folle, les apparitions de Jesse me brouillent de la réalité.

— Écoute Amy, il faudrait que je te parle de quelque chose. Est-ce qu'un arbre mort te renvoie à un souvenir ?

Amy repensa aux dessins qu'elle faisait à l'hôpital.

— Pourquoi me parles-tu de ça ?

— On a un probl...

Un bip l'avertit de la coupure de communication. Plus de batterie !

41

This love – Graig Armstrong

Une nuit blanche à tourner en rond dans sa chambre d'hôtel lui valut d'incontrôlables palpitations désagréables. Incapable de manger, son estomac se nouait douloureusement. Alors que l'heure était à réveillonner, Amy sortit s'aérer un instant. L'air était froid, mais vivifiant. L'envie brûlante de retourner au pub occupait toutes ses pensées et elle marcha longuement pour arriver devant l'enseigne. Dehors, le bruit d'une ambiance festive parvenait jusqu'à elle. Le cœur battant à tout rompre, elle poussa la porte. Le son soudainement amplifié la désorienta quelques secondes. Une odeur de bière et de transpiration l'altéra avec l'air extérieur. Autour d'elle, il y avait beaucoup trop de monde. Après avoir parcouru la salle de fond en comble, Amy se fraya un chemin au bar en se rappelant l'avoir vu à cet endroit il y a plusieurs heures. Mais elle devait se rendre à l'évidence, Jesse n'était pas là. La veille n'était qu'un moment coupé du temps. Cette fois, cet endroit semblait quelconque.

— Je vous offre un verre ?

Amy sursauta comme arrachée de son monde. Son regard chercha cette voix dans la foule lorsqu'un homme d'une quarantaine d'années lui adressa son plus beau sourire. L'espace d'un instant, elle avait espéré... Elle secoua la tête en haussant les épaules d'un air désolé et se fraya un chemin vers la sortie. Tout son être se renferma. Comment avait-elle pu croire un seul instant que tout ça puisse être réel ? Son monde avait cessé de fonctionner dès qu'elle l'avait entendu pour réduire à néant tous ces mois de travail sur elle. Une brèche de son passé s'était ouverte, ressuscitant subitement l'ancienne Amy, l'écorchée vive, mais aussi la déterminée, la passionnée qu'elle était.

— Hé ! Attendez !

Alors qu'elle quittait l'avenue piétonne pour traverser une route très passante, Amy s'immobilisa. Faisant volte-face, elle le vit devant ses yeux courir dans sa direction, il semblait aussi réel que la veille.

— Attention !

Des crissements de pneu résonnèrent dans ses tempes avant qu'il ne se jette sur elle. Leurs corps chutèrent au sol et le visage d'Amy se tordit de douleur alors qu'elle portait sa main à sa jambe meurtrie.

— Vous n'avez rien ? s'inquiéta-t-il en la soulevant avec la force qu'elle lui connaissait.

Tout près de son corps, elle percevait l'effluve de son odeur.

— Ça va, murmura-t-elle.

Sa main soutenait toujours son bras.

— Excusez-moi, je ne voulais pas vous faire peur. On s'est vus hier, vous m'avez appelé Jesse, vous vous souvenez ?

Amy acquiesça tremblante.

— Lorsque vous êtes partie hier soir, j'étais... j'espérais vous revoir, rectifia-t-il en se ravisant. Votre visage ne m'est pas inconnu, on se connaît n'est-ce pas ?

De nouveau, elle hocha la tête, incapable de prononcer le moindre mot. Totalement ahurie, elle le dévisageait comme s'il était une apparition. Avait-elle définitivement perdu la tête ?

— Je n'espérais plus avoir la chance de savoir qui je suis. Voulez-vous que l'on marche un peu ? Enfin... quelqu'un vous attend peut-être pour le réveillon ?

— Non, personne.

— Alors vous voulez bien le passer avec moi ? demanda-t-il en levant les sourcils.

Médusée par ce qu'elle était en train de vivre, elle accepta néanmoins. Un esprit pouvait-il souffrir d'amnésie ? Ils marchèrent côte à côte à travers les rues à présent désertes. De brefs coups d'œil dans sa direction pour chercher à savoir si elle était en plein rêve.

— Vous avez froid ?

Elle secoua la tête fébrile. Une once de chaleur apparut en même temps qu'une éclaircie, ils marchaient depuis plusieurs minutes et l'après-midi touchait bientôt à sa fin. Toute notion du temps envolée, Amy en avait oublié son départ pour New

York en soirée. Ils coupèrent la route longeant River Liffey pour pénétrer dans une ruelle recouverte de pavés. Une multitude de pubs bordaient la chaussée. Malgré ce jour de fête, de nombreuses personnes bravaient le froid pour se retrouver entre amis le temps d'une bière. L'ambiance semblait irréelle, lorsqu'Amy perçut vaguement la main de Jesse le long de son dos pour la guider à l'intérieur d'une brasserie. Dans un décor fait de boiseries, d'armes et casques de collection rappelant l'épopée des Vikings, il l'invita à s'asseoir avant de disparaître dans la foule. Retranchée au fond de la salle, Amy saisit son téléphone d'une main tremblante.

— Il est là devant moi ! Je le vois, mais il a l'air de ne pas me connaître. Serait-ce pour ça que tu ne sais pas si tu l'as déjà vu de l'autre côté ?

— De quoi parles-tu Amy ? demanda Faith excédée par son comportement trouble.

— Jesse est là sous mes yeux ! Il ne se souvient de rien.

— Tu le vois en ce moment ?

— Oui ! Est-il possible que son âme soit restée bloquée dans notre monde ?

— Ça arrive parfois quand une mort est brutale.

— Que dois-je faire ?

— Si tu dis qu'il ne se souvient de rien, il doit encore être sous un état de choc dû à la rapidité de son décès.

— Mais ça fait si longtemps !

— Le temps n'existe pas de l'autre côté, une année peut leur paraître quelques heures. Surtout, tu ne dois pas l'effrayer en lui révélant des souvenirs. Il doit comprendre par lui-même.

Les coudes sur la table à l'écart du bruit et les mains soutenant sa tête, Amy le vit arriver avec deux mugs fumants dans les mains. Le regarder était si bon qu'elle en oubliait presque que c'était temporaire. Les traits de son visage paraissaient détendus, Amy ne l'avait pas vu aussi serein depuis de nombreuses années. Quelques minutes s'écoulèrent avant qu'il se décide enfin à demander.

— Qui es-tu ?

Amy reposa lentement son sandwich dans son assiette avec un regard vide. Consciente qu'elle ne devait pas le bousculer, elle choisit de ne pas lui en dire plus malgré la douleur qu'elle ressentit à ces mots.

— Ne veux-tu pas plutôt savoir qui tu es, Toi ?

— Ma vie est un grand trou noir depuis longtemps.

Jesse et Amy sortirent de la brasserie pour se rendre au plus grand marché de Noël au cœur du quartier des Docklands. De nombreux vendeurs, dans des chalets en bois, avaient proposé des cadeaux faits main, de la verrerie ou encore des bijoux pendant tout le mois de décembre. La nuit était tombée alors que des groupes de jeunes quelque peu alcoolisés regagnaient d'autres pubs. Un peu plus loin, des musiciens reprenaient les titres de groupes connus. Jesse se rapprocha pour les écouter. Très orientés sur les années 90, ils passaient de Radiohead à Oasis avec une facilité déconcertante. Enfin, un titre du groupe Stereophonics retint l'attention d'Amy pour la replonger plus d'une dizaine d'années en arrière.

— J'adore la voix de ce chanteur, se hasarda-t-elle en regardant Jesse du coin de l'œil qui battait le rythme sur son jean.

Il lui sourit avant de reprendre leur marche.

— Tu ne m'as rien dit sur toi, lança-t-il en lui adressant un sourire à tomber. Comment t'appelles-tu ?

— Amy Guérin.

— La lettre A, murmura-t-il comme pour lui-même en posant sa main sur son poignet.

Suivant son geste des yeux, elle aperçut un petit tatouage. Ma première lettre de son prénom, réalisa-t-elle nerveuse. Le regard de Jesse s'illumina et il demanda.

— Française ?

— Franco-américaine. Je vis à New York.

Cette révélation lui valut une profonde exclamation.

— Et tu m'as retrouvé à des milliers de kilomètres !

— Je ne te cherchais pas.

— Mais tu me connais.

Il s'arrêta de marcher. Son visage se tourna vers elle, leurs regards se rencontrèrent et se dévisagèrent longuement... comme s'ils communiquaient en silence. Une légère bourrasque agita les cheveux bruns de la jeune femme. Jesse se montra surpris un instant.

— Je ne crois pas au hasard, murmura-t-il. Je me souviens d'avoir rêvé de toi.

Bouleversée par cette révélation, Amy baissa son regard au sol. Tout ça faisait beaucoup, elle avait besoin de se retrouver seule.

— Je vais rentrer à mon hôtel.

Visiblement perturbé, il passa maladroitement sa main dans ses cheveux... de la même manière que par le passé.

— Je comprends, concéda-t-il avec une pointe de déception. Je te raccompagne ?

Avec un sourire triste, elle secoua doucement la tête.

— Est-ce qu'on peut se voir demain ?

Voyant de la souffrance traverser son regard, il murmura.

— On se connaissait très bien tous les deux.

Cette phrase ne sonnait pas comme une question. Amy fixa un point devant elle.

— Je t'ai aimée n'est-ce pas ?

Son cœur se mit à rompre violemment dans sa poitrine. Elle le dévisagea perturbée.

— Ce sont les sentiments que tu m'inspires, précisa-t-il face à sa réaction. Depuis que je t'ai vue, je ressens un trouble incroyable qui ébranle tout ce que j'avais réussi à construire. J'ai l'impression d'être lié à toi. C'est incroyable, je sais... excuse-moi si je suis trop brusque.

Elle secoua la tête accompagnée d'un sourire compréhensif. Sa main se porta près du visage d'Amy. Tout en guettant son approbation, il se courba légèrement pour soutenir son regard avant de caresser doucement sa joue.

— Ne m'abandonne pas.

*

Recroquevillée en chien de fusil sous les draps du lit de sa chambre d'hôtel, Amy se remémorait la soirée où elle avait eu son accident, puis l'hôpital. Alors qu'elle n'était plus que l'ombre d'elle-même, elle pensait avoir été abandonnée jusqu'à ce qu'il revienne dans sa vie. Ils s'étaient parlés à Flagstaff. Il l'avait empêchée de sauter ! Était-il possible qu'elle ait rêvé tout ça ? Amy se remémora les mots de Connor ce jour-là où il lui assurait n'avoir vu personne. L'étonnement sur le visage de

Karen à l'évocation de Jesse. Brusquement ses mots lui revenaient à l'esprit *« Je suis près de toi »* *« bats-toi pour moi »* *« je vais être obligé de repartir »* *« je reviendrai bientôt auprès de toi »*.

Il ne l'avait jamais abandonnée, pendant tout ce temps il était resté auprès d'elle. Amy réalisait progressivement ce que tout ça signifiait. Leurs destins s'étaient croisés sans qu'elle n'en sache rien. Mais n'était-ce pas ce qu'ils avaient vécu toutes leurs vies ?

Ce qu'elle vivait depuis ces quelques heures paraissait irréaliste. Le temps semblait suspendu. Alors que la réalité la rappelait à l'ordre, elle songea à Karen qui l'attendait pour les fêtes de fin d'année, mais plus que tout au monde elle voulait rester avec lui.

42

Use somebody – Kings of Leon

Après avoir passé la moitié de la journée dans sa chambre d'hôtel, Amy se décida à appeler Karen pour lui annoncer qu'elle ne viendrait pas dans les prochains jours. Mais quand sa mère lui fit part d'un accident survenu à Faith, elle s'empressa de joindre son amie par téléphone.

— Que s'est-il passé ?

— J'ai fait une chute dans les escaliers, mais ce n'est rien, juste une côte fêlée.

— Mon Dieu Faith ! Je l'ignorais !

— Quand rentres-tu ?

— Je ne sais pas, je...

Ses pensées allaient vers Jesse avant que Faith ajoute.

— Écoute, tous ces événements malchanceux depuis des années... Je sais pourquoi maintenant, j'ai vu son ombre...

— Quelle ombre ?

— La même qui t'a bousculée alors qu'une nouvelle secousse faisait trembler Haïti. Ce jour-là, tu as failli te faire renverser ! Tu t'en souviens ?

Amy se remémora cette scène, des frissons parcoururent son corps.

— Tu me fais peur !

— Je ne suis pas folle Amy ! Il faut que tu rentres, je dois te parler. Je ne suis pas tombée dans les escaliers, on m'a poussée.

La nuit tombait doucement sur la River Liffey. Amy marchait depuis plus d'une heure maintenant. Les paroles échangées avec Faith ne cessaient de la hanter. Après avoir raccroché, elle s'était empressée d'appeler Connor. À son chevet depuis l'accident, il soutenait qu'elle avait pris un mauvais coup sur la tête et que ses délires allaient passer. Mais avait-elle vraiment divagué ? Tous les deux savaient bien que de ce côté-là Faith ressentait beaucoup de choses.

— Tu te souviens ce que je t'ai dit sur les derniers mots de ma mère, avait répondu Connor. Elle voulait te mettre en garde le soir de ton accident. Je pensais qu'elle divaguait, mais si Faith avait raison…

Quelqu'un lui voulait-il vraiment du mal ? Amy devait rentrer auprès de son amie pour s'assurer qu'elle n'était pas en danger, néanmoins avant, elle devait annoncer son départ à Jesse.

*

Empreinte d'une chaude lumière rougeâtre, une atmosphère attrayante prédominait au bear's pub. Amy entra et chercha immédiatement Jesse du regard. Plusieurs personnes s'esclaffaient au comptoir, d'autres buvaient leurs pintes debout en écoutant un groupe de musique. Elle se fraya un chemin et l'aperçut parmi la foule, son aura attirait plus que jamais son attention. Son sourire l'inonda de bonheur lorsqu'il la vit.

— Je dois repartir demain, se contenta-t-elle d'annoncer.

Son regard s'assombrit tout à coup.

— Tu n'as pas le choix ?

Elle secoua la tête, ennuyée. La soirée battait son plein et il y avait une chaleur étouffante dans la pièce. L'ambiance s'était radoucie alors que de nombreuses personnes écoutaient une ballade jouée à la guitare.

— Tu aimes ? demanda-t-il.

— Ça me rappelle des souvenirs.

— Suis-moi, j'ai quelque chose pour toi !

Ils sortirent du pub pour prendre l'air frais, le calme était bienvenu. Jesse l'invita à s'asseoir sur un banc et entama une mélodie pour son plus grand étonnement. Cette voix rauque lui avait tant manqué ! Elle se concentra alors sur les paroles de ses couplets et réalisa rapidement qu'elles lui étaient familières. Il y avait une strophe sur un gars qui voyait une pluie de poussière tomber du ciel lui obstruer la vue et entendait les cris de personnes se jetant du ciel. Celle d'une perte totale de contrôle, une tête prête à exploser après avoir abusé de produits illicites. Celle d'une course en voiture avant un black out. Son refrain revenait sur une fille tournée de dos. Ses cheveux bruns volaient au vent. Légère, elle dansait, ses bras formant des arcs de cercle qui ondulaient comme une vague. Sa robe en soie blanche qui s'ouvrait telle une fleur. Amy tremblait de tout son corps et le regarda un instant, perdue.

— Qu'en penses-tu ? demanda-t-il nerveux.

— C'est toi qui as écrit cette chanson ?

— Cette nuit !

— D'où t'es venu le texte ?

— De mes rêves.

— Ce n'en sont pas, tu as décrit des souvenirs.

Perplexe un instant, il avoua d'une faible voix.

— J'ai vu ces images se succéder dans mes rêves pendant des mois sans en comprendre le sens. Tu es entrée dans ma vie il y a quelques heures seulement et je ne me suis jamais senti aussi ébranlé.

Il se rapprocha d'elle. Le souffle court, Amy recula d'un pas.

— Je dois rentrer, j'ai un avion demain matin.

Ses mots résonnaient amèrement dans sa tête alors que son cœur mourrait d'envie de rester auprès de lui... Ses pas se rapprochaient derrière elle.

— Quel est ce pouvoir que tu as sur moi ?

De ses pouces, il caressa son menton. Amy en avait le souffle coupé. Il l'encercla à la taille et rapprocha doucement son corps du sien. Il huma l'odeur de ses cheveux avant d'expirer longuement lorsqu'un groupe bruyant sortit du pub pour rejoindre leur véhicule.

43

Supermassive black hole - Muse

Amy arriva à Flagstaff au petit matin. Étrangement, tout semblait avoir pris une autre saveur. De nouvelles couleurs animaient les rues encore désertes. Se sentant différente de celle qu'elle était en partant d'ici, elle inspira profondément avant d'ouvrir la porte de la maison de Karen. Une odeur familière l'envahit pour la transporter immédiatement dans un cocon rassurant. Sa mère passa la tête au cadre de la porte de la cuisine et son sourire illumina son visage. Ses bras s'ouvrirent pour accueillir sa fille. Bercée par la douceur de son parfum, Amy sentit une once de plénitude la traverser.

— Laisse-moi te regarder ! C'est la danse qui te change comme ça ? Tu as l'air bien.

Amy consentit. Sa vie reprenait un rythme qui lui correspondait. C'est après avoir partagé le déjeuner et parlé de longues minutes ensemble qu'Amy alla rendre visite à Faith. Depuis l'accident, Connor avait fait le choix de la ramener près de lui. Son état le préoccupait et c'est avec soulagement qu'il aperçut Amy et la prit dans ses bras.

— Comment va-t-elle ?

— Physiquement ça va, c'est son comportement qui m'inquiète.

— Que veux-tu dire ?

Il fronça les sourcils. Visiblement, son inquiétude le préoccupait beaucoup.

— Elle tient des propos étranges et se sent tout le temps épiée, en danger.

— Te voilà enfin ! s'exclama Faith au pied des escaliers.

Amy lui trouva les traits fatigués avec quelques ecchymoses sur le visage. Émue, elle s'approcha pour prendre ses mains dans les siennes. Celles-ci étaient froides et tremblaient

209

légèrement. Pour la première fois, son amie lui semblait très vulnérable.

— Je suis désolée de ne pas avoir été là…

Faith secoua la tête pour lui montrer que ce n'était pas important.

— J'ai beaucoup réfléchi, tu sais… cette ombre, je pense que…

La sonnerie du téléphone l'interrompit et provoqua son agitation.

— Viens, sortons d'ici, elle nous entend.

Avec une pointe d'inquiétude, Amy regarda Connor qui l'encouragea malgré sa mine défaite. Dehors, l'air était froid et un vent se levait doucement.

— Je vois des choses la nuit…

Un court instant de silence s'écoula pendant lequel Faith regarda autour d'elle.

— Ne me dévisage pas comme ça. Tu sais mieux que quiconque ce qu'il m'arrive. On est poursuivies, Amy !

— Faith, je pense que…

— Par Hailey !

— Hailey ?

— Elle veut notre mort !

*

Elle veut notre mort ! Ces mots angoissants résonnèrent toute la journée dans l'esprit d'Amy. Épuisée, elle alla se reposer.

Soudain, une chaleur étouffante l'empêchait de respirer. Elle ouvrit un œil et fut aveuglée par une lumière fulgurante. Où était-elle ? Son regard se porta sur son poignet recouvert d'un bandage. Aussitôt, elle aperçut sa chemise de nuit bleue et le cathéter relié au-dessus de sa main. Des murs blancs, des odeurs de désinfectants. Tout revenait dans sa mémoire, elle se trouvait à l'hôpital. Hailey venait de mourir. Sur la table de chevet, un bouquet de fleurs et bientôt ses pensées l'assaillait à nouveau.

Le soir de la mort de son amie, Amy pensait que son heure avait sonné pour elle aussi, lorsqu'elle se retrouva inconsciente sous l'eau. L'air ne parvenait plus à ses poumons et petit à petit sa conscience semblait disparaître. Alors que son corps gisait dans ce liquide boueux, elle se rappela s'être imaginée, marchant au côté d'Hailey près de leurs deux corps inertes.

Les jours suivants la mort de son amie semblaient encore très flous, le temps avait perdu tout son sens et des rêves incessants commençaient par la rendre folle. La pratique de l'occultisme qu'exerçait Hailey s'était transformée en véritable culte pour la sorcellerie. Elle avait voulu nouer un lien indestructible avec Amy.

— Ce soir, nous allons devenir sœurs de sang, avait-elle dit à Amy en exerçant une petite entaille dans la paume de sa main.

Des incantations autour d'un feu, et le pacte fut scellé autour d'un breuvage à base de leurs propres sangs. Ce rite redoubla de sens, lorsqu'à la mort d'Hailey, Amy la vit partout, sur le parking de l'école à la fixer d'un regard glaçant, au pied de son lit ou encore sur la banquette au fond du bus scolaire. Un long fil de sang coulait de sa main qu'elle brandissait en répétant inlassablement *« Nous sommes liées à jamais, la mort ne peut pas nous séparer. »*

La paranoïa d'Amy était à son paroxysme, et c'est anéantie qu'elle avait saisi un couteau pour le porter à son poignet et en finir.

Amy s'éveilla essoufflée, le visage en nage. Un rapide regard autour de son bras intact et son rythme cardiaque se calma. Était-ce encore un rêve ? Des souvenirs lancinants ?

— Que veux-tu me dire Hailey ?

44

Iron - Woodkid

Désireuse de faire le point sur sa vie, Amy passa le Nouvel An avec Karen. Quitter l'effervescence de toutes ces mondanités pour se retrouver au calme lui faisait du bien. Un besoin devenu vital pour son équilibre qui avait cependant volé en éclats avec le retour de Jesse dans sa vie. Ces derniers jours l'avaient beaucoup ébranlée. Il était dans toutes ses pensées. Elle se sentait viscéralement attachée à lui. Depuis qu'elle l'avait revu à Dublin, une sensation nouvelle la consumait. Elle voulait le voir, l'entendre, le sentir...

Deux semaines venaient de passer pendant lesquelles Jesse n'était pas réapparu. Elle venait à se demander si elle n'avait pas rêvé sa présence. Toute son attention se portait sur Faith. Depuis le jour où elle lui avait dit que l'esprit d'Hailey voulait leur mort, elle s'était montrée distante. Amy avait du mal à reconnaître son amie qui semblait être totalement envahie par quelque chose qui dépassait complètement son entourage. Il n'était pas rare de la surprendre en train de parler seule dans le salon et lorsque Connor lui demandait ce qu'elle faisait ainsi pendant des heures, Faith le dévisageait l'air totalement hagard. Certains jours, elle recouvrait toute sa lucidité et feignait l'incompréhension lorsqu'Amy évoquait Hailey. La situation restait donc au point mort.

En tant que marraine pour l'action contre la faim, Amy devait faire un séjour de dix jours dans la Corne de l'Afrique et c'est avec une certaine anxiété qu'elle commençait à se demander si elle reverrait Jesse. Elle ne pouvait pas rester dans l'attente de le voir débarquer à tout instant. Il était mort et elle devait l'accepter pour continuer sa vie.

Ce nouveau voyage humanitaire ouvrit encore une fois son regard sur des conditions humaines insoutenables. Il y avait tant de précarité. Pas d'eau potable, pas de médecins, ni d'école et une nourriture si pauvre. La situation n'était pas ignorée, mais comment intervenir concrètement sur le long terme ? Consciente que sa seule présence ne suffirait pas à faire bouger les choses, Amy comprit son rôle. Elle devait s'entourer et promouvoir le travail colossal de nombreux bénévoles. Toutes ces morts ne devaient pas rester silencieuses. Elle avait déjà permis à un petit village de se nourrir quelques semaines, mais dès son retour aux États-Unis, elle proposerait une série de représentations en faveur de cette association. Elle devait se rendre utile en ce sens.

Après trois mois d'entraînement au Lincolm center, Amy avait repris un rythme qu'elle voulait soutenu. Ses représentations étaient rares et toujours dédiées à des galas de charité. Un soir d'avril à Londres, elle attendait que le noir règne derrière le rideau de la scène. Une vibration de cuivres résonna à travers la salle dans un silence hypnotique et marqua les premières notes d'Iron de Woodkid. Aux fréquences des percussions tribales et de la voix caressante du chanteur, Amy offrait une chorégraphie sauvage et sensuelle. Ses bras se déployaient au rythme de ses mouvements. Elle extériorisait son émotion avec sensibilité. Sur son visage se lisait toute la passion que son art lui insufflait. La musique semblait pénétrer chaque parcelle de son être, comme un prolongement de ses membres. L'instant semblait être figé dans le temps. Un peu plus tard, une réception agrémentée d'un cocktail en l'honneur des invités suivit le spectacle. Amy, robe de soirée noire et chignon bas nouant ses cheveux, discutait avec une chorégraphe un verre de champagne à la main. Un mouvement de tête vers un recoin ombragé de la pièce et son regard plongea dans un bleu intense. Hypnotisée, elle ne pouvait détourner le regard devant ce sourire qui la toucha en plein cœur. À cet instant, elle comprit qu'elle n'avait cessé de l'attendre. Elle avait besoin de lui, il en avait toujours été ainsi. Jesse inclina la tête pour l'inviter à le suivre à l'écart. Bien que sa réaction excessive la paniquait, elle ne perdait pas moins à l'esprit que ces instants étaient éphémères. Nerveuse, elle essuya ses mains moites sur sa robe avant d'avancer les jambes pantelantes.

— Bonjour ! S'engoua-t-elle en répondant à l'invitation de ses bras. Que fais-tu ici ?

— Je voulais te revoir. J'ai vu ton nom dans un journal qui parlait de ce gala de charité, mais j'ai manqué ta représentation. J'ai beaucoup de mal à me repérer dans l'espace...

Son parfum l'enivra instantanément. Un soupir de soulagement et de satisfaction la trahit avant qu'elle ne plonge ses yeux dans les siens. Son regard brillait d'une nouvelle lumière. Il lui sourit. Elle était captivée.

— Tu vis pour ça n'est-ce pas ?

Face à son air surpris, il reprit.

— Ça se sent. Tu t'illumines, tu es habitée par ce feu qui monte tout doucement à l'approche de ce moment, les palpitations dans tout ton corps.

Elle savait très bien de quoi il parlait. Cette force incroyablement puissante qui émergeait de chaque pore de la peau. Cette perte de contrôle envoûtante lorsque la musique communiquait avec l'âme, lorsque la création artistique repoussait toute pudeur, lorsque la jouissance était totale. Ce fourmillement des pieds à la tête, ce délicieux frisson...

À son sourire illuminé, elle comprit qu'ils étaient sur la même longueur d'onde.

— Partons d'ici, dit-elle en saisissant sa main.

Ils s'évadèrent jusqu'en Irlande. Une envie folle de profiter de ces instants privilégiés avec lui l'avait conduite à déserter tous ses impératifs professionnels. Ils passèrent devant O'Connell Street, la rue la plus connue de Dublin à l'image des Champs-Élysées de Paris, où un gigantesque sapin brillait de mille feux. La nuit était déjà bien entamée lorsqu'elle contempla les lumières de Noël se refléter sur River Liffey. Dublin regorgeait de charme, elle se sentait irrésistiblement attirée par cette ambiance chaleureuse. Doucement, ils avançaient vers un centre plus moderne de la ville.

Alors que le phénomène musical anglo-irlandais des One direction battait son plein, Jesse opta pour « Stairway to heaven » de Led Zeppelin diffusé sur la station suivante. Au son de la guitare de Jimmy Page, il tapotait ses pouces sur ses jambes, alors que le véhicule pénétrait dans ce quartier le plus animé de la capitale. Amy aperçut une femme marchant de dos au milieu de la route. Son cri fit sursauter Jesse pendant qu'elle cramponnait son volant pour contourner la personne.

— Qu'est ce qu'il y a ? s'étonna Jesse en encaissant les klaxons d'une voiture.

— Tu ne l'as pas vue ?

— Qui ?

— La femme ! Là sur la route ! s'exclama-t-elle en pointant le doigt face à elle.

Elle se retourna pour constater qu'il n'y avait personne et s'enfonça davantage dans son siège, mais un sentiment étrange la perturba soudain. Prise de tremblements, son regard se porta sur le rétroviseur de son côté. Les phares d'une voiture noire se rapprochant dangereusement d'eux les aveuglaient. Les mains crispées sur le volant, elle fronça les sourcils. Son regard porté sur son rétroviseur, elle ne relâchait pas sa concentration alors qu'une image inquiétante s'insinua brusquement dans son esprit, un visage sombre, un regard haineux... Pourquoi transpirait-elle ainsi ? Le ronflement d'un moteur entraîna une vive accélération et un crissement de pneu les avertit sur l'intention de les doubler. Elle vit la voiture la dépasser et s'éloigner. Lorsque soudain le véhicule freina dangereusement pour revenir à quelques centimètres devant eux sous le regard affolé d'Amy qui eut néanmoins le réflexe de piler afin d'éviter une collision.

— C'est quoi son problème ? cria-t-elle nerveuse.

— Il veut t'intimider, laisse courir.

N'écoutant pas ses recommandations, le vrombissement de sa voiture retentit avant qu'elle ne tourne le volant. En doublant à son tour, elle se redressa pour dévisager le conducteur en agitant sa main vers son cerveau pour lui signaler sa folie. Le regard de l'inconnu croisa celui d'Amy l'espace de quelques secondes seulement, mais assez pour lui glacer le sang. Son cerveau tambourinait dans sa tête, un bruit assourdissant fit siffler ses oreilles. Que lui arrivait-il ? Des images saccadées s'insinuaient dans son esprit. Cet homme était dangereux et allait leur faire du mal...

— Il faut que je m'arrête !

Tout allait trop vite, Amy n'eut pas le temps de réagir lorsque des phares les aveuglèrent, un choc de tôle les secoua puis une détonation retentit. Jesse cria son prénom avant qu'ils ne se retrouvent renversés par les tonneaux de leur voiture. En quelques secondes, elle se retrouva la tête en bas plaquée contre le sol. Un regard sur Jesse pour le voir inconscient l'angoissa davantage lorsqu'elle l'appela sans obtenir de réponse. Un liquide coulait jusqu'à son visage, elle s'essuya du revers de sa main pour constater que c'était du sang. Après maints efforts, elle ne parvint pas à s'extraire du véhicule. Aveuglée par la peur, elle ne vit pas le gros quatre-quatre gris s'arrêter juste derrière eux d'où sortirent deux hommes d'une trentaine d'années. L'un d'eux appela les secours avant de l'aider à sortir du véhicule. De nombreuses contusions lui recouvraient le visage. Tremblant de tout son être, Amy accusait le coup. Sa vue se brouilla et elle perçut quelques mots de plus en plus lointains. Une multitude de sons différents parvenaient aux oreilles de la jeune femme, entre tous, des rires résonnèrent. Amy tourna le visage lorsqu'elle vit une silhouette au loin. Une masse bien trop floue s'éloigna. Au même instant, une ambulance arriva pour fausser la luminosité avec son jeu de lumière, si bien qu'Amy se demanda un instant si elle n'avait pas rêvé cette apparition. Toutes ces séries de catastrophes avaient-elles vraiment un sens comme le laissait entendre Faith ?

— C'est une blessure par balle ! entendit-elle alors que ses dernières forces la quittèrent pour la plonger dans le noir.

Un calme angoissant accompagna son réveil nébuleux lorsqu'une infirmière pénétra dans la chambre d'hôpital d'Amy.

— Comment vous sentez-vous ? demanda-t-elle

Un violent mal de tête l'assaillait. Des désagréables impressions de déjà vu l'angoissèrent après avoir effectué un rapide état des lieux.

— Tenez, déclara l'employée en lui donnant un médicament après l'avoir vue se masser les tempes. C'est dû au choc, ça va passer.

Les pièces du puzzle s'assemblaient doucement. La voiture, l'accident… Soudain paniquée, elle toucha ses jambes.

— Ne vous inquiétez pas, vous n'avez rien cette fois, Madame Guérin. Juste quelques légères contusions, vous allez bientôt pouvoir sortir. Vous n'avez pas de chance avec les voitures, ajouta-t-elle en prenant sa tension. Rendormez-vous, il est tard.

Oui, une série d'événements catastrophiques la poursuivaient depuis plusieurs années. Guidée par ses intuitions et la chance, elle avait échappé à la mort plus d'une fois. En cherchant au fond de sa mémoire, ces événements remontaient à sa rencontre avec Jesse. Tout avait toujours convergé pour qu'ils s'éloignent l'un de l'autre. Se pouvait-il que quelqu'un soit derrière tout ça ? Doucement, elle s'allongea et ferma les yeux, ce silence la calmait et bientôt ses pensées remontèrent le temps, avant sa rencontre avec Jesse, avant qu'elle ne quitte les États-Unis pour la France. Des souvenirs qu'elle avait dû bannir de sa mémoire pour pouvoir continuer à vivre. Un deuil qu'elle avait longtemps porté et pour lequel elle avait intenté à sa vie. Progressivement, ses paupières se fermèrent et elle sombra dans un rêve incroyablement réel.

45

Black hole sun - Soundgarden

Les yeux de Faith s'ouvrirent aussi brusquement que son rêve se fut terminé. Elle se redressa vivement pour plonger dans la clarté de la pièce. Elle regarda l'horloge qui indiquait seize heures et se dirigea dans la cuisine pour ouvrir le frigo. Connor n'était visiblement pas encore rentré du restaurant. Un verre de lait à la main, elle s'appuya contre la fenêtre, dehors le vent agitait les arbres. Dans le ciel, un croissant de lune brillait faiblement lorsqu'elle se remémora le rêve qu'elle venait de faire. Un croissant de lune ! Oui, ce signe sur un gigantesque arbre mort. Cette jeune femme blonde à la peau blanche n'avait cessé de lui montrer ce symbole dans l'espoir de communiquer avec elle.

— Montre-moi, demanda-t-elle pour en finir une bonne fois pour toutes.

Alertée par un bruit provenant du hall d'entrée, Faith avança dans cette direction consciente que son appel avait été entendu. Ses clés de voiture, habituellement accrochées au mur, venaient de tomber au sol. Un instant hésitante, elle décida de prendre son courage à deux mains et s'empara de l'objet et se dirigea vers la porte.

Son véhicule garé à l'entrée de la forêt, elle traversait l'une des forêts de Flagstaff depuis plusieurs minutes maintenant lorsqu'elle arriva devant un arbre imposant… Grâce à son rêve, Faith avait immédiatement fait le lien avec cette ancienne fête dans les bois où leurs festivités avaient commencé autour de cet arbre. À l'époque, elle n'était encore qu'une adolescente en quête d'identité. Elle avait rencontré Hailey au collège. Son attirance pour le côté mystérieux que cette fille cultivait volontairement l'avait immédiatement fascinée. Faith avait toujours été passionnée par l'occulte et rapidement cet intérêt commun fut leur principal sujet de conversation. De la théorie à la pratique, elles s'essayèrent rapidement à l'invocation de forces surnaturelles jusqu'à ce que leurs divergences les éloignent. Le penchant d'Hailey pour la sorcellerie devenait préoccupant. Rattrapée par sa conscience et ses valeurs, Faith se retira pour la laisser dans sa folie dévastatrice. Mais depuis, les sombres années de son adolescence étaient marquées à jamais, sa vie avait été construite autour de ce drame, ses choix, ses études tournées vers les autres. Aider son prochain comme elle aurait dû aider Hailey. Tout avait été orienté après cette soirée dans les bois. Elle vivait depuis trop longtemps avec ses remords. Aujourd'hui, les choses avaient empiré, la vengeance avait été étudiée, travaillée et s'était enracinée pour devenir incontrôlable. Aujourd'hui, c'était leurs vies qui se trouvaient en danger. Ses jambes s'immobilisèrent soudain lorsqu'elle aperçut une frêle silhouette la dévisager. Elle se dirigea à quelques mètres sur la droite pour se poster devant un arbre mort. Doucement, sa main se porta sur une excroissance en forme de demi-lune. Cet arbre, celui où Hailey avait trouvé la mort, celui où elle avait commencé sa vengeance...

*

Guidée par la présence de la jeune femme décédée, Faith ferma les yeux. Le corps adossé contre le vieil arbre mort, elle se laissa tomber au sol alors que sa vue commençait à se brouiller. Ses tempes tambourinèrent violemment lorsque des voix s'insinuèrent dans son esprit. Comme transportée dans un autre espace de temps, des formes se dessinaient devant elle. Les sourcils froncés, sa concentration se portait sur l'identité de ces personnes. Une peau laiteuse, un visage pâle, elle reconnut sans peine cette jeune femme qui la poursuivait maintenant depuis quelque temps. Cette constatation ne la surprit pas, mais elle ne comprenait pas qui était la personne qui l'accompagnait. Elle chercha à faire le vide autour d'elle pour s'imprégner de chaque détail qui pourrait l'aider à identifier Hailey. Leurs visages semblaient cachés et lui renvoyaient un profond sentiment d'insécurité.

Progressivement, elle comprit que cette femme allait lui montrer comment elle était morte.

L'intensité des émotions qu'elle utilisa apportait une crédibilité incroyable et difficilement supportable. La chaleur du feu brûlait chaque pore de sa peau, Faith étouffait lorsqu'elle lui cria d'arrêter.

— Mon corps est sous cet arbre.

Ne contrôlant plus ses gestes, elle se mit à gratter le sol avec frénésie. Cette femme la contrôlait et se servait de son corps pour obtenir ce qu'elle ne pouvait plus faire. Tout à coup, sa main heurta un os à quelques centimètres de la surface. Visiblement, son corps n'avait pas été enterré, mais seulement recouvert d'un peu de terre et de branchage.

Faith comprit alors la raison de sa présence ici. Cette femme voulait une sépulture, une paix. Maintenant, elle savait ce qui lui restait à faire.

À cet instant, l'ombre qui accompagnait la décédée se dévoila. Faith s'était trompée sur toute la ligne...

46

Remember me – Gavin James

Tout était noir autour d'elle. Au loin, des éclairs tombaient dans un éclat de lumière aveuglante, Amy regardait le ciel que les branches des arbres cachaient sous l'effet d'un vent de plus en plus violent. Derrière elle, un crépitement retentissait puis des sons étranges résonnèrent. Soudain, un cri abominable jaillit des quatre coins de la forêt. Tremblante, elle se retourna et fut happée par un feu gigantesque. Une ombre s'agitait dans les flammes rougeâtres. Quelqu'un était en train de brûler vif ! Elle devait faire quelque chose, lorsqu'elle tenta d'avancer, ses jambes ne lui obéirent pas. Amy essaya de bouger ses bras, sa tête, mais son corps ne lui répondait plus. Elle devenait spectatrice et totalement impuissante. Des rires retinrent son attention de l'autre côté du brasier. Amy plissa les yeux et se concentra sur les trois silhouettes pour comprendre qu'elle n'était pas seule. Elle voulut crier pour les avertir du drame qui se jouait devant eux, cependant aucun son ne parvenait à franchir ses lèvres. Amy réussit à se retourner et plongea son regard dans les yeux d'Hailey. Le feu se propagea dans toute la forêt telle une explosion.

*

Amy se réveilla en nage et resta quelques instants inerte. Un calme presque angoissant régnait dans l'hôpital. Encore sous emprise de ce cauchemar, les larmes lui montaient aux yeux devant toute cette souffrance. Le décès d'Hailey lui revenait en rêve depuis des années maintenant comme une piqûre de rappel pour ne jamais oublier qu'elle avait laissé mourir son amie. Ce soir-là, possédée par toute la sorcellerie qu'elle pratiquait, Hailey s'était retrouvée prise au piège des flammes.

Son téléphone la tira brusquement de sa torpeur.

— Amy ! J'essaie de te joindre depuis des heures ! Tout va bien ? s'inquiétait Faith.

— On a eu un accident, mais ça va.

— Écoute-moi bien Amy ! Le jour où Hailey est morte, il y avait trois témoins de la scène et parmi eux, cette fille qui nous suit partout, elle m'a montré...

— Où veux-tu en venir ?

— Elle était à cette fête. Je l'ai recherchée sur Internet, son nom était Penny Wyatt. Elle et ses deux amis ont trouvé la mort, tous brûlés vifs...

Amy se remémora son rêve... comme Hailey... pensa-t-elle.

— Elle m'a montré son corps, poursuivit Faith. Je l'ai vu ! Et parmi ces trois personnes il y avait...

Leur communication téléphonique fut soudainement coupée. Amy regarda autour d'elle fébrile. Qu'est ce que tout ça voulait dire ?

Des images défilèrent avec une rapidité effrayante dans son esprit. Hailey se vengeait un à un des témoins qui l'avaient vue mourir sans rien faire. Tous ces incidents autour d'eux, les catastrophes, les accidents d'avion, de voiture. Chris ! Ses pensées allaient vers Jesse. Où était-il ? Elle ne l'avait pas vu depuis l'accident. Fébrile, elle se redressa et entreprit de parcourir les couloirs de l'hôpital pour le retrouver lorsqu'elle fut attirée par une silhouette adossée à la fenêtre... elle connaissait cette morphologie...

« Chambre 32 » murmura une voix familière dans son oreille.

Un éclair retentit et éblouit le couloir un instant. Amy regarda le ciel agité à travers la baie vitrée, l'instant d'après la silhouette avait disparu. Elle prit les escaliers et monta les marches sans être sûre de comprendre ce qu'elle faisait. Elle arriva devant la porte et l'ouvrit sans précaution, mais la pièce était vide. Sans savoir ce qu'elle devait trouver, elle détailla la chambre, le lit était défait, visiblement quelqu'un l'occupait. Son regard se porta sur la fenêtre qui se trouvait grande ouverte. Alors qu'elle s'apprêtait à la refermer, elle aperçut Jesse marcher en direction de la forêt qui bordait le parking de l'hôpital. Son front se plissait et ses yeux cherchaient à détailler la masse noire qui se rapprochait de lui. Cette ombre ondulait à ses côtés. Amy cria son prénom, mais le vent ne portait pas sa voix. Prise d'effroi, son sang ne fit qu'un tour. Hailey allait s'en prendre à Jesse ! Sortant de la chambre en trombe, elle courut aussi vite qu'elle le pouvait.

Il marchait dans le noir avec la ferme intention d'arrêter ce qu'Hailey avait commencé. Tout ça avait trop duré et devait s'arrêter maintenant. Il pouvait ressentir sa présence. Elle était là. Le vent se déchaînait sous un ciel orageux. Nullement impressionné, il s'enfonça davantage dans la forêt pendant que de lointaines images revenaient à son esprit.

L'air frais piqua son visage alors que le vent balayait rageusement ses cheveux. Ses mains en guise de visière, Amy avançait d'un pas déterminé. Ses pensées se bousculaient dans sa tête. Si Hailey s'était vengée des trois témoins présents ce soir-là, était-elle la prochaine ? Cela expliquait peut-être la présence de Jesse à ses côtés, il était venu l'avertir du danger. Si elle avait déjà tué, rien ne pouvait l'arrêter. Essoufflée, elle s'engouffrait dans la forêt tout en appelant Jesse.

Alors qu'il avançait comme un automate, un son l'interpella. Il s'arrêta de marcher et tendit l'oreille. Le timbre de cette voix lui était familier, encore quelques instants pour être sûr... C'était Amy ! Que faisait-elle ici ? Instantanément, il se mit à crier son prénom en retour.

Aux sons de leurs voix respectives, ils se guidaient malgré le tonnerre grondant de plus en plus fort. Leurs pas se rapprochaient l'un de l'autre lorsque son regard se porta sur celui d'Amy pour l'apaiser aussitôt.
— Tu vas bien ? s'inquiéta-t-elle.
— Juste quelques contusions, répondit-il en comprenant qu'elle faisait allusion à l'accident dont elle venait d'être victime. Rien de grave. Et toi ? Ta jambe ?
Elle secoua la tête en lui adressant un sourire, heureuse de le voir près d'elle, puis suivit son regard pour se porter sur son tibia. Ses idées s'embrouillaient un instant. Ses yeux se posèrent alternativement sur lui et sa jambe. Comment savait-

il ? Elle chercha en lui une réponse à ses questions en le dévisageant. Son expression était différente et semblait avoir perdu cette étincelle qui le caractérisait...

— Tu te souviens ? demanda-t-elle fébrilement.

D'abord étonné, il hocha lentement la tête avec l'idée d'aller dans le sens de son raisonnement et se rapprocha d'elle.

— Je me souviens de tout Amy.

Le souffle court, ses yeux dévisageaient les siens.

— J'ai fait beaucoup de choses dont je ne suis pas fier, mais je vais tout arranger.

Elle soupira de soulagement après avoir rêvé cet instant si souvent. Malgré les circonstances, elle savoura ses retrouvailles qu'elle ne pensait plus pouvoir vivre. Les larmes coulaient sur ses joues. La vie était si injuste. Aujourd'hui, elle avait plus que jamais besoin de lui et il allait lui être enlevé. Il se souvenait et allait retrouver la paix. Soudain, un sursaut les figea lorsqu'un éclair retentit.

— C'est elle, comprit Amy en fixant le vent soufflant dans les arbres.

Le moment était venu, il était temps de lui dire la vérité.

— Lorsque je t'ai vue la première fois en France, ton visage ne m'était pas étranger, commença-t-il. J'ai compris qu'on s'était déjà croisés.

Des bribes de conversations s'insinuèrent dans l'esprit d'Amy « *J'ai vécu un temps à Phoenix* » « *Tu as manqué de te noyer* ». Ce regard si familier...

— Tu étais présent à cette fête ?

Il acquiesça lentement de la tête avant de poursuivre.

— En vacances à Flagstaff, mon frère et moi avions été invités à cette fête, quand ce drame est arrivé. Pendant des années, je me suis demandé qui était cette fille qui avait trouvé la mort pendant cette soirée. Nous avions tous tellement bu que j'avais d'abord cru qu'elle divaguait, tout le monde savait qu'Hailey pratiquait la sorcellerie. J'étais fasciné par ce qu'elle faisait, alors je suis resté planté là à la regarder...

— Tu es donc la troisième personne dont parlait Faith ?

Une expression stupéfaite voilait le visage d'Amy pendant que l'orage redoublait d'intensité. Le vent secouait tout sur son passage alors que la noirceur du ciel s'accompagnait de violents grondements les obligeant à crier pour se faire entendre.

— J'ai ensuite fait le lien avec toi. Cette fille était ton amie ! Hailey, toi, mon frère et moi, nous étions donc tous liés par cette histoire. Ensuite, il y a eu tous ces événements catastrophiques où la mort rôdait. Elle veut terminer sa vengeance.

— Avec moi, coupa-t-elle.

Un courant d'air lui glaça les os avant qu'un éclair ne tombe près d'eux pour les étourdir. Ils tombèrent au sol sous la violence du choc pendant que l'intensité du bruit les rendit sourds quelques instants. Perdu et sans repère, il regarda à ses côtés, une braise s'était formée pour se répandre à l'arbre qu'Amy frôlait.

— Amy n'a rien à voir dans ta mort ! cria-t-il à l'intention de l'esprit d'Hailey.

Une bourrasque envoya une branche en feu contre lui.

— Tu peux essayer de m'atteindre, mais ça ne marchera pas, je suis déjà mort ! Tu ne cours pas après la bonne personne, tu te trompes de jumeau !

Il avait prononcé ses mots avant de plonger son regard dans celui d'Amy. Quelques gouttes de pluie tombaient le long de ses cheveux. Désorientée, elle le dévisageait pour comprendre.

— Je ne suis pas Jesse, mais son jumeau, avoua-t-il à Hailey sans détourner son regard d'Amy. Je t'ai vue mourir, mais je n'ai rien fait. C'était moi, pas mon frère...

Totalement interdite, Amy s'écroula au sol.

— Tu nous as traqués tous les trois pendant des années et tu as eu ce que tu voulais lorsque tu as provoqué l'accident de voiture qui m'a tué.

Le soir où Jesse voulait la retrouver à l'hôpital, songea Amy.

— Ta colère t'a aveuglée, Amy et Jesse n'y sont pour rien, laissez-les en paix ! Tu as déjà fait assez de victimes !

Sentant une légère accalmie, Owen ajouta.

— Tu es la seule responsable de ta mort. Perdue dans tes incantations, tu n'as pas vu le feu t'encercler. Notre seul péché était d'être trop ivre pour comprendre ce qu'il se passait. Je me suis torturé des années à cause de ça, il est temps à présent de l'accepter et d'être enfin en paix.

225

Aveuglée par ses larmes, Amy releva lentement la tête pour apercevoir Hailey en face d'elle. La jeune femme fronça les sourcils pour s'apercevoir que son ancienne amie n'était pas seule. Une ombre, qui lui donnait des frissons, l'accompagnait. Encouragée par Owen, Amy comprit qu'elle devait à présent intervenir et tenta de remettre ses idées en place avant d'ajouter à Hailey.

— Je n'ai pas su te sauver, je ne voulais pas que ça se passe comme ça...

Le vent redoublait toujours d'intensité.

— Pas une nuit ne passe sans que je pense à ce que tu as dû endurer... je t'ai abandonnée... pardonne-moi...

Dans le regard d'Hailey, elle pouvait lire de la tristesse et de la compassion, mais cette colère déployée ne lui appartenait pas. Une aura de plus en plus claire commençait à rayonner autour d'eux, l'esprit de son amie accueillait son pardon avec bienveillance et leurs regards se contemplèrent un long moment avant qu'elles ne soient saisies par un courant d'air glacial, la malveillance de l'ombre redoubla d'intensité.

— Le destin programme certains chemins tracés d'avance, commença Hailey. Certains peuvent être modifiés, d'autres non. Le sort de ces trois personnes était de mourir. Ta mort était aussi programmée ce jour-là, mais en te sauvant Jesse a modifié ton destin.

— Et tu n'as rien à voir avec ces accidents, n'est-ce pas ? ajouta Amy en comprenant.

La décédée hocha la tête consciencieusement.

— Ma pratique de la sorcellerie était dangereuse et j'étais totalement aveuglée, mais je n'ai jamais voulu faire de mal à personne. C'était mon destin, le tien a été modifié et tu dois faire attention.

Elle regarda autour d'elle alors que le vent gagnait en force.

— De qui as-tu peur ? demanda Amy.

— Ce sont les anges de la mort qui t'ont poursuivie toutes ces années et qui ont souhaité vous séparer toi et Jesse. Ils ne veulent pas que tu interviennes auprès des décédés et essaient de t'empêcher d'agir.

— Ce qui explique tous ces accidents auxquels j'étais mêlée, comprit-elle.

— Ta survie a un sens et j'ai longtemps plaidé pour ta cause. Plus d'une fois, j'ai empêché la mort de te prendre, car à présent les plans ont changé. Les anges de la mort finiront par l'accepter, car tu es différente maintenant, tu comprends ?

Les souvenirs des dernières années lui revenaient en mémoire. En assemblant chaque pièce du puzzle, Amy commençait à faire le lien avec les mots de son amie.

— Les épreuves que tu as traversées ces dernières années ont un but bien précis Amy. Tu possèdes des facultés incroyables et tu dois t'en servir. Des gens décédés attendent ton aide, tu seras une passerelle pour eux. Écoute-les.

Petit à petit, Amy réalisa qu'elle s'était trompée sur toute la ligne. Ce n'était pas Hailey, la coupable de tous ses maux. Elle avait toujours été son alliée. Ce constat la peina profondément.

— Je suis désolée, murmura-t-elle à son amie. Pendant toutes ces années, je me suis trompée sur toi.

— Je suis toujours restée près de toi.

Les deux jeunes femmes se regardèrent un instant puis Hailey se retourna vers Owen. Le temps s'immortalisa dans sa mémoire avant qu'elle disparaisse un peu plus à chaque pas sous un silence apaisant.

À cet instant, Amy ne put réprimer de lourds sanglots. Ce qu'elle venait de vivre semblait si invraisemblable ! Owen s'agenouilla face à elle pour caresser sa joue. Ce toucher semblait irréel, mais elle ferma les yeux et perçut la chaleur de sa main.

— Je me suis laissé tromper par ma peur au sujet d'Hailey. J'étais aveuglé à l'idée de voir la mort rôder autour de Jesse et toi. Alors que j'étais entre deux mondes, je t'ai entendue, tu étais en train de te laisser mourir à petit feu. Je devais revenir pour t'aider à comprendre…

— J'ai toujours cru que c'était Jesse…

Il acquiesça.

— Tu m'as pris pour lui et c'était mieux comme ça.

— Mais je l'ai vu au bar ! Je n'ai pas rêvé ! À moins que…

— Non, ce n'était pas moi, coupa-t-il en devançant ses pensées. Tu te souviens de Darragh ? C'est avec lui que tu as passé ces derniers jours et c'était bien réel.

Des images saccadées s'insinuaient dans son esprit. L'affiche sur le mur du bar, cet homme qui l'avait bousculée.

— Je t'ai guidée vers lui. Tout ce qu'il t'a raconté est vrai. C'est sur lui que l'on a tiré. D'ailleurs il vient de se réveiller et tu dois retourner le voir.

— Pourquoi ?

— Il a recouvré la mémoire. Vous vous connaissez, vous êtes même très proches…

47

Purple rain - Prince

Des images défilèrent avec une rapidité effrayante dans son esprit. Tous ces accidents, la mort de Chris... Owen s'était effacé pour la laisser seule avec ses réflexions. Elle retourna dans l'hôpital où le calme régnait, il n'y avait personne à l'horizon. Elle fouilla dans les registres de l'accueil à la recherche d'un numéro de chambre en vain lorsqu'elle entendit de nouveau cette voix insuffler la chambre 32. Cette voix, elle la reconnaissait à présent. Owen avait été à ses côtés depuis toutes ces années pour veiller sur elle.

Elle monta les escaliers pour se retrouver devant la même porte que tout à l'heure. Alors que le soleil se levait sur Dublin, les infirmières commençaient à distribuer les petits déjeuners lorsque l'une d'entre elles sortit de la chambre en question. Le souffle court, Amy pénétra lentement à l'intérieur lorsqu'il se redressa sur son lit d'hôpital. Ses yeux bleus la transpercèrent instantanément. Tremblante, elle ne parvenait pas à quitter son regard quand enfin il se leva doucement pour avancer dans sa direction.

— Je savais qu'on se connaissait, ironisa-t-il avec un sourire. Comment m'as-tu retrouvé ?

À ses aveux, Amy ne put dissimuler ses sanglots plus longtemps. Une onde de bonheur la traversa. Elle avait tant de fois rêvé à la moindre de ses petites expressions qui le caractérisaient. Il était là à ses côtés, plus séduisant que jamais. Son bras dans une écharpe lui indiqua qu'il avait été blessé. « Une blessure par balle » se rappela-t-elle avoir entendu de la part d'un ambulancier. Ces derniers jours avec lui étaient bien réels. Des souvenirs de plus en plus concrets s'insinuaient dans son esprit, le tee-shirt de Jesse du bar irlandais où il travaillait et où ils s'étaient retrouvés, l'affiche sur le mur du pub... il était dans la voiture à ses côtés et avait pris la balle dans son épaule. Une barbe de quelques jours dissimulait une large cicatrice lui recouvrant le haut de la joue, souvenir de l'accident qui coûta la vie à Owen...

— C'est ton frère qui m'a guidée à toi.

— Tu as parlé à Owen ?

— Je le vois comme je te vois. Je suis tellement désolée pour ton frère...

Elle avait peine à croire ce qu'elle était en train de vivre. Son visage lui avait manqué, son sourire, mais aussi ce charisme enivrant qui le caractérisait et qui la sécurisait tant.

— Tout se bouscule dans ma tête, je me rappelle la voiture, l'accident...

Il appuya sa main contre son front en grimaçant avant de réagir vivement.

— Hailey ne veut pas nous voir ensemble ! Lors de cette fameuse soirée, je t'ai aperçue courir à travers les bois, tu semblais pétrifiée comme si tu fuyais quelqu'un qui te voulait du mal, alors je t'ai suivie puis tu es tombée en dévalant la colline. Tu ne bougeais plus, inconsciente à cause de ta chute, il fallait que j'intervienne. Quand tu m'as parlé de la mort d'Hailey il y a quelques années, j'ai tout de suite fait le rapprochement. C'est toi que j'avais sauvé de la noyade. En faisant ça, j'ai modifié ses plans de vouloir ta mort.

— Elle n'y est pour rien, elle ne faisait que tenter d'empêcher la mort de nous emporter, car ce n'est pas encore notre heure.

Son regard étonné se porta sur Amy et calma progressivement sa respiration saccadée.

— Durant toutes ces années, la mort a profité de différentes catastrophes pour nous attirer vers elle ? C'est invraisemblable !

— Mais avec l'aide d'Hailey, nous n'avons cessé de nous protéger l'un l'autre inconsciemment, ajouta-t-elle.

Ils se contemplèrent un long moment avant qu'elle lui prenne la main. À ce contact, son corps fut pris d'un délicieux frisson. Ils n'avaient pas besoin de mots pour se comprendre. Cet instant était un miracle dont chacun était conscient et qui leur appartenait. C'est alors qu'une infirmière pénétra dans la chambre laissée ouverte.

— Le docteur autorise votre sortie, annonça-t-elle à Jesse avec un grand sourire. Je vais remplir le formulaire de départ et je reviens avec une ordonnance pour votre bras.

Elle repartit les laissant un peu perdus.

— J'ai un appartement dans le centre, précisa Jesse.

L'idée qu'il ait entamé une nouvelle vie ici lui paraissait étrange. Ils avaient passé tant de temps l'un sans l'autre, et avaient vécu tellement d'épreuves.

— Je suis désolé pour Chris, reprit-il en soulevant son menton.

Ses mots avaient un goût étrange dans sa bouche, mais étaient sincères.

— Je vous ai vus danser le soir de ton accident, votre communion était incroyable. Vous ne formiez qu'un comme si vous étiez destinés à vous rencontrer.

— Avec Chris, c'était un beau rendez-vous. Il est avec moi juste ici, murmura-t-elle en prenant sa main pour la déposer contre son cœur. Tout comme ton frère est avec toi.

Pour la première fois, elle n'éprouvait pas de difficulté à parler de lui.

— Et nous, que sommes-nous l'un pour l'autre ? demanda Jesse.

— Des âmes sœurs.

Son regard embrasa son corps avant qu'elle n'ouvre la bouche pour ajouter.

— Tu sais, je…

— Chut.

Un doigt sur sa bouche, il en dessina le contour en mordant ses lèvres.

— Je vais t'embrasser, maintenant.

Alors qu'elle allait répondre, il déposa doucement un baiser pour la faire taire. Elle n'avait pas oublié sa façon de l'embrasser, passionnée et tendre à la fois. Prise d'un délicieux frisson, sa tête lui tournait. Elle retrouvait tout ce qui l'avait toujours enivrée chez lui. Rapidement emportée par l'ardeur de ses sentiments, elle enfouit ses mains dans ses cheveux, se pressa davantage contre lui… tous ces gestes qu'elle s'était interdit depuis si longtemps. Leurs respirations devenaient difficiles, une émotion palpable les assaillait. Elle répondit avec fougue à son baiser alors que leurs mains redécouvraient le corps de l'autre avec frénésie. Un sentiment de sécurité l'enveloppait. Empreinte d'une passion dévorante, elle eut du mal à reprendre pied lorsque quelqu'un frappa à la porte. Essoufflés, ils se regardèrent hagards, comme si le temps s'était suspendu.

48

Faded – Alan Walker

D'un léger mouvement de volant, le véhicula monta sur un trottoir pour se garer au pied d'un récent immeuble doté d'une multitude de baies vitrées. Amy leva la tête jusqu'au cinquième étage du bâtiment cubique avant de sentir la main de Jesse attraper la sienne. Pourquoi se sentait-elle si nerveuse ? L'entrée de l'appartement de Jesse donnait sur une cuisine ouverte accolée à un petit salon. Au fond de la pièce, dans un petit décrochement sur la gauche, un double matelas jonchait le sol. Elle s'avança près de la grande baie vitrée pour admirer la vue qui s'offrait à elle. La River Liffey, qui avait gagné en largeur, accueillait quelques bateaux accostés au bord d'une allée piétonne parsemée d'arbres. De l'autre côté, un alignement de logements semblables à celui-ci rivalisait d'un jeu de couleur incroyable.

Toutes ces années à le croire mort alors qu'il vivait ici. Cette constatation résonna amèrement dans son esprit. Autour d'elle, un environnement très masculin, des couleurs sombres venaient s'opposer à une forte clarté. Sur les murs, des affiches de bières provenant sans doute du pub trônaient fièrement parmi des paysages côtiers de l'Irlande. Deux guitares posées contre la cloison blanche attirèrent son attention. Sur une chaise de bar, plusieurs feuilles griffonnées. Le savoir maintenant vivre quelque part la rendait plus forte, il était son autre et il en avait toujours été ainsi. Jesse passa derrière elle et d'un mouvement de main regroupa les cheveux d'Amy pour dégager sa nuque afin d'y déposer un baiser.

— On devrait essayer de dormir un peu, suggéra-t-elle gênée. Ces dernières heures ont été éreintantes, j'ai besoin de comprendre tout ce qu'il vient de se passer.

Happé à son tour par cette situation déroutante, il consentit d'une voix faible.

— Je vais prendre le canapé.

Alors qu'il dépliait une couverture, Amy regardait par la fenêtre l'air absent lorsque la silhouette de Jesse se rapprocha de la vitre.

— On est resté les mêmes Amy, murmura-t-il en la retournant face à lui.

Du bout des doigts, il effleura sa joue avant de passer sur ses lèvres qui s'ouvrirent instantanément. Un frisson la traversa alors qu'une pudeur indomptable l'envahit.

— Tu vois, c'est toujours là, ajouta-t-il en faisant allusion à l'alchimie de leurs corps.

Il releva son menton pour l'obliger à le regarder.

—Tout ce temps à ne plus savoir qui j'étais, toutes ces années perdues...

— Tu m'as fait souffrir, prononça-t-elle tout bas.

Le visage de Jesse s'assombrit.

— Je suis désolé... je ne savais pas comment gérer mes sentiments. J'étais prétentieux et j'ai fini par me perdre dans mes excès, mais mon amour pour toi a toujours été sincère.

— Je sais.

— Les mois précédant mon accident n'étaient qu'une suite de choix désastreux me conduisant vers le chaos. Je n'étais plus que l'ombre de moi-même, cet accident a tué cette partie néfaste de moi et je dus me reconstruire sans point de repère. Ce n'était sûrement pas plus mal, car avoir conscience de tout ce que j'ai perdu aurait été insupportable. Owen était mon double, je sais depuis quelques heures seulement que je ne le reverrai jamais et ce sentiment me...

Sa voix s'étouffa dans sa gorge. Recouvrer sa mémoire avait immanquablement fait revenir sa souffrance. Amy se rappela la douleur indescriptible qui l'assaillait à chaque réveil comme un éternel recommencement.

— Je ne sais pas comment tu as survécu à ce qui t'est arrivé, j'aurais tant aimé être auprès de toi pour t'aider à traverser ces épreuves.

— Une partie de toi m'a aidée et je serai là pour toi.

Elle glissa ses mains sous les mailles de son pull et pressa légèrement sur cette peau chaude pour l'attirer à elle. Enivré par son odeur, le corps de Jesse s'apaisait en douceur. Perdus dans les bras de l'autre, le temps était suspendu.

Réveillée après un sommeil furtif, Amy tenta un bref coup d'œil vers Jesse. Sous ses cheveux en bataille, il semblait dormir. Son visage paraissait totalement détendu. Sa couverture avait glissé sur le bas de son dos pour dévoiler une demi-nudité. Soudain, sa paupière se souleva, un sourire se dessina sur ses lèvres.

— Bonjour, dit-il d'une voix endormie. Bien dormi ?

Il se redressa et laissa apparaître la nudité de son torse. Son corps avait changé, il semblait plus musclé, ses épaules étaient un peu plus larges, ses bras plus dessinés. Prenant conscience de son regard mal placé, elle détourna son attention. Les bras maladroitement croisés sur le long tee-shirt qu'il lui avait prêté, elle n'osait pas imaginer la vue qu'elle lui offrait.

— Je passe à la salle de bains, s'empressa-t-elle de rétorquer avant de disparaître.

Un peu plus tard, une agréable odeur de café s'offrit à elle alors que les rayons du soleil gagnaient le studio. Jesse faisait couler du café dans deux mugs noirs tout en passant la main dans ses cheveux ébouriffés, un bâillement l'arracha de sa rêverie.

Amy le contemplait et fut troublée de se remémorer un souvenir d'Owen lui servant cette même boisson avec ce visage si semblable à celui de Jesse. Brusquement, ses pensées allèrent vers cette phrase qu'un réceptionniste lui avait dit un jour « Jesse Stone est mort. » Se pouvait-il que tout le monde se soit trompé de jumeau ?

— Qu'as-tu fait pendant toutes ces années ? demanda-t-elle en prenant la tasse qu'il lui tendait.

Leurs doigts se frôlèrent. Ce courant délicieusement électrique passait visiblement toujours entre eux, comme réveillé après un long sommeil. Déstabilisée, elle recula et plongea son regard dans son café noir. D'un mouvement anodin, il passa sa main sur sa barbe naissante et s'assit sur une chaise de bar en prenant une grande inspiration.

— Après l'accident, j'ai été quelques semaines dans le coma. Les premiers jours de mon réveil restent très flous. Un psychologue m'a suivi quelque temps pour m'aider à retrouver des souvenirs.

— T'a-t-il dit qui tu étais ?

— Jamais personne n'a voulu répondre à mes questions, néanmoins il m'arrivait d'entendre des gens de l'hôpital m'appeler Owen. On a tout essayé pour m'aider à me souvenir, puis un jour lors d'une séance d'hypnose je t'ai vue au pied de la tour Eiffel. Lorsque j'ai eu l'accord des médecins, je suis parti. Une seule image m'obsédait, je devais aller à Paris. J'ai voyagé clandestinement à bord d'un bateau, mais arrivé en France, j'ai paniqué et j'ai commencé un long voyage autour du monde. En solidaire, à l'écart du monde, je cherchais cette autre partie de moi que je pensais avoir laissée quelque part. J'ai traversé beaucoup de pays sans savoir que c'était toi que je m'efforçais de retrouver.

Jesse but un peu de son café avant de commencer son récit.

49

Guaranteed – Eddie Vedder

La Chine et l'Inde marquèrent plusieurs mois de son voyage, mais aucune de ces régions ne l'aidait à retrouver son passé. Sa perte de mémoire avait effacé tout ce qu'il était. Une partie de lui était morte le jour de l'accident et une vie de reclus lui avait semblé nécessaire pour se retrouver avec lui-même. Au détour d'un reflet étranger, l'image que lui renvoyait son visage ne lui correspondait pas. Ses longs cheveux et sa barbe sonnaient faux et puis que signifiait tous ces tatouages ? Parmi ces formes étranges, l'un d'eux l'intriguait au creux de son poignet. Cette lettre A entrelacée dans un huit renversé... un indice sur son passé ? Après quelques recherches, il apprit que ce chiffre représentait l'infinie connexion. Il était donc attaché à une personne dont le nom commençait par la lettre A. Bien que cette empreinte ne l'aidait pas à se souvenir, elle était devenue un repère parmi tout ce brouillard et il aimait penser que peut-être quelqu'un l'attendait quelque part. Alors que tout n'était qu'inconnu autour de lui, il souhaita changer son apparence. Plus de barbe ni de cheveux longs, seulement une cicatrice sur sa joue qui le renvoyait à une lumière éteinte. Certaines nuits, des images passaient furtivement dans son esprit. Au début, il ne percevait que des sons... un rire... puis des cheveux bruns dansant dans le vent. Ne parvenant pas à comprendre cette signification, c'est agacé qu'il choisit d'enfouir ces rêves perturbants au fond de son subconscient.

La deuxième moitié de l'année 2010 s'écoula lentement à travers d'autres pays comme la Russie, mais cet endroit ne lui évoquait rien non plus et il repartit rapidement. Des heures entières passées les yeux fermés lui permettaient de voir que son cœur ne ressentait rien. C'est en hiver qu'il se posa trois semaines au Danemark. La Finlande, la Suède et la Norvège marquèrent le début de l'année 2011. Progressivement, Jesse avait appris à vivre avec sa solitude. Nourri de nouvelles cultures, il aimait marcher des heures au milieu de nulle part et faire communion avec la nature. Plus il se faisait réceptif à son environnement et plus il recevait. Rester éveillé pour admirer le soleil de minuit en Norvège, traverser de nombreux parcs nationaux d'une beauté saisissante, apercevoir la chaîne blanchâtre des Alpes scandinaves. Il découvrait des merveilles dont il ignorait l'existence. Dans cette immensité, il se sentait infiniment petit et cette prise d'humilité le menait vers une autre conscience pour ne plus se focaliser seulement sur sa quête d'identité. Il se rendit ensuite en Angleterre où il découvrit une entité musicale forte. Pour la première fois depuis sa sortie du coma, un sentiment puissant l'envahissait. Comme un rattachement viscéral à une force qui dépassait sa raison. Un mois s'écoula avant qu'un vieux musicien irlandais rencontré dans la rue ne l'encourage à découvrir la musique de sa patrie. Fortement attiré, c'est en ferry qu'il débarqua à Dublin au début du mois de juin pour ne plus quitter l'île. Après avoir arpenté ce pays durant plusieurs jours, il se posa à Westport, une petite ville portuaire de plus de cinq mille habitants. Conquis par la beauté naturelle de cet endroit, il fut rapidement attiré par le port de pêche. Ce coin, appelant au grand large, le coupait du monde et c'était ce qu'il recherchait. Bordé par de vastes plages propices au surf, c'est en débutant qu'il s'essaya à cette pratique auprès de quelques passionnés venus pour ces sites touristiques qu'encadrait le comté de Mayo. Un soir d'été où la musique régnait en maître dans les Irish pub, Jesse rencontra Jack, un pêcheur cinquantenaire natif de cette contrée. Très vite, une complicité naissante s'installa entre eux. Très vite, il le baptisa Darragh en référence à son défunt père dont le caractère bien trempé le renvoyait à Jesse. Ils aimaient se retrouver autour d'un groupe de musique avec une pinte de bière à la main et se traîner dans cette ambiance festive et bon enfant. Cet homme était passionné par son pays. À l'occasion du festival de musique qui se déroulait en juillet, Jesse vécut les plus beaux instants de sa nouvelle vie. Cette musique traditionnelle le transperçait d'une émotion puissante qui parlait à son âme. Malgré certaines jeunes personnes qui commençaient à l'interpeler dans la rue sous le nom d'Owen, il avait trouvé le bien-être. C'est en septembre, à l'occasion d'une grande dégustation de fruits de mer, qu'il découvrit le plaisir de la pêche. En automne, Jack lui proposa de partir plusieurs jours en mer avec lui. C'est ainsi qu'il lui prêtait régulièrement main-forte jusqu'au printemps de l'année suivante. Jesse ignorait ce qu'il faisait de sa vie avant son accident, mais cette rude activité lui plaisait, l'appel de la mer, l'odeur de l'écume, le bercement des vagues avant de s'endormir, la joie simple de faire une belle prise. Chaque jour, il comprenait davantage que le bonheur se trouvait dans les moments simples. Jack était devenu son ami. Il se sentait proche de lui. Ensemble, ils partageaient beaucoup. Jesse lui parlait de son amnésie alors que Jack confiait comment il avait perdu son fils de l'âge de Jesse, pêcheur lui aussi, lors d'une tempête. Chacun comblait la part marquante de l'autre. Parfois, Jack entonnait des morceaux enjoués avec son fiddle, ce violon irlandais dont il jouait à merveille et qui donnait envie de danser, et parfois c'était avec sa guitare. C'était un excellent musicien. Le voyant continuellement intrigué par cet instrument de musique, Jack lui demanda un jour.

— Tu sais jouer ?

— Je ne sais pas…

— Alors, essaye !

Jesse s'empara de la guitare et la plaça instinctivement contre lui. Le contact de sa main sur l'instrument lui provoqua des picotements dans le corps. Des notes sortirent de la caisse de résonance. Elles vibraient contre son ventre et jaillissaient délicieusement sous ses doigts.

— Hé bien on dirait que oui.

Cette première révélation sur sa vie le galvanisait. Chaque soir, Jack l'aidait à trouver les notes de musiques traditionnelles.

— Tu es doué fiston, avait commenté Jack à la fin d'un air improvisé.

Ensemble, ils créaient des instants de pure magie qu'ils aimaient renouveler pour leur plus grand plaisir. Alors que de nombreux artistes se produisaient dans les rues en ce début d'été 2012, Jack se munit de son fiddle pour jouer un air qu'il venait de composer quelques semaines plus tôt. À l'heure où l'Irlande comptait bon nombre d'artistes tels que les groupes U2, The Frames, The Script ou encore les Cranberries, la musique prédominait dans chaque coin de rue. Un encouragement de la tête pour inciter Jesse à le rejoindre et ils enchaînèrent des improvisions guitare et fiddle qui attirèrent rapidement plusieurs passants. Une chanson guitare-voix portait le grain de Jesse à la fois rauque et éraillé à merveille. Les jours suivants offrirent un été idyllique. Pour la première fois, il était heureux de vivre et avait trouvé sa terre d'asile. Ici, il était chez lui, cette culture devenait la sienne, les coutumes n'avaient plus de secrets pour lui. La musique lui apportait force et confiance en lui. Poussé par Jack, il participa au festival d'art de Westport en septembre et fut vite repéré par le gérant d'un pub à Dublin.

— Ce qui t'est arrivé est moche et je comprends que tu sois venu chercher la tranquillité ici, mais j'aimerais que tu viennes jouer chez moi ! lui avait-il proposé.

Sans chercher à comprendre de quoi il parlait, de peur de perdre le semblant d'équilibre qu'il venait de trouver, il accepta cette proposition. Au début, il faisait le trajet deux fois par mois pour continuer à aider Jack dans son travail jusqu'au jour où le patron du pub lui proposa de travailler en tant que barman et de se produire une fois par semaine.

— Tu as ça dans le sang, il faut saisir cette opportunité ! avait conseillé Jack.

Jesse se contentait de jouer quelques reprises guitare voix de groupes Irlandais tels que Glen Hansard, Damien Rice ou encore le groupe Snow Patrol. Il découvrait chaque jour un peu plus un amour inconditionnel pour la musique. Cherchant l'instant magique où le son de sa guitare vibrait dans chaque partie de son corps, où les frissons l'assaillaient, où la communion avec le public passait. Le côté intimiste de ces petites salles obscures lui correspondait. Une magie nouvelle opérait. Alors que de plus en plus de personnes voyaient en lui le retour d'un musicien, il choisit de modifier quelque peu son apparence. Cet Owen, dont tout le monde lui parlait, ne lui évoquait rien et il ne souhaitait plus remuer le passé. Aujourd'hui, il était Darragh et c'est tout ce qui comptait.

Une pause après une chanson pour boire une bière pendant que les clients discutaient ou rigolaient gaiement. Un « bœuf » improvisé avec un joueur de banjo, d'accordéon ou encore de flûte traversière. Tout était d'une simplicité naturelle et toujours avec une incroyable joie de vivre. À Dublin, la capitale de plus de cinq cent mille habitants, l'univers musical paraissait prédominant. Les concerts étaient très populaires et de nombreux pubs étaient des lieux d'attraction. Jack le rejoignait parfois et profitait de cette liberté pour jouer avec lui. À l'arrivée des fêtes de Noël, il se sentait en parfait accord avec lui-même.

50

Glory box - Portishead

Après l'avoir écouté en silence raconter les dernières années qui avaient marqué sa vie, Amy le regarda porter son café à sa bouche. Quelque chose avait définitivement changé en lui, le Jesse d'autre fois n'aurait pas pu traverser cette remise en question, son amnésie était certainement nécessaire. Rien n'arrive par hasard. Aujourd'hui, il ne se cherchait plus d'excuses et faisait face à ses erreurs, car au fond elles n'étaient rien de plus que des expériences pour apprendre à grandir. La musique était sa vie, son premier instinct, sa quête, et malgré son amnésie il l'avait retrouvée.

Encore sous l'effluve de ses souvenirs, Jesse sursauta lorsque quelqu'un frappa à la porte. Il s'excusa avant d'aller ouvrir. Une femme l'embrassa avant d'entrer.

— Tu n'es pas seul, constata-t-elle d'une voix étranglée.

Amy releva son visage de son mug avant de hocher la tête en guise de bonjour. L'atmosphère changea soudainement.

— Darragh ? s'exclama la brune plantureuse.

— Je crois que tu ferais mieux de partir, commenta Jesse.

— Qui est-ce ?

— La femme que je cherchais.

— La lettre A ? Tu as retrouvé la mémoire ?

Elle le regarda ahurie avant de le menacer.

— Si tu me vires, tu vas le regretter !

Mais devant son mutisme, elle poursuivit avec un regard noir.

— Ce ne sera pas la peine de me rappeler !

— C'est noté, dit-il en l'expédiant vers la sortie.

La porte claqua derrière lui et il revient vers Amy en réajustant son pull. Devant ses sourcils arqués qui lui demandaient une explication, il s'excusa avant d'ajouter avec un sourire désarmant.

— Ne t'inquiète pas pour elle, je n'étais qu'une histoire d'un soir de la même façon qu'elle l'était pour moi. C'est tout.

— Toujours aussi déconcertant, commenta-t-elle en secouant la tête amusée.

Le coude appuyé sur le comptoir, il posa son menton sur sa main en la dévorant des yeux.

— Jalouse ? Se réjouit-il. Je te rappelle que c'est toi qui t'es mariée !

Une lueur malicieuse souligna l'air narquois qui traversa le visage d'Amy.

— J'aime quand tu souris, ajouta-t-il.

L'ambiance légère qui s'était installée se troubla lorsqu'elle se racla la gorge en s'éloignant de lui. Elle éprouvait une gêne grandissante qui se lisait sur son visage. Une retenue incontrôlable la terrassait à l'idée qu'ils retrouvent cette puissante attraction. Elle se sentait comme une adolescente sur le point de marquer sa vie à jamais.

— Excuse-moi, je manque de tact.

Il contourna le bar pour se rapprocher d'elle dans une démarche savamment calculée.

— Il y a quelques heures encore tu me croyais mort.

Ces derniers temps avaient été tellement surréalistes.

— Se croiser à un endroit, à un moment donné, peut bouleverser la vie d'une personne, reprit-il d'une voix suave. Nous aurions pu ne jamais nous retrouver, il n'y a pas de hasard.

Un fil invisible l'avait toujours connectée à Jesse, il ne s'était jamais brisé. Son regard se porta sur une affiche placardée devant elle.

« Je peux résister à tout sauf à la tentation »

— Oscar Wilde ! Vraiment ? S'amusa-t-elle au souvenir des citations qu'elle affichait elle-même autrefois dans sa chambre de bonne.

La lumière qu'elle dégageait porta son sourire.

— Je n'ai jamais pu contrôler l'emballement de mon cœur quand tu es près de moi, dit-il en caressant son menton.

Amy ferma les yeux, le souffle court.

— Tout comme toi…

Il tendit le bras pour appuyer sur le bouton d'un petit boîtier noir. Les notes sensuelles de Portishead retentirent dans tout l'appartement et la voix enivrante de Beth Gibbons avec son sulfureux Glory box lui provoqua un délicieux frisson.

— Cette musique me ramène à toi, je l'ai écoutée en boucle ces dernières heures. Tu te souviens notre première rencontre ?

Comment oublier ce premier contact, cette première étincelle ? Il encercla sa taille de ses bras et rapprocha doucement son corps du sien pour se mouvoir lentement. La musique les enveloppait. Il huma l'odeur de ses cheveux avant d'expirer longuement les paupières mi closes. Tous les pores de sa peau redoublaient de sensibilité. N'y tenant plus, sa bouche s'empara de la sienne sans précaution. Chancelante, elle s'accrocha à ses épaules pour ne pas tomber. Un désir communicatif s'emparait de lui. Ses muscles se contractaient, ses doigts se crispaient. Elle percevait chaque pulsation de la musique. Ses caresses l'irradiaient, il glissa ses mains au bas de ses reins et plaqua son corps contre la paroi. Il tremblait de tout son corps...

51

Eden - Hooverphonic

Elle le regardait dormir depuis le lever du soleil, un jeu de lumière dansait sur la peau de Jesse. Bercée par l'effluve de son odeur, des palpitations l'irradiaient aux souvenirs de leur nuit. Elle avait tant de fois rêvé ces instants, enfouir sa main dans ses cheveux, dessiner les contours de sa bouche du bout des doigts, plonger dans le bleu unique de ses yeux, vibrer sous ses caresses. La veille, elle avait littéralement perdu pied pour s'étourdir avec lui et retrouver ses émotions intenses qu'elle n'avait jamais oubliées. Leurs corps avaient toujours su s'unifier avec une évidence parfois déconcertante. Un frisson parcourut son corps à ce souvenir. Leur amour était une force aussi destructrice que vitale qui les avait enfermés lorsque leur passion les avait rendus esclaves l'un de l'autre. Elle ne savait pas encore de quoi demain serait fait, mais ne voulait pas s'en soucier. Dans cet appartement, une atmosphère sereine la berçait. Elle songeait à la douceur d'y vivre lorsqu'un signal sonore venant de son téléphone la fit sursauter. Faith avait essayé de la joindre plusieurs fois la veille et avait laissé un message vocal.

« On a été coupé, mais je voulais te dire une chose importante. Parmi les trois personnes qui ont trouvé la mort, il y avait le frère de Jesse. La mort rôde autour de nous, mais hier soir, j'ai compris que ce n'était pas Hailey. Elle ne veut que nous aider. »

Avec tout ça, Amy n'avait pas pris le temps de donner des nouvelles à son amie. Elle pianota quelques mots pour lui répondre.

« Tu avais raison sur toute la ligne. J'ai parlé à Hailey, elle veillera sur nous. »

Instantanément, Amy reçut son retour.

« *Je l'ai senti, elle a trouvé la paix et moi aussi ;-) Au fait, qu'en est-il pour Jesse ?* »

« *Ce n'était pas une apparition. Il est avec moi en ce moment même et il est bien réel !* »

« *Je l'ai deviné en comprenant pour Owen. On en reparle demain ?* »

Demain ? Elle regarda la date inscrite sur son portable : vendredi 26 avril 2013. Avec tout ça, elle avait complètement oublié la représentation qu'elle devait donner à New York où elle avait convié Faith et Connor. Comment avait-elle pu louper ça ?

— Tout va bien ? demanda une voix familière.

Jesse la scrutait en arquant un sourcil, les yeux encore endormis.

— Je dois danser demain.

— Génial !

— À New York !

Il grimaça. Lui qui avait espéré pouvoir rester dans le parfum suave de ses draps et savourer des moments passionnés avec Amy, la journée entière tombait à l'eau.

— Ce n'est pas vraiment le réveil que j'espérais, ironisa-t-il avec un clin d'œil en se levant vivement. Mais je crois qu'on n'a pas une minute à perdre. Je m'habille et on file à l'aéroport.

— Tu viens avec moi ?

Il s'arrêta et fit volte-face.

— Je ne louperai ta nouvelle représentation pour rien au monde.

— Et ton boulot ?

— Amy tu réfléchis trop, je les appellerai en chemin. Tu es ma priorité maintenant.

Elle ne put s'empêcher de sourire à ces mots qu'elle avait tant rêvé d'entendre.

*

Monter les marches du Lincoln Center main dans la main sonnait étrangement à son esprit. Amy pensa à tout ce qu'elle avait traversé ces derniers temps, il n'y a pas si longtemps c'est la main de Chris qu'elle serrait fortement dans la sienne. Jesse l'étudiait du coin de l'œil, elle sentit son encouragement quant à la signification de cet instant. Finalement avec le décalage horaire en sa faveur, Amy avait juste manqué la répétition pour les repérages. Son spectacle commençait dans une heure et lui laissait juste le temps de s'échauffer dans sa loge.

— Pourquoi suis-je aussi nerveuse ? se demanda-t-elle tout haut.

Accoudée contre le mur, Jesse la contemplait en souriant.

— Quoi ?

— Rien, je me disais juste que je suis fier de toi. Tu t'es relevée toute seule et tu as réussi. J'ai toujours su que tu avais cette force en toi.

À cet instant, la porte s'ouvrit sur son agent qui l'incita à le suivre.

La liberté de sa danse, elle la devait à tout ce qu'elle avait vécu. N'étant plus la même ces derniers jours, sa dernière chorégraphie linéaire et agilement travaillée sonnait faux à présent. Son expérience lui valait une audacieuse liberté dont elle se servit sciemment en réalisant la chose la plus folle qu'elle n'ait jamais faite. Sa témérité était maintenant d'écrire sa propre chorégraphie sous le fil conducteur de l'imagination qui lui venait et non pas ce qu'elle s'était imposé. Ses mouvements exprimaient aujourd'hui des émotions qu'elle n'avait jamais réussi à transmettre jusqu'à maintenant. Elle ne pouvait plus se taire et dansait avant tout pour elle, pour lui, pour cette communion avec la musique. Un choix de dernière minute, une déclaration, une ode à l'amour, et la mélodie sensuelle de Hooverphonic avec « Eden » vibrait aux quatre coins de la salle.

Ce soir-là, Amy réalisa sa plus belle performance. Elle avait dansé avec son âme une émotion à laquelle chaque personne pouvait s'identifier pour se l'approprier.

Cette liberté, cette renaissance lui valut une standing ovation.

52

Thinking out loud – Ed Sheeran

Avec un regard admiratif, Jesse ouvrit l'espace de ses bras pour l'accueillir. Enivré de la douce émanation de son parfum, il inspira profondément pour s'en imprégner. Amy était le lien conducteur de toute son existence, sa source intarissable, son absolu. Et si on lui en donnait l'occasion, il passera sa vie à l'aimer. Rattraper ce passé où il n'était qu'un individu assoiffé et égocentrique. Ses sentiments avaient toujours été exacerbés. Un côté mégalomane où une avidité intarissable de puissance démesurée l'avait consumé. Il avait connu des hauts que peu avait l'opportunité de vivre et des bas qu'il ne souhaitait à personne. Malgré toutes les nuances dont regorgeait sa personnalité, il savait désormais composer avec. De plus en plus de détails s'insinuaient dans son esprit. Du plus petit fragment de sa vie à la précision d'un échange. Le rire complice de son frère, le regard pénétrant d'Amy. Des instants d'une vie excessive qui faisait aujourd'hui sa richesse et sa force.

Revenir sur les lieux qui marquaient les derniers souvenirs qu'il avait d'Amy était étrange. Elle avait vécu trois années sans lui, découvert l'amour d'un autre homme, l'avait admiré, désiré, pleuré… Elle s'était reconstruite. Chacun de leur côté avait subi une profonde transformation, mais leur amour était toujours là, plus solide, plus vrai.

Jesse rencontra Faith et Connor au cours du repas qu'ils échangèrent après la représentation. Un dîner marqué par la décontraction et la découverte. La bienveillance de Faith à l'égard d'Amy avait immédiatement fait prendre conscience à Jesse qu'une amitié vraie les liait. Cette femme dégageait un sentiment de sérénité et une bonté sincère qui attiraient la confiance. Quant à Connor, il portait en lui une assurance engageante et complaisante qui plaisait beaucoup à Jesse. Leur simplicité l'avait séduit. Une complicité évidente réunissait ce couple dont les regards échangés en disaient long sur leur amour. Amy les contemplait d'un regard attendrissant après avoir deviné leur rapprochement récent. Faith l'avait toujours su, il ne pouvait en être autrement.

— Nous allons renouveler nos vœux de mariage l'été prochain, confia-t-elle à son amie.

Accueillie par des félicitations exaltantes, cette nouvelle provoqua de vives acclamations. Connor passa son bras au-dessus des épaules de sa femme avant d'ajouter le regard débordant d'amour pour elle.

— Nous nous installons à Flagstaff. Le restaurant marche bien. Nous nous plaisons là-bas et le cadre sera bien plus agréable pour un enfant.

— Un enfant !

— On va essayer, répondit Faith avec un sourire timide.

Amy essuya son visage du revers de sa main, très émue par leur bonheur retrouvé.

— Alors où danseras-tu la prochaine fois ? demanda Connor entre deux gorgées de vin.

— J'enchaîne deux dates à New York puis une dernière à Los Angeles.

— Une dernière ?

— Si elle veut continuer à danser, elle doit ralentir le rythme, intervint Jesse.

— Sur recommandation de mon médecin, mon agent m'impose un break de trois semaines.

— Il a raison, tu te surcharges trop de travail, ce n'est pas bon pour toi, intervient Faith.

— Je sais, et puis les choses ont changé maintenant.

Son regard se porta discrètement sur Jesse qui resserra la pression de sa main dans la sienne.

*

Jesse et Amy ne se quittaient plus. La vivacité de leurs sentiments s'était intensifiée. Un court séjour à Flagstaff pour rencontrer Karen clôtura les dernières dates de représentations d'Amy. Rentrés à Dublin où ils se sentaient bien, ils trouvaient un rythme nouveau dans leur relation. Jesse partageait ses journées entre le bar et la musique, alors qu'Amy se délectait de ses heures passées à le regarder gratter sa guitare après une journée de répétition. Elle songeait parfois à la jeune femme de vingt ans qu'elle était quand elle a croisé sa route. Son manque d'assurance, sa timidité, sa peur de la folie. Qu'aurait été sa vie si elle ne l'avait pas rencontré ?

Les semaines s'enchaînaient avec une rapidité déconcertante et leur amour s'enracinait chaque jour avec plus de force. Amy aimait l'enthousiasme soudain qui envahissait Jesse à l'écoute de groupes comme Deep Purple ou encore Led Zeppelin. Mais aussi les attentions qu'il lui portait lorsqu'il partait travailler en laissant un mot qui témoignait son amour pour elle. Une rose déposée sur les draps. La douceur qu'il prenait pour l'aimer sans peur ni retenue. Cet amour leur soufflait l'ébauche de nouvelles créations artistiques alors que la douleur avait longtemps été une des sources de leurs inspirations. De leurs faiblesses, ils en faisaient désormais une force. Aujourd'hui, c'était leur amour qui les guidait.

Dans ce bonheur, Amy devait apprendre à composer avec des intuitions toujours plus décuplées. Une faculté qui la plongeait dans un monde parallèle, lorsqu'un homme la fixait sur le trottoir d'en face comme s'ils étaient seuls au monde ou qu'une adolescente accidentée la suivait partout. Elle comprenait avec le temps qu'elle avait cette capacité de voir ceux que peu d'individus pouvaient apercevoir. Ils étaient partout. Au coin d'un rayon de supermarché, au fond d'une salle de spectacle, dans le rétroviseur de sa voiture, toujours plus nombreux. Aidée par Faith, elle apprenait à reconnaître ses autres êtres, les écouter, parfois leur venir en aide. La plupart du temps, il s'agissait de simples mots d'amour ou de pardon à communiquer à une famille endeuillée. Un bonheur profond l'irradiait lorsqu'elle comprenait naturellement qu'une paix s'ensuivait et qu'ils partaient sereinement vers une lumière bienveillante. À présent tournée vers les autres, elle avait trouvé son salut comme lui avait dit Joan, cet ami décédé qui l'avait guidée lorsqu'elle était au plus mal. Réapparaissant avec une aura débordante de douceur, il avait encouragé Amy dans son nouveau rôle avec sérénité.

Une implication pour laquelle Faith était sa confidente. Ce don commun les unissait et ensemble, elles apercevaient parfois la présence de Hailey à leur côté qui les protégeait.

Amy avait repris les répétitions dans un studio non loin de l'appartement avant d'entamer une série de représentations aux États-Unis. Après plusieurs mois d'enregistrement, Jesse accepta de sortir un album sous le simple nom de Jesse et ainsi révéler qu'il y avait eu confusion entre les deux jumeaux. Au début de l'automne, il rencontrait une belle critique en Irlande et déjà l'inspiration de nouvelles compositions accaparait toutes ses journées. Des mots couchés sur le papier un soir se transformaient en un nouveau couplet. Une mélodie dans la tête au réveil, l'harmoniser en complétant par quelques premiers accords au coucher. Cet instant magique de création était divin. Jesse s'était laissé convaincre par son agent pour entamer une tournée de trois mois à travers quelques pays du nord de l'Europe. Après avoir négocié pour participer à de petits concerts intimistes, il retrouvait le plaisir d'une tournée avec son lot d'excitation et de dépaysement. Belfast et Lisburn en Irlande du Nord pour quatre jours de concerts. Édimbourg et Glasgow en Écosse, entre légendes celtiques et paysages à couper le souffle. Puis Copenhague, Stockholm pour poursuivre à Oslo, l'antre de la musique folklorique de Norvège. Sa tournée se terminait en Angleterre où ce berceau de la musique pop offrait une grande opportunité de concerts. Après avoir joué à Manchester, Liverpool et Oxford, Jesse allait terminer son dernier concert à Londres lorsqu'Amy lui annonça sa venue.

Ils ne s'étaient pas vus depuis plusieurs semaines à cause de leurs emplois du temps respectifs. Une nervosité grandissante l'assaillait, elle aurait toujours cet effet sur lui… Lorsqu'il l'aperçut parmi la foule de l'aéroport, son cœur fit un bond dans sa poitrine. Elle était sublime. Quelques mèches brunes sortaient d'un bonnet blanc souligné par un regard finement maquillé. Un manteau de couleur crème épousait parfaitement sa taille.

Amy l'aperçut parmi la foule et son cœur bondit dans sa poitrine. Il avait toujours accordé une grande importance à son style dont il avait souvent aimé changer au gré de ses envies. À trente-sept ans, il semblait à l'apogée de sa virilité. Une puissance physique qu'il semblait cultiver, un regard déterminé et une énergie maîtrisée le caractérisaient. Il portait des boots noires sur un jean large agrémenté d'un blouson style décontracté. Le genre rock trash qu'il avait souvent adopté l'avait quitté et une certaine maturité semblait l'avoir gagné. Son sourire l'illuminait. Elle courut à sa rencontre. Il ouvrit les bras pour l'accueillir contre lui. Un impact violent et intense. Un baiser éloquent et délicieux.

*

Amy essuyait ses yeux rougis par l'épluchure d'oignons avant de rassembler les pommes de terre et le chou dans une grande casserole. L'appartement de Jesse était devenu aussi le sien. Elle s'y sentait bien et aimait ces instants partagés ensemble. Les cheveux relevés dans un chignon d'où s'échappaient quelques mèches, elle avait troqué son pull contre un tablier noué sur son jean. Face à l'appétit insatiable de Jesse, elle avait dû s'adapter à la riche gastronomie irlandaise bien qu'elle n'était pas contre une bonne spécialité française de temps en temps.

— Ma tournée n'est pas passée inaperçue, un producteur new-yorkais aimerait me rencontrer, lui avait-il annoncé alors qu'il lui apportait un verre de vin.

De son pouce, il essuya la larme provoquée par les oignons qui bordait la paupière d'Amy. Devant l'étonnement qu'il lut sur son visage, il se retourna d'un geste nonchalant pour déposer un saladier sur l'îlot central.

— L'ex-membre d'un célèbre groupe reprenant une carrière solo, il fallait s'y attendre.

— Tu n'es pas obligé de faire ça, s'opposa-t-elle en devinant ses intentions.

— Faire quoi ?

— Recommencer tout ça.

L'ébauche d'un sourire bienveillant se dessina sur les lèvres de la jeune femme.

— Tu ne veux plus de tout ça, ne le fais pas pour te rapprocher de moi.

— Ils veulent se servir du passé des Cold Ashes, mais ça ne me dit rien. Je ne veux pas retomber dans cette spirale. Je me suis perdu pendant ces années-là, dit-il en faisant allusion à ses anciennes heures de gloire. J'ai été très clair quant à mes conditions, on repart de zéro et ils ont accepté.

— Comment ça ?

— Juste moi, mes textes, ma musique, et uniquement dans des petites salles.

— Ça veut dire que tu vas t'installer à New York ?

Tout au long de sa vie, Jesse n'avait jamais su comment vivre les émotions qui le submergeaient. Il n'avait jamais su comment aimer Amy. Aujourd'hui les années l'avaient changé, rendu plus sage et sûr de lui. Il savait ce qu'il voulait et ce qu'il ne voulait plus. Elle avait toujours été sa source d'inspiration, son équilibre, le fil conducteur de sa vie. Sans elle, la vie avait un goût amer, une sensation de vide…

— Non, ON va s'installer à New York, confia-t-il amusé en la soulevant pour la déposer sur le plan de travail.

— À une condition.

— Laquelle ?

— On garde cet appartement pour revenir se ressourcer dès qu'on le souhaite.

— Je ne l'avais pas envisagé autrement.

Il enfouit son visage au creux de son cou pour l'inciter à basculer la tête en arrière. Son pouls se mit à battre plus vite. Les yeux fermés, Amy sentait son corps s'éveiller à ses caresses pour l'emporter progressivement dans un état second des plus enivrants. Il passa ses mains sous ses fesses pour la soulever avec une aisance déconcertante lorsqu'elle réalisa qu'ils s'éloignaient de la cuisinière.

— Je croyais que tu avais faim, murmura-t-elle d'une respiration courte.

— J'aimerais d'abord te montrer à quel point je te trouve sexy comme ça.

Sa voix rauque devenait plus grave devant son désir grandissant. Tête contre tête, il la provoqua du regard avant de s'emparer de sa bouche. Ses lèvres charnues aspiraient son souffle haletant lorsque n'y tenant plus il l'allongea à même le sol.

Epilogue

Situé sur la rue de Wexford, le Whelan's pub faisait salle comble. Après avoir passé un début de soirée au bar à boire des bières désaltérantes, les clients poursuivaient ce moment agréable en écoutant le concert donné à l'étage. Dès les premières notes, le ton était donné. Son ouverture finement mesurée entraîna un silence imposant de part et d'autre de la salle. Avec une tessiture grave, son timbre s'accordait à l'unisson de sa guitare pour un son parfait. Dans ce cadre unique et chargé d'énergie, Jesse se donnait corps et âme. Sous ses doigts, les accords s'enchaînaient à une allure déconcertante. Le grain de sa voix portait avec profondeur chaque note provenant de sa guitare. La fascination qu'il exerçait était palpable. Souhaitant prolonger ce moment d'extase en symbiose avec ces inconnus, il faisait vibrer des notes très serrées sous les acclamations croissantes du public. Il avait toujours aimé s'enivrer de cette communion détonante. En ces instants hors du temps, il fallait juste vivre la musique avec ses mystères et s'imprégner littéralement de cette euphorie proche de la jouissance. Entre deux chansons aux rythmes cadencés, il redressa la tête pour se nourrir de l'énergie du public. L'air était chaud et dégageait quelques vapeurs enivrantes d'alcool. Jesse profita de cette pause pour boire une gorgée d'une bière posée près d'un amplificateur. Un regard sur le côté de la scène où la silhouette gracieuse d'Amy se dessinait et il entama les premières notes d'un titre des Stereophonics pour lequel il lui adressa un clin d'œil en souvenir d'une ancienne remarque. Il s'étourdissait de sa musique. Sous les contorsions de son visage se traduisait un dialogue inaudible avec son instrument. Totalement possédé, toute l'intensité de sa composition résidait en cette capacité à saisir l'instant. La sonorité des dernières vibrations sortirent allégrement de sa guitare pour clôturer cet air festif sous les cris d'un public déchaîné, avant qu'il annonce d'une voix essoufflée.

— J'ai choisi cette soirée pour vous jouer un nouveau titre. C'est pour toi Amy !

Les premières notes de sa guitare vrillèrent aux quatre coins des murs et faisaient légèrement vibrer le sol puis sa voix gutturale résonna sensuellement dans le micro. Amy se rapprocha pour être à quelques centimètres de lui. Il était là, assis sur un tabouret haut, le tee-shirt et les cheveux mouillés par la transpiration, témoins des folles minutes précédentes. Immanquablement, elle sentit des fourmillements lui parcourir le corps. Elle reconnut les paroles qu'il lui avait fredonnées alors qu'il était encore amnésique. C'était toute leur histoire. Les accords de musique incitaient à une danse sensuelle et aérienne, et naturellement une chorégraphie se dessinait sous ses yeux de la jeune femme.

Sa ballade terminée, il remercia le public avant de descendre de scène. Après quelques accolades de fans, il croisa le regard d'Amy et s'arrêta pour lui adresser un sourire ravageur. Son corps se rapprocha d'elle.

— Cette dernière chanson est magnifique, prononça-t-elle émue.

— Tu danserais sur elle pour moi ?

Elle le questionna du regard.

— J'y ai souvent pensé, reprit-il lentement. Toi et moi, sur scène.

Les mains dans les siennes, elle esquissa un sourire qui l'inonda de bonheur.

— Je veux passer le reste de ma vie à t'aimer Amy, faire de toi ma muse, ma femme, la mère de mes enfants.

Pour toute réponse, elle s'empara de sa bouche pour un baiser passionné.

Ils portaient la musique en eux, la vivaient librement, sans retenue. Elle transpirait par chaque pore de leur peau. Ce concert intérieur nourrissait leurs âmes, exaltait leurs sens. Ils étaient imprévisibles, insatiables, éperdus. Bercés par leur admiration respective, ils faisaient exister leur art à travers l'autre. Elle dansait les notes qui prenaient vie sous ses doigts. Il mettait des résonances aux dialogues silencieux de ses pas. Cette fusion créait une alchimie dont eux seuls percevaient toutes les nuances. Danser sur scène avec la musique de Jesse était une expérience unique. Dialoguer au gré d'une extase commune, agripper un regard au passage d'un silence éphémère, saisir un sourire commun entre deux inspirations... aussi intense et puissant que la naissance d'une étoile.

Merci à mes proches et amis pour leur soutien et leur aide précieuse, et spécialement Anthony Godet pour cette couverture.
www.lumières-intemporelles.com

Pour contacter l'auteur :
stephanie.blanchard.auteur@gmail.com

www.ingramcontent.com/pod-product-compliance
Lightning Source LLC
Chambersburg PA
CBHW050500260626
47157CB00004B/1124